琼 瑶

作 品 大 全 集

还珠格格

第三部

天上人间 2

琼瑶 著

作家出版社

琼瑶，本名陈喆，作家、编剧、作词人、影视制作人。原籍湖南衡阳，1938年生于四川成都，1949年随父母由大陆赴台生活。16岁时以笔名心如发表小说《云影》，25岁时出版首部长篇小说《窗外》。多年来笔耕不辍，代表作包括《烟雨蒙蒙》《几度夕阳红》《彩云飞》《海鸥飞处》《心有千千结》《一帘幽梦》《在水一方》《我是一片云》《庭院深深》等。

多部作品先后改编成为电影及电视剧，琼瑶也因此步入影视产业。《六个梦》系列、《梅花三弄》系列、《还珠格格》系列等，影响至深，成为几代读者与观众共同的记忆。

琼瑶以流畅优美的文笔，编织了众多曲折动人的故事。其作品以对于梦的憧憬和爱的执着，与大众流行文化紧密结合，风靡半个多世纪，成为华文世界中极重要的文学经典。

我为爱而生，我为爱而写

文字里度过多少春夏秋冬

文字里写下多少青春浪漫

人世间虽然没有天长地久

故事里火花燃烧爱也依旧

覆稿

第二十四章

这是慈宁宫里最隐秘的一个房间，严格说起来，就是慈宁宫里的监牢。整个房间都是石壁，只有在高墙的上方，有几个鸟都飞不进来的小孔，透着一点儿天光。厚重的铁门，用重重的门闩和铁链锁着，在门的上方，有一个可以从外面开启的小窗，以便监视门里犯人的举动，和送饭菜之用。在宫里，这种密室都是用来禁闭侍卫、惩罚太监用的，几乎每个宫里都有几间。因为许多侍卫，都身怀绝技，这种房间，几经改建，也越建越牢。在慈宁宫，这个密室早已废弃不用，太后顶多只用到偏院的暗室。但是，这次，为了小燕子等六个人，这间房间又派上用场了。

房里静悄悄的，地上，横七竖八地躺着六个人，小燕子、紫薇、晴儿躺在一边。另一边，是尔康、永琪和萧剑，六个人都在沉睡。室内有简单的桌椅，桌上有盏油灯，兀自冒着火焰，四壁萧然，房里充满了诡异和肃杀的气氛。

慢慢地，大家逐渐从沉睡中醒来，翻身的翻身，伸手伸脚的伸手伸脚。

　　第一个醒来的是小燕子，她呻吟了一声，睁开了眼睛。一时之间，不知置身何处，迷糊地问："我怎么睡着了？哎，好硬的床……"她一翻身，撞到旁边的紫薇，一惊，这才蓦然醒觉，"这是什么地方？"

　　她飞快地坐起身子，四面一看，发现自己坐在地上，身边躺着紫薇和晴儿，再过去，尔康、箫剑、永琪都躺在地上。她惊愕而困惑，还没想起是怎么回事，赶紧去推紫薇和晴儿，喊着：

　　"紫薇！晴儿！赶快醒一醒，我们为什么睡在这里？我们不是在和老佛爷喝酒吗……"她蓦地住口，脑子里，许多画面浮了起来。喝酒干杯、老佛爷翻脸、箫剑的话、杀父之仇、身世之谜、打架……她想起来了。

　　这时众人纷纷转醒。尔康跳起了身子，急喊："紫薇！小燕子！晴儿！你们怎样了？"紫薇迷糊地看了尔康一眼，立刻坐起来，只觉得头昏脑涨，思想混沌："我们怎么睡了一地？这是……"尔康扶住紫薇，着急地说："我们被老佛爷下了药……你赶快起来活动一下，看看有没有头晕眼花什么的？"他四面一看，抽了一口冷气，"这是慈宁宫的密室，我们被囚禁了！"

　　晴儿坐起身，揉着眼睛说：

　　"我是醉了吧？全身都没力气！"她看着众人，顿时醒悟，抬头看房间，惊呼着，"密室，我们在密室里！"她急切地喊，"紫薇，尔康，箫剑，小燕子，五阿哥……大家都在吗？都活着吗？"

　　永琪迷迷糊糊地惊跳起身，以为自己还在慈宁宫里打架，嘴里大嚷："高庸！你敢让人打还珠格格，我跟你们拼命！"但头一晕，身子又一晃。尔康跳过来，一把扶住，永琪看也没看清楚，抡拳就打。尔康毫无防备，被打了个正着，慌忙抓住永琪的双臂，摇着。

"别打别打！是我呀！清醒一下，睁大眼睛看看！"永琪睁大眼睛，醒了，不敢相信地看着众人，陷进思索里。萧剑也摇摇晃晃地站起来了，环视众人问：

"大家都好吗？有没有人受伤？"永琪看看这个，看看那个："我想起来了，老佛爷要我们来喝酒……难道……老佛爷把我们关起来了？"

尔康点头，沉痛地说："是！老佛爷把我们统统关起来了。还好，那个酒里，只有迷药，没有毒药。否则，我们这么不小心，这么没心眼，应该全都没命了！看样子，真要我们几个死，也简单得很！"

大家面面相觑，不敢相信，却不能不信，思前想后，各有各的震惊。紫薇见小燕子直着眼睛，呼吸越来越急促，就急忙拉着她的手，说："我们不要慌，往好处想，老佛爷虽然查明了真相，她还是顾念着我们的，她没有对我们下毒手！"她没把握地看众人，"是不是？"

没有人敢附和紫薇这句话，大家都沉默着。萧剑已经察看了一下环境，看到四壁厚厚的石墙，看到那厚重的铁门，知道门外墙外，必然还有重重侍卫守着。他明白，这次是插翅难飞了，更加沉默不语。小燕子一直在回想整个的经过，想萧剑说的话："你的皇阿玛，就是我们的杀父仇人！"她的心，陡然一抽，抽得浑身都痛楚起来。她再也控制不住自己，发出一声撕心裂肺般的痛喊：

"不要……我不要……我不要……怎么会这样？我不要……"
她一面喊着，一面冲向箫剑，扑在他身上，她用拳头疯狂地打着
他，摇着他，不停地喊，"你为什么要编故事？你为什么要那样
说？我们的爹，到底是谁？是怎么死的？怎么死的？"

箫剑痛楚地看着小燕子，难过极了："小燕子，事到如今，
我不能不说实话了，我们的爹，确实是浙江巡抚方之航！二十四
年前的文字狱，他被斩首示众……"小燕子一听，就疯狂地摇
头，大喊："我一个字也不相信，我不要相信！这全是谎言，是
天大的谎言！皇阿玛不是我的杀父仇人，他不会杀我爹，他不
会砍我爹的脑袋！不会，不会……我没有嫁给仇人的儿子，我不
要……不要……不要……"小燕子边喊边打，眼泪滴滴答答向下
掉。箫剑试图抓住她的手，沉痛地说："小燕子……对不起……
对不起……"小燕子继续猛烈地挥拳，激动得一塌糊涂，哭着喊：

"我不要你的'对不起'！我恨你，恨你，恨你……如果你
说的是真的，为什么当初不告诉我？为什么在南阳的时候，不把
我带走？为什么不拆散我和永琪？为什么让我回宫？为什么让我
把仇人当成爹……"她越说越明白，真相就是这样了，再也逃不
开、赖不掉了，就哭倒在箫剑肩上。

箫剑一把就拥住了她，跟着落泪了。

"是！我一错再错！当初，应该在会宾楼认出你以后，就死
咬住这个秘密，到了南阳，也不该认你，应该飘然远去，更不该
跟你们回宫，再招惹上晴儿……我的不忍，我的舍不得，造成今
天的局面，我害了你们每一个人，害了我唯一的亲人……我确实

4

该打，该死！"

晴儿听到这儿，早已泪落如雨了，就奔过来，扶着小燕子，也哭着说：

"是我不好！都是我的错！在杭州，假若我不冒雨追箫剑，他已经走了。那么，老佛爷就不会调查这一切，所有的秘密，都可以保全了！小燕子，请你原谅我，是我这么残忍，这么自私，让你必须面对这份'真实'！"

小燕子一听"真实"二字，更是心碎肠断、痛不欲生了，激烈地喊：

"不是'真实'，绝对不是'真实'！皇阿玛对我那么好，他知道我是冒牌格格，还是留住我，他宠我，照顾我，教育我，不在乎我的出身，不在乎我没学问，答应永琪娶我……"想到乾隆的好，她泣不成声，"他还给我免死金牌，追到南阳接我回家……他是我的皇阿玛呀……他比亲爹也不差呀……我不要……我不要……"

小燕子这一番痛断肝肠的话，让房里的其他五个人都湿了眼眶。不只他们五个，在密室的门外，那扇小铁窗虚掩着，太后和知画二人，正悄悄注视着室内的一切。两个人也跟室内其他的人一样，深受震撼。太后听着听着，听到小燕子诉说乾隆的好，字字句句，都发自肺腑，不禁落下泪来。知画拿着小手绢，为太后拭泪，眼中也是湿湿的。

密室里，人人动容，个个伤心，只有永琪，还陷在巨大的震撼中，半信半疑。

紫薇走上前去，搂住小燕子，含泪说：

"小燕子，事实真相已经揭穿了，再也隐瞒不住了。你也接受这个事实吧！我和尔康，在南阳就知道了真相，是我们两个，说服了萧剑，要他忘记仇恨，把真相瞒住，为了成全你和五阿哥的感情！"

"就是！"尔康接口，"假若你知道了真相，怎么可能嫁给永琪呢？我们也是一番好意，没料到还是逃不掉今天这个局面！如果有错，我和紫薇也是罪魁祸首。"小燕子哭着转向紫薇，投进她的怀里，抽泣着说：

"紫薇！你知道的，那个皇阿玛……我……我……我……我爱他呀……"

紫薇拼命点头，跟着落泪：

"是！是！我知道，我知道，我比谁都明白！我也爱他呀，他是我的亲爹呀！我也有我的自私，这么久以来，我害怕你知道真相，因为，我不要你恨他，不要你仇视他！他是我和永琪的亲爹呀！"

永琪一直在看，一直在听，越来越心惊胆战。对他来说，这个真相的揭穿，他比小燕子还震惊。如果小燕子的亲爹，是以"谋逆罪"伏法，这意味着，他娶了一个最不该娶的女人！也意味着，为了皇室和乾隆，他必须大义灭亲，牺牲小燕子！想到这点，他不但不寒而栗，他的心也粉碎粉碎，他的世界天崩地裂了！他摇头，不行！不能这样！不行！不可以这样！他冲上前来，抓住了萧剑，喊着：

"萧剑！你凭什么说皇阿玛是你们的'杀父仇人'？我觉得太奇怪了！小燕子不要相信，我也不要相信！"他转向小燕子，"小燕子，听我说，这个'杀父之仇'的认定标准绝对有问题，你不要伤心，说不定全是误会！皇阿玛如果下令斩首，一定因为案情重大，我们必须把案子调出来，才知道有没有隐情，有没有冤枉……何况，你从小流浪，到底是不是萧剑的亲妹妹，恐怕也有问题……我早就怀疑他认错了妹妹……"他一面说，一面去扳她的肩膀。

小燕子情绪激动，霍地甩开永琪，崩溃地大喊：

"你不要碰我！你爹杀了我爹，你还敢碰我？你是我仇人的儿子……你走开走开，我不要再见到你，你害我没脸见天上的亲爹，你还要让我不认亲哥哥吗？你太坏了，你敢这样说，我恨你恨你恨你恨你恨你……"

永琪一退，脸色大变，神态惨然。他大受打击，痛楚地说："小燕子，我们经过了多少风风雨雨才到今天，我对你的心，天知地知！你爹的事，我也被蒙在鼓里，我也没有选择的机会！如果我早知道你的身份……"小燕子早就神志不清，心碎肠断，听到永琪这样一说，更是句句刺耳，她尖声喊着打断："你早知道，早就把我甩了，是不是？"永琪怔了怔，悲哀地看着她，这个他用整个生命来爱着的女人，这个一颦一笑都让他失魂落魄的女人！他诚实地、恻然地说："不是，我早就带你去大理了！不会让你面对今天的局面……"小燕子一愣，哇的一声，放声痛哭，扑进永琪的怀里，一迭连声地喊："永琪永琪，我要怎么办？我们要怎么办？我没有恨你没有恨你，我……我……我那么喜欢你，我……我……我不要你成为我的敌人……我不要……"永琪含泪点头，抱紧她，也一迭连声地回答："我知道，你不用说，我都知道！"

门外的知画，看到这儿，泪珠从眼中坠落。太后也是一脸的震撼和不忍。密室内，尔康看到大家情绪激动，往前一迈步，大声说：

"大家都冷静一点，不要哭哭啼啼了！听我说，关于小燕子的身世，现在是真相大白，小燕子和五阿哥，你们除了勇敢地接受这个事实，已经没有退路。不过，五阿哥说得对，这个案子，确实有调查的必要！但是，我们现在的问题，不是调查当初的案子，不是再去追究事实，而是目前，我们被老佛爷囚禁在这儿，眼看，皇阿玛也会知道真相！等到皇阿玛知道了，我们还有生路吗？我看，不管我们有理没理，这次，恐怕十面金牌也救不了我们的命！我们怎么办？"他看着大家，在这纷乱的时刻，他那种领袖般的气质就突显出来了，他对大家招招手，"来来来！我们大家围在一起，把眼泪擦干，坐下来好好地讨论一下！"

门外的太后，拉了知画一把。尔康他们要好好讨论，太后也需要好好讨论。弄成这个局面，下一步，到底该怎么走？

"现在，我都明白了！"太后回到卧室，屏退了闲杂人等，只留下了知画，说，"箫剑和小燕子，确实是方之航的儿女！"她情不自禁地打了一个寒战："皇帝把仇家的儿女，养在身边，太可怕了！但是，小燕子和永琪，是真的不知情，尔康和紫薇，是早就知道了！"

"晴格格和箫剑私奔，也是为了这个！"知画深深看太后，眼里带着求情的意味，"老佛爷，我想，箫剑并没有要报仇的意思！"

太后倾听着。知画再诚挚地、认真地分析："您听到紫薇格格的话，他们说服了萧剑，放下了仇恨。我想，萧剑肯跟大家回宫，肯让小燕子嫁进皇室，不是为了报仇，是因为手足之情，战胜了仇恨之心！"太后沉思，眼神深邃湿润。

"你说得有理！我看到小燕子哭得那么伤心，一句句话，都打进我心坎里，我也不能不感动……那孩子，好像对皇帝真有爱心，我是不是做错了？如果不揭穿他们，或者大家也能糊里糊涂过一辈子吧？"

"老佛爷明察秋毫，已经知道的事，怎么能不揭穿呢？萧剑和还珠格格，当初逃过一劫，已经是奇迹了！逃过一劫又双双进宫，就是奇迹中的奇迹，难怪老佛爷要疑惑，任何人都会不安心吧！"

知画的话，给了太后极大的安慰，她激动地说：

"就是这句话！叫我怎么能安心呢？这样一个有杀父之仇的格格，生活在皇帝的身边，我想起来就发抖了！还有那个萧剑，身手那么好，武功那么强，他要有个什么居心，真是防不胜防呀！"

太后在室内兜着圈子，烦乱着，思考着，一跺脚下了决心："不能不忍心，不能婆婆妈妈！这种事，一向都是永绝后患的！我还是告诉皇帝去，把他们统统交给皇帝！让他去发落！"

太后说着，转身就往门外走。知画一惊，着急地抓住了太后的手，说：

"不行不行！请老佛爷三思！如果皇上知道了，就算心里有几千几万个舍不得，也只能做一个处置，萧剑和还珠格格必死无疑！五阿哥、尔康大概会贬为庶人，晴格格会被逐出宫门……"
她那明亮的双眸，紧盯着太后，眼里全是恳求，语气郑重地说，
"老佛爷，您舍得五阿哥和晴格格吗？您最介意的，不就是晴格
格的婚事吗？如果能够打散这场婚事，收回晴格格的心，又示好
于尔康和紫薇，您不是就达到目的了？为什么一定要闹到皇上面
前去，弄得天崩地裂呢？"

太后被提醒了，舍得永琪吗？她最舍不得的，就是永琪呀！
万一永琪和小燕子站在一条阵线，怎么办？她和乾隆，对这个阿
哥，都失去不起呀！她震动地站住了，凝视知画，点头说：

"是呀……你说得对呀！"她抬头看虚空，"不只五阿哥，还
有福家，三代忠臣啊！紫薇又是皇帝的骨肉，我不能把他们夫妻
一直关着……"她越想越烦躁，弄成这样，反而不知如何善后
了："现在，真相我是明白了，下一步可就难了！"

"或者，您可以和他们谈条件，或者……您可以把他们分开，
一个一个谈……现在这个局面，他们比您慌！我想，您提出任何
条件，他们为了脱困救人，都会同意的！"知画积极地说。

"就算他们同意，我怎么能包庇小燕子和箫剑呢？我怎能保
证皇帝的安全呢？"

太后说着，不禁凝视知画，见她明眸皓齿，聪慧绝伦，眼神
逐渐坚定起来。她伸手握住知画的手，郑重地说："知画，你能
不能帮我？"

知画拼命点头。

"就怕我没有什么力量，帮不上忙！"

"你有你有！"太后一字一字地问，"告诉我，你可有几分喜

欢五阿哥？"

知画大震，面红耳赤，惊喊："老佛爷！"太后深深看知画，眼里，有着数十年的经验和智慧。她清清嗓子，镇定了自己那烦乱矛盾的心，有条有理地说：

"我知道，你是汉人，在清朝皇室，满汉不通婚的规矩还在！虽然先皇和当今皇帝，都有好多的嫔妃是汉人，却没有一个能够当上皇后！所以，你再好，充其量也只是一个妃子或贵人！这，还得嫁给一个太子才算数！你，想不想当未来的皇后呢？"

知画震动地听着，凝视太后："知画从来没有非分之想……就算五阿哥已经内定为太子，他也先有了还珠格格，他们夫妻情深，我……不想搅和进去……""你对自己没有信心吗？男人，谁不是三妻四妾？现在的恩爱，能够持续多久？没有你，五阿哥迟早会有别人！你是最好的皇后人选，你进了景阳宫，做我的耳目，也可以帮我看着小燕子和永琪！那么，我或者可以把这个秘密压下去！"她心中盘算着，岂止要知画做眼线，她更需要知画，为永琪生儿育女，做将来的"国母"。除了知画，放眼八旗，还没有任何一个姑娘，有这个才华、家世和能力，来担当未来皇后的重任。

知画低下头去，轻声地说：

"只怕五阿哥不愿意！"

"那是我的事了！如果他不愿意，我只好告诉皇帝，先处死小燕子！"

"啊？"知画大惊。

当太后和知画在商量大计的时候，密室里的六个"囚犯"，也聚在一起分析当前的局面。尔康严肃地说：

"不是我要吓你们，现在这个局面，真是糟透了！当初，方巡抚是'谋逆罪'服刑的，这个罪名太大，是'诛九族'的事。为什么要诛九族？并不是'九族'都有罪，而是不留后患，怕子孙报仇。现在，老佛爷知道真相了，她一定会告诉皇阿玛，不管皇阿玛多喜欢小燕子，多喜欢永琪，这个真相太震撼了，他恐怕只有一个选择，就是不留后患！"

大家听得毛骨悚然。

小燕子依偎在永琪怀里，她还陷在巨大的震撼里，脑筋糊糊涂涂，无法分析任何事情。永琪却在这短短的时间内，已经有过种种最坏的想法，尔康的话，和他的想法是同样的。他心里一惨，长长一叹说："照你这么说，我们这次是死定了！""除非……"尔康寻思着。"除非什么？""除非老佛爷网开一面，守住秘密，不告诉皇阿玛！除非我们有机会和办法，说服老佛爷保密！"尔康说。"我想，不可能吧！这事太大，老佛爷不敢做主！"晴儿苦涩地说。"诛九族？"永琪激动地接口，"现在，这'九族'怎么算？小燕子是我的妻子，我自然在九族之内，皇阿玛是我的阿玛，岂不是也在九族之内，老佛爷是我的祖母，当然在九族之内，紫薇是我妹妹，尔康是我妹婿，也是九族之内，宫里的阿哥格格，都是我的兄弟姊妹，个个都在九族之内……这样一个推一个，难道把皇室全部杀光，以绝后患吗？"

"你不要说气话，当然是可杀的杀，该留的留！"尔康摇头说。大家都知道尔康的分析有理，全部安静下来，哀愁沉重地笼罩着室内。片刻后，紫薇看看高高的透气孔，有曙色透了进来。她想着东儿，想着学士府，悲哀地说："天亮了！我们一夜没回家，阿玛和额娘一定急坏了！""他们知道我们进宫，一定以为大家喝了酒，舍不得分开，留在景阳宫过夜了！他们不会担心，因为，他们绝对想不到我们会出事！"尔康安慰着她。

"我早已不在乎自己的生死，可是……"紫薇看了看尔康，"可怜的东儿，他才三岁！"尔康伸手，紧紧地握住了她的手。箫剑一直沉默着，这时突然抬头，一本正经地说：

"小燕子，我想，永琪说得对，你根本不是我妹妹！当初，我本想去找静慧师太，求证一下你的身份，后来，又想'落地为兄弟，何必骨肉亲'，认了就认了！现在，越想越不对，你没有一个地方像我，我一定认错了！"

尔康眼光一闪，和箫剑交换了一个眼神。只见箫剑眼神里，透着坚决和祈求的神情。尔康立刻了解了他的意思，只要证明这个"认妹妹"是个误会，就保住了小燕子和永琪！现在这个时刻，救一个是一个！他点点头，立即心领神会地说：

"对！我也一直怀疑这件事！除非把静慧师太找来，把当初师太收容的几个姑娘，全部找到，再核对一下，才能弄明白！"小燕子抬头看着箫剑和尔康，她的脑筋再糊涂，也明白箫剑要救她的心念。她从地上跳起身子，对箫剑涨红了脸，激动地喊："好呀！你不想认我了，是不是？你以为我是贪生怕死的小人，是不是？你想一个人担负罪名，送掉脑袋，来保护我，是不是？你敢再说我不是你妹妹，我就和你拼命！""如果我认错了呢？本来就有问题！我一定一定认错了！"箫剑大声说。

小燕子扑过去,对箫剑又打又踹:"你这个混账!你这个伪君子,你这个真小人,你这个糗大侠……"永琪跳了起来,拉住小燕子:

"不要叫!不要这样!"他看箫剑,"箫剑,这个主意不好!事实就是事实,我都明白了,所有前因后果,也都想起来了!不要狡赖,小燕子早就说过,要头一颗,要命一条!大家都认了吧!"

晴儿悲切地看众人,心里已经有了主张,说:"大家不要太绝望,老佛爷虽然把我们囚禁在这儿,她没有捆我们,也没有把我们分开,我觉得,事情可能还有转机!让我们抱着希望等待吧!""晴儿说得是!"紫薇接口,"说不定峰回路转,柳暗花明……"正说着,一声门响,大家都跳起身子。只见高庸带着几个侍卫走进来,高庸甩袖行礼,态度依然恭谨:"额驸大人,紫薇格格,老佛爷有请!""只有我们两个吗?"紫薇不安地问。

晴儿急忙上前,请求地说:"高公公,请您告诉老佛爷一声,晴儿请求跟老佛爷谈谈!"高庸同情地看了晴儿一眼。

"喳!奴才知道了!额驸大人,请走吧!"永琪心里一动,急忙对尔康说:"尔康!救一个是一个!好汉不吃眼前亏,出去就别再进来了,知道吗?别谈什么义气,要为东儿着想呀!""尔康!跟老佛爷分析清楚,知道吗?"箫剑话中有话,叮嘱着。尔康和紫薇,就在大家的叮嘱声中,跟着高庸、侍卫出门去了。

到了太后房里,两人抬眼一看,房里只有太后,别的什么人都没有。两人心里有数,太后并没有立即声张这件事,显然还有

14

转机，就双双对着太后一跪："紫薇、尔康叩见老佛爷！""起来说话！"

两人站起身，看着太后。太后沉声问："你们夫妇，这样包庇小燕子和萧剑，事到如今，还有什么话要说？""老佛爷，尔康以自己的生命、家父的生命和我儿子东儿的生命起誓，萧剑和小燕子不会害皇阿玛！我们在南阳知道真相之后，一直在化解这份仇恨。萧剑一路跟着我们，早已被皇阿玛的仁慈正直所感动，已经把仇恨抛到九霄云外了！如果老佛爷不追究出真相，这个秘密，永远不会揭穿的！"尔康诚恳地说。

"如果他把仇恨抛到九霄云外，为什么不肯做官？要带着晴儿逃跑？"

"萧剑真要报仇，早就下手了！还需要等到今天吗？"尔康回答。

"那可说不定，可能以前没机会……"

"如果以前没机会，他就该接受皇阿玛的官职，留在北京等机会！"紫薇再也忍不住，激动而真挚地说，"他就是不想报仇，才要带着晴儿远走高飞呀！老佛爷，皇阿玛是我的亲爹，我好不容易，翻山越岭到北京，经过千辛万苦才认了爹！当初，为了挡刺客，我曾经挨过一刀！我这么爱我爹，您认为，我会让我爹生活在危险里面吗？如果真有危险，我会拼命阻挡呀！怎么可能视而不见呢？一定是分析过了，有绝对的把握，才敢让萧剑跟我们在一起！"

太后看看二人，用力地点了点头。

"你们说得很有说服力！我几乎要被你们说服了！但是，不管他们有没有报复的念头，现在秘密已揭穿了，我只有告诉皇帝去！箫剑和小燕子，我会请求皇帝，留个全尸……至于永琪和晴儿两个，你们能保证他们不生二心吗？"

紫薇一听，心中大痛，就扑跪在太后面前，紧紧地拉住太后的手，哀声喊着：

"不要不要！老佛爷，求求您！求您发发慈悲，不要告诉皇阿玛！您想，皇阿玛那么喜欢小燕子，那么重视五阿哥！您怎么忍心打破他的幸福，带走他的快乐呢？何况，为了盈盈姑娘，皇阿玛已经够伤心了，这个秘密，会把皇阿玛整个打倒的！我不能想象，如果小燕子必须处死，皇阿玛怎么办？您不看在小燕子面上，不看在我面上，不看在五阿哥面上，也要看在皇阿玛面上呀！"太后霍地站起身来，甩开紫薇的手："这么严重的事，我怎么可能隐瞒皇帝！"尔康一步上前，拦着太后说：

"能能能！只要老佛爷不说，知画姑娘不说，我想，就没有人会说！老佛爷，您不明白，小燕子和五阿哥情深义重，如果失去了小燕子，五阿哥一定会生不如死，那么，您也就同时失去五阿哥了！至于晴儿，大概会跟着箫剑同生共死，您既然要处死箫剑，就不必考虑晴儿的'二心'问题，她不会再有'二心'，她有不起'二心'，到时候，她一个心都没有了！"

太后大震，抬头怒喊：

"你们两个在威胁我吗？"

紫薇哀恳地看着她，说：

"您不要生气，如果您不顾虑皇阿玛，我也不信！您确实有许多顾虑，不是吗？或者，我们可以想一个面面俱到的办法！"

"什么面面俱到？现在这种局面，怎么面面俱到？"

"让萧剑带着晴儿远走高飞吧！"尔康试探地提议，"让他们永远不许回北京，这样，等于判了萧剑的流刑！至于小燕子，就留在宫里，我、紫薇和五阿哥，会把她看得紧紧的！不会允许她出问题的！""就这样，好不好？"紫薇期盼地说，"老佛爷，您开恩吧！要不然，您和小燕子谈一谈，您会发现她真的崇拜皇阿玛，像个亲生女儿一样爱着皇阿玛！""哪儿有这么好的事？让萧剑带走晴儿？还留下小燕子？不行不行！晴儿不许走，小燕子也不能留！"太后神情坚决。

尔康一抬头，有力地说："小燕子根本不是萧剑的妹妹！"
"什么？"太后惊问。

尔康定定地注视着太后，面不改色地说：

"当初从南阳回到北京，我就去访问了静慧师太，师太亲口告诉我，这是一个误会！如果您不相信，尽管找静慧师太来对质！因为小燕子认了这个哥哥，快乐得不得了，我才没有揭穿，让他们将错就错！"

紫薇惊看尔康，只见他抬头挺胸，满脸坦荡，说得煞有介事。太后震动地睁大了眼睛，心里其实是明白的，尔康在千方百计救小燕子和永琪！她又何尝不想救永琪呢？她沉思着，忽然有了主张，抬眼看尔康说："如果小燕子不是萧剑的妹妹，或者可以救小燕子一命！我放掉你们两个，你们回家去，在你们父母面前，一个字也不要提！尔康，你赶快去找那个静慧师太，我要把事情弄明白！""是！"尔康赶紧回答。太后盯着二人："假若我保守秘密，放掉小燕子和萧剑，你们两个，愿意跟我合作吗？"尔康和紫薇交换了一个眼神，尔康就急忙点头说："是！只要您保密，放掉他们，任何条件我们都接受！"太后就对两人坚定地说："你们要说服小燕子和永琪，让永琪娶知画！"紫薇和尔康大震，双双惊跳起来："啊？娶知画？"

密室里的四个人，形容憔悴地坐在墙角，紧张地等待着。尔康和紫薇，去了很久都没有回来。永琪看了看门口，满怀希望地说："他们已经去了两个时辰了，我想，这是一个好兆头，他们离开得越久，表示他们越安全。老佛爷总要顾虑福家的关系吧！"萧剑不语，神色凝重，晴儿痴痴地看着他，心神恍惚。小燕子已经冷静下来了，坐在那儿，思前想后，眼泪汪汪地看着萧剑，忽然说："哥！告诉我爹和娘的事！爹到底为什么会被处死？他犯了什么错？"萧剑看了小燕子一眼，不说话。"你还不说吗？眼看我们的死期也快要到了，你预备让我到死都糊里糊涂吗？"

萧剑神情一痛，晴儿叹了口气说："萧剑，我也很想知道，现在，已经没有保密的必要了！""是的，没有保密的必要了！"萧剑抬眼看着小燕子，说不定，大家都死到临头，再不说，以后就没有机会说了。他说了："其实，我断断续续，差不多把爹娘的事，都告诉你了。上次我们去的观音庙，就是当初的方家。当时，爹在做官，常常和二三好友，聚在一起吟诗作对，爹被捕，就是为了一首打油诗，诗的内容是'闻道头堪剃，而今尽剃头。有头皆要剃，不剃不成头。剃自由他剃，头还是我头。请看剃头者，人亦剃其头！'那时，满人剃头、汉人不剃头的风波早就过去了，居然还有人告诉皇上，说'剃自由他剃，头还是我头。

请看剃头者，人亦剃其头'几句话，有反抗意识，是叛国，是谋逆！"

永琪不禁脱口惊呼："这首'剃头诗'，在民间传播得非常广，人人会背，原来是你爹作的！""就是！我想，爹当初也得罪了不少人，有人要置他于死地。爹被捕下狱，我们的娘，开始到处奔走，花了无数的银子，希望能够营救爹。娘做错了，那些贪官，收了娘的银子，还告娘一状，说她到处贿赂，家财万贯，养了整个叛党！官司越演越烈，像滚雪球一样越滚越大，最后，消息传来，爹被判斩首、抄家，还连累了帮过忙的亲朋好友，都纷纷下狱……"小燕子痴痴地仰头看着萧剑，听得入神。萧剑继续说：

"我娘得到消息，立刻把我们两个，分头送走……据说，直到行刑那天，娘还希望有皇上的特赦令，最后，特赦令没到，在官兵的'杀无赦'声中，娘亲眼看着爹的人头落地！她给爹收尸之后，就放了一把火，把我们方家的房子，烧成平地……据说，她穿着一身缟素的衣裳，站在烈火之中，喊着爹的名字，用方家祖传的剑，自刎而死。据说，那晚，方家的大火，烧得整个天空，都像血一般红！"

萧剑一口气说完了，眼神深邃悲哀。小燕子目不转睛地看着他，听得痴了，永琪、晴儿都听得惊心动魄。萧剑沉默片刻，看向小燕子："后来，有一个家人，把娘自刎的那把剑，送到大理来，交给了我的义父。多年以后，我的义父再把它交给了我！"

小燕子震动已极，惊呼："原来，你平常随身带着的那把剑，就是我娘自刎的剑！剑呢？剑呢？""那把剑不能带进宫，现在留在尔康家。小燕子，如果你顺利出去了，记得收好那把剑，上面，沾着娘的血！"

小燕子惊怔地看着萧剑，眼神里，是无比的痛楚和震动。

"我好像看到那些画面，我娘，站在断头台前，等着最后的赦免令，赦免令没有等到，是行刑官传来的'杀无赦'！就像我们要被砍头时一样！然后，是……是……我爹的头落了地……"她用手蒙住脸，浑身发抖。

永琪痛楚地抬头，责备地说："萧剑！你一定要说得这么详细吗？你不能少说几句吗？那些事情，你也没有亲身经历，道听途说，怎么能够当真？"萧剑一叹，起身走开："是！不能当真！我也不该说……我只怕不说，以后再也没有机会说了！"

萧剑说完，就站在桌前，从怀中掏出那把箫，开始吹着。箫声绵绵袅袅地响起，居然是那首紫薇作曲作词的《你是风儿我是沙》。箫声在空洞的石室里回响，有种浓浓的、化不开的哀愁。

永琪听到这样的故事，看到小燕子悲极的脸孔，再听到这样的箫声，想着那歌词："你是风儿我是沙，缠缠绵绵绕天涯……"他心里一阵激动，就一把抓住小燕子的胳臂，把她的身子撑了起来，痛楚而狂热地说：

"小燕子！我要告诉你几句话，自从昨晚到现在，我好像从高山上，一下子掉进悬崖下，说不出我心里的感觉！听了萧剑的故事，我觉得惊心动魄，匪夷所思……我知道，可能是我爹的命令，夺走了你爹的生命，我很抱歉很遗憾，我不懂为什么会发生这些。但是，我必须告诉你，那些事情，都是我们无法控制的事，也无法改变的事！请你，也不要因为这个，改变了你自己！我要那个快乐的、无忧无虑的小燕子！"

小燕子怔怔地看着永琪，哽咽着说了一句："那个快乐的小燕子，已经死掉了！""不可以！不要死掉，不许死掉！我们要用生命来记录新的故事，这些故事里，再也没有仇恨，我们的故事里，不能再有仇恨……"小燕子不言不语，眼神悲不可抑，永琪就紧紧地抱着她。晴儿眼里湿漉漉的。这时，一声门响，高庸带着侍卫进门来。

　　"晴格格！话帮您带到了，老佛爷要您马上过去！"晴儿眼睛一亮，跳起身子，就扑奔到箫剑面前，急促地说："箫剑！我去和老佛爷谈，我相信苍天有眼，人间有情！我相信真理，相信正义，相信世间一切美好的东西……箫剑，请你也同样相信！我先去了！"晴儿说完，掉头，跟着高庸离去。箫剑一直在吹着箫，这时，蓦然停止，抬头大喊：

　　"晴儿！"

　　晴儿已走到门口，一震回头。"世间最美好的东西，就是我们这一段！我永不后悔！"箫剑微笑地说。晴儿含泪一笑，跟着高庸出门去。

　　晴儿随着高庸到了太后的房里，太后正站在窗前，看着窗外。

　　"晴格格到！"太后一个转身。高庸甩袖行礼，退出房间。晴儿哀伤地注视太后，奔上前去，扑跪在她身前，不等她开口，就一口气说了出来：

　　"老佛爷！请您放了箫剑，让他走得远远的，再也不能踏进宫门一步！我不会跟他继续纠缠不清了，从今以后，我跟他一刀两断，回到以前的日子，跟在您身边，做那个心如止水的晴儿！

我说到做到，这一生，再也不让您失望，再也不让您伤心！我会是您永远的晴儿，听话的晴儿，贴心的晴儿……我再也不敢了！"

"是吗？"太后深深地看她，"你想再骗我一次，等到我放了萧剑，你也就跟着失踪了吧？你以为我还会相信你？"

"怎样您才能相信我呢？您说！您要我做任何事，我都做！只要您放了萧剑，放了五阿哥和小燕子！"晴儿攀着太后的手臂，抬头哀求地看她，"五阿哥回宫之后，天天都上朝，今天没去，皇上一定会着急的，如果皇上追究起来怎么办？老佛爷！这事如果让皇上知道，是牵一发而动全身，整个宫廷，会被这件事弄得灰头土脸！一趟南巡，已经发生了不少的事，皇上断情、皇后削发、额驸被囚……大臣和老百姓都在议论纷纷……老佛爷，宫里，还禁得起更大的丑闻吗？皇上还禁得起更大的风浪吗？"

太后悚然而惊，晴儿还是晴儿，冰雪聪明，说得字字是真，太后冷汗涔涔了："你说，从今以后，你什么话都听我的？你肯发毒誓吗？""是！"晴儿一咬牙，发下这一生最毒最毒的誓："我用萧剑的生命起誓，如果我不听您的，萧剑会被五马分尸！"

太后一震，这么"毒"的誓，她都发了，让人不能不信。"我信你了！"她一拍手，对外喊，"高庸！去把五阿哥和还珠格格带来！""喳！奴才遵命！"

高庸立刻到了密室，要带走小燕子和永琪，小燕子本能地一退：

"老佛爷要我和永琪去？没有我哥吗？我哥不去，我也不去！"她拼命推永琪，"永琪，你去跟老佛爷说，我和我哥哥，在这儿等死！我绝不丢下我哥，一个人逃命！但是，你走吧！你是阿哥，没有人敢动你！"

永琪一把抓住她，着急地说："你不要傻了，你留下也救不了萧剑！出去或者还有办法！"萧剑走了过来，对着小燕子笑：

"永琪说得对！你先出去，再帮我说情。放心，我的命大得很，要死，也没有那么容易！去吧去吧！我们待会儿见！"小燕子不放心地看着萧剑，迟疑不定。"格格，老佛爷还在等着呢！"高庸催促着。小燕子犹豫了一下，就对萧剑急促地说："哥！我去和老佛爷谈……只要我活着，我就不让你死！我们……待会儿见！"萧剑深深地看了永琪一眼，眼里，是托付，是请求。"永琪，保护好她！"永琪也给了萧剑深深的一瞥，眼里，是保证，是承诺，是对小燕子无尽的爱。"我知道！"永琪和小燕子就跟着高庸到了太后面前。太后眼神锐利地逡巡着二人，晴儿站在太后身后，不住对永琪使眼色，悄悄比手势，要他什么都顺从太后。

"我已经把紫薇和尔康，放回学士府去了！至于晴儿，我也不准备追究了！他们大家说服了我，这件事不能扩大，也不能让皇帝知道，我只好咬紧牙关，把所有的责任一肩扛下，你们两个，要不要和我合作呢?"太后问。

永琪和小燕子大为意外，没有料到还有生路，两人都惊喜莫名。永琪急忙答应："老佛爷肯把这件事压下来，就是对我们几个最大的包容和恩惠。如果您不惊动皇阿玛，我太感动了，我一定跟您合作！"

"好！永琪，"太后点头，"我就相信你，君子一诺千金，你要记住今天的承诺！现在，我也折腾累了，不想再谈了！你们回到景阳宫去吧，在皇帝面前，什么都别说，我想，你们比我更知道利害关系。你们等我的消息，去吧！"

永琪没料到这么容易，就没事了，惊愕地看着太后，还不敢走。小燕子却急促地往前一迈，紧张地问："那么，我哥哥呢？"太后皱皱眉头，转头看窗外："什么哥哥？"

小燕子大急，往前一冲，气急败坏地喊："什么哥哥？我哥哥呀！萧剑呀！你要把他怎么样？""我已经问清楚了，萧剑和你一点关系都没有，那根本不是你哥哥！你压根儿就没有哥哥！你去吧，管自己都来不及了，还管什么外人？"太后正色地说。"萧剑不是外人，他是我哥哥，是我亲生的哥哥……"小燕子急得跳脚，"老佛爷，您要把他怎么样？如果他死，我也不要活……"晴儿急得不得了，拼命对永琪打手势。永琪会意，就一把拉住小燕子，劝解着："你不要这样激动，老佛爷一定有她的安排，我们就听老佛爷的话，先回景阳宫去，让老佛爷休息休息！""不行呀！我们回宫去，哥哥一个人，还在密室关着，谁知道会发生什么事？如果老佛爷要他死，他还有活路吗？老佛爷，您会要他的命吗？您会吗？"太后一抬头，眼神凌厉地盯着小燕子，斩钉截铁地说："你们想，这个萧剑，是漏网的钦犯，我怎么会让他活着？你们一个个留下小命，就不错了！还敢为萧剑求情！"晴儿恐惧地看太后，生怕小燕子再刺激太后，做出无法挽回的事，喊着："小燕子，你回去吧！我会和老佛爷谈……有结果了，我再去告诉你！"永琪拉着小燕子就走，小燕子一步一回头，不放心地叮咛："晴儿！你要保护我哥啊！要送点东西去给他吃啊……"太后忽然喊："站住！"小燕子和永琪站住了，双双回头。"好吧！我们就把问题一次解决……"太后锐利地看永琪和小燕子，有力地问："我给箫剑一条活路，你们肯不计代价，什么都听我安排吗？"小燕子、永琪、晴儿都拼命点头。"是是是！老佛爷……只要您开口，只要我们办得到……"永琪急切地回答。

　　"你们一定办得到！"太后就盯着小燕子和永琪一字一字地说，"小燕子，你把福晋的位子，让给知画！你当侧福晋，她是嫡福晋！永琪哪一天娶知画，我就哪一天放掉箫剑！"永琪和小燕子，都大惊失色。永琪惊喊："什么？娶知画？"小燕子怔住了，脸色惨白如死。

第二十五章

　　小燕子和永琪，终于回到了景阳宫。进了门，明月、彩霞、小邓子、小卓子都着急地围了过来，叽叽喳喳地询问怎么一夜不回。小燕子哪儿有心情答复他们，脸色惨白地往椅子里一倒，整个人都虚脱了。

　　永琪憔悴而焦灼地看着小燕子，对太监宫女们挥挥手：

　　"你们都下去！"

　　"是！"

　　明月、彩霞、小邓子、小卓子不安地退下，把房门也关上了。

　　永琪就疾步走到小燕子面前，拉起她，伸手抚摸她的脸颊。小燕子抬起哀哀欲泣的眸子，深深地凝视着他。一时之间，两人都说不出话来，只是彼此凝视着，眼里，是百转千回的深情。终于，小燕子崩溃地低喊了一声，投进他的怀里。

　　"永琪！永琪！永琪……"她一连串地低喊着。

　　永琪哑声地、低低地说："主权在我，我不答应就是！我们先跟老佛爷拖着，等我见到尔康，再商量对策，看看有没有办法把箫剑救出来……"小燕子拼命摇头。

"没办法了！我知道……我哥关在那儿，随时都可能送命……"她凄楚地看着他，"永琪，我听了我爹娘的故事，几乎看到那个惨烈的场面……我哥，他是方家最后的血脉，如果他死了，方家也绝后了！我娘……在临死前，那么辛苦地把他送到大理，保留了他的性命。今天，我这个混账妹妹，假冒格格进宫，又糊里糊涂地爱上你，为了成全我，他牺牲了自己，我爹和我娘，在天上看着我们呢！如果他出了什么事，他们会恨死我！"

"不要这样想，你爹和你娘，会了解我们的苦衷，我们的无可奈何！"

小燕子凝视他，忽然幽幽地问：

"永琪！在你心里，我到底有多少地位？知画进了景阳宫，你心里还有没有我？"

永琪一震，义正词严地说：

"我没说要娶知画呀！我只是说，让我想一想！"他重重地一甩头，"好了，我决定，拒绝就是了！"他抓住小燕子，低声说："我去找尔康，我们订一个计划，今晚，在宫里制造一个假刺客，调虎离山，声东击西，找机会救出箫剑！"他毅然点头，"你不要难过，也不要着急，交给我去办……"说着，回头就走。

小燕子一步就拦住他，紧紧地盯着他：

"不好！这种幼稚的事，我们不能再做！如果事情不成，我哥依然是死，我们几个冒的风险也大，还要牵累紫薇和尔康。不行！我们不能这样做。老佛爷如没有万全的把握，也不会放我们几个出来！她一定什么都考虑过了。"

"是！你说得是！你分析得比我有条理……那么，我们要怎么办呢？"小燕子凝视他，突然心碎地、痛楚地却有力地说："你娶知画！"永琪大惊，身子一退，反射般接口："我不！"小燕子逼近他，热切地盯着他："娶知画！只要你心里有我，我又何必在乎知画呢？娶知画！"

永琪节节后退，睁大眼睛，拼命摇头："不！不！我不！我做不到！我不要！""你要！你非要不可！只有这样，我们才能救我哥！这是老佛爷的条件，我们除了接受，没有第二条路！""不行！不行！我不是一个工具，婚姻不能用来做交换条件，我不爱知画，我不能骗她骗我自己，更不能辜负你！如果娶了她，我有预感，我会掉进一个万丈深渊里，再也没有回头的机会……我不！"小燕子急了，涨红了脸，对永琪再一冲。她爆发了，激动地大喊：

"都是你！你害死了我！你把我弄到今天这个地步，你的皇阿玛毁掉了我们全家，现在，你还要毁掉我哥哥吗？你必须娶知画，救我哥哥！这是你欠我的，你要还我一个健康的哥哥，还我一个活生生的哥哥！如果我哥哥少了一根寒毛，我都要和你拼命！知画比我年轻，比我漂亮，琴棋书画样样比我强，还会颜字柳字，她有哪一点配不上你？你心里明明也喜欢，偏偏还要逼着我来求你，你太狠了……"

永琪越听越惊，也激动起来，跺脚喊："你看你看，你说的是些什么话？你明明在吃醋，还要逼着我娶知画……我不掉进这个陷阱里！说什么都不行！我不要！""你到底要不要？"小燕子尖声问。"不要！不要！不要！不要……"永琪一迭连声喊。

小燕子的眼泪夺眶而出，怒骂："你安心要箫剑死，要晴儿死，要我死！我怎么会进了这座皇宫？怎么会认贼作父？我恨死你！恨死那个皇阿玛……""不要叫，隔墙有耳……"永琪阻止着。"我偏要叫，死在眼前，我还管他隔墙有耳有眼还是有鼻子？你和知画不是有说有笑吗？她是你的鸳鸯你的比目鱼，你还假正经什么？""你这么说，我更不要！"

小燕子早已承受不了这么多的惊心动魄，快要崩溃了。太多的曲折，太多的打击，太多的焦虑，太多的痛楚，太多的震惊……她内心的伤痛，堆积到这个时候，已经饱和。看到永琪这也不行，那也不行，就无法控制了，一阵急怒攻心，她冲到桌前，发现自己的鞭子，拿起鞭子，就一鞭子对永琪抽去，嘴里大嚷：

"都是你害我，你还要这样矫情！我打死你！"小燕子这样一冲一打，茶几翻了，古董架倒了，一阵乒乒乓乓。明月、彩霞、小邓子、小卓子全部冲了进来："哎呀！格格！这是怎么了？""不要不要！格格千万不要和五阿哥动手呀！""不好……怎么打起来了？""我们赶快抢下格格的鞭子！"

四人就冲上前去拉架，这个喊，那个叫，闹得一塌糊涂。小燕子见四人都来拉自己，更是怒发如狂，振臂狂呼："谁敢抢我的鞭子？你们仗势欺人吗？哇……"小燕子飞身而起，一阵挥鞭，外带拳打脚踢，转眼间，把四人全部打倒在地。四人哼的哼，叫的叫："哎哟！哎哟！格格……打死我们了！""哎哟……手断了……""哎哟……腿断了……"永琪再也忍不住，冲上前去抢鞭子，大声喊："不要闹了，我们好好谈，鞭子给我……"小燕子哪里肯听，一面挥鞭乱打，一面红着眼睛大喊："我要打架，我要杀人，我跟你拼了！你们爱新觉罗家，没有一个好东西……"

碰巧，就在这个时候，乾隆来到了景阳宫。早上，永琪没有上朝，尔康也没有来值班，乾隆心里充满了疑惑，下了朝，就直接来景阳宫。岂料，才走到院子里，就听到小燕子的大呼小叫，尤其那一句"你们爱新觉罗家，没一个好东西"刺耳地传来，把乾隆气得差点昏厥过去。

太监们大声通报："皇上驾到！"永琪正在和小燕子抢鞭子，这声"皇上驾到"，吓得他魂飞魄散。手下一停，就叭的一声，挨了小燕子一鞭。正好乾隆进房来，看到这样，更是大惊失色，惊喊：

"小燕子！你在发什么疯？居然敢用鞭子打永琪？你……你……"他定睛一看，才看到满地哼哼着的宫女太监，更加气上加气，"你简直是个泼妇！怪不得老佛爷不喜欢你！你看你什么样子？朕在院子里就听到你的大呼小叫！你嘴里说的是什么话？什么叫作'你们爱新觉罗家，没有一个好东西'？这话，是你能说的吗？说这种话，你想被砍头吗？"小燕子呆住了，握着鞭子，直着眼睛，横眉竖目地瞪着乾隆。永琪收束心神，仓皇行礼。

"皇阿玛……我们没事，只是意见不合……"

小燕子直视着乾隆，穿过那张怒气腾腾的脸，她看到了断头台，看到了自己的爹，正在断头台上，看到官兵飞骑大喊"杀无赦……"看到刽子手拿着巨斧劈下，看到她爹的脑袋滚落地……

她的神情大痛，这么多年，自己居然把杀父仇人当成阿玛！天啊！她手持鞭子，骤然扑向乾隆，嘴里怒喊着：

"哇……砍头？砍头？你还敢骂我……还想砍我的头……"乾隆见小燕子凶神恶煞般扑来，大惊。永琪一看，吓得心魂俱裂，已经来不及阻挡。急切中，想也没想，就顺手抓起桌上一个瓷花瓶，对着小燕子背后一敲。他只想惊醒她，下手非常轻，谁知小燕子一动，花瓶无巧不巧，打在她的后脑勺上，哐啷一声，花瓶应声打碎，小燕子身子晃了晃，就晕了过去。永琪吓坏了，急忙伸手一接，小燕子倒在他的怀里。

乾隆震惊已极，睁大眼睛看着永琪和小燕子。明月、彩霞、小邓子、小卓子心惊胆战地爬了起来，颤抖地对乾隆跪了下去。四人发抖地喊：

"皇上……吉……吉……吉祥！"乾隆惊魂未定，一甩袖子："朕吉祥什么？朕家门不幸，才有这样一个儿媳妇！"永琪抱着人事不知的小燕子，用手托着她的脑袋，觉得手心湿湿的，低头一看，只见手里有血，顿时又惊又怕又急又心痛，连声急喊："小燕子！醒来！醒来！小燕子……"乾隆伸头一看，不知道为什么，这样莫名其妙的小燕子，仍然牵动着他的心，不禁急声呼叫："大家呆在这儿干什么？还不快传太医！""传太医！传太医！传太医……"太监宫女们一路喊了出去。

永琪颤抖着，急忙把小燕子抱进卧室，放在床上，着急地搓着她的手，喊着她。

太医火速地赶来了。小燕子躺在床上，脸色苍白，昏昏沉沉。太医诊视了伤口，上了药，再用布巾包扎起来。永琪目不转睛地看着。明月、彩霞在一边伺候，给太医送上这个，送上那个。太医包扎妥当，再仔细地把脉，又把明月、彩霞叫到一边细问，神色凝重。永琪紧张起来，心里充满了害怕、自责、心痛和后悔。明明只是轻轻地敲了一下，怎么会敲到头？怎么会这样严重？天啊！自己到底做了什么？居然砸破她的脑袋？万一她有个什么，他也不要活了。他看着太医，急促地问：

"怎么样？我看血流得不多……但是，肿了好大一个包，人也昏迷不醒，会不会很严重？"乾隆一直没有离开景阳宫，听到永琪的询问，就走了进来，也抬头看着太医。太医躬身回答：

"回皇上，回五阿哥！还珠格格后脑勺上，只是一点点皮肉伤，几天就会好，没有大碍，就怕……就怕肚子里的孩子，保不住了！"永琪大惊失色，震动至极："什么？她肚子里有孩子？"

乾隆也惊呼出声："她有孕在身？""大概只有两个月的身孕，臣……不敢一个人诊治，请传孟大夫过来，一起诊治，看是留得住，还是留不住……""那还等什么？快传呀！快传！"乾隆疾呼。明月、彩霞就一迭连声地喊出门去："传孟大夫……传孟大夫……"永琪低头看着小燕子，伸手去握住她的手，心里，是翻江倒海的痛："我不知道……我一点都不知道……你怎么不说？怎么又是这样？"

小燕子动也不动，合着眼睑，了无生气。乾隆看到这样，心灰意冷，一甩袖子，说："有了身孕，还在房里演出全武行！这个小燕子……"他的眼前，又浮起刚才小燕子持鞭挥来的样子，真让人不寒而栗，大叹一声，"算了算了！气死朕！"乾隆就掉头而去了。永琪顾不得乾隆了，他没有起身，也没有送乾隆，只是摧肝断肠地看着小燕子，心里在疯狂般地祷告着，神啊！让她好好的，让她度过所有的磨难！

接着，景阳宫里有一阵忙乱，几个太医，穿出穿进地忙了半天，无数宫女，紧急地熬汤熬药，小邓子、小卓子和太监嬷嬷，忙着烧热水，提热水进房。忙到晚上，小燕子的孩子还是失去了。在诊治和抢救的过程中，小燕子始终昏昏沉沉，没有苏醒。或者，这也是上苍给她的一种保护，让她不至于在清醒的状况下失去孩子，避免了立时的伤痛。但是，永琪的伤痛就不是笔墨所能形容的，他把她打伤，眼看她倒地，眼看她流血，眼看她失去孩子，眼看她昏迷不醒……他的心，整个都痉挛成一团，什么叫"心痛如绞"，这才深深体会了。看着她那像沉睡般的脸孔，依旧带着几分她独特的稚气，他更加自责，后悔得快要疯掉！千不该万不该，不该拿花瓶打她！

夜，悄悄地来了。室内燃起了灯火，明月、彩霞带着宫女，不住帮小燕子擦汗，搓着手脚。永琪站在床前，一动也不动地看着她。

小燕子终于呻吟一声，睫毛颤动着。明月惊喊："醒了醒了，格格醒了！"小燕子呻吟着，弓着身子，嘴里喃喃地说着："痛……痛……"永琪一下子就扑了过来，推开明月、彩霞，坐在床沿，俯头热切地看着她。"哪里痛？哪里痛？睁开眼睛，看看我！"他哑声地喊。

小燕子动了动身子，睁开了眼睛。在模糊的视线中，看到了永琪苍白的脸。"哎哟！好痛！"她虚弱地说，伸手去摸脑袋，摸到了包扎的布巾。"不要碰！"永琪一把抓住她的手。

小燕子凝视永琪，觉得自己不对劲，抽回了手，压着肚子，咕哝着："怎么这儿也痛，那儿也痛？外面也痛，里面也痛？""太医说……休息休息就会好，你……怎么不告诉我？"永琪的声音里滴着泪。"告诉你什么？"她忽然脸色一变，睁大眼睛看他，"我……我……太医来过了？"

他点点头，充满了怜惜和伤痛地看着她。

"对呀，把我折腾了好半天……"小燕子在昏迷中，也曾感到许多太医把她翻来翻去，原来太医来过了！她心中猛地一阵跳动，难道、难道……自己怀疑的事成真了？她的眼中，蓦然闪出希望的光彩来。她盯着永琪，讷讷地、结舌地、羞涩地问："我……是不是……是不是有了？"看到她眼里的闪光，听到她声音里的希冀，永琪的眼眶，蓦然湿润。"已经……没有了！"他痛楚地说。她怔了怔，疑惑地看着他。他困难地咽了一口气，伸手握住了她的双手。"原来……你自己都不知道，你怎么总是这样？有了上一次的经验，你怎么还会不知道？"他轻声地埋怨，不忍责备。如果自己知道，怎么也不会和她动手。"有了，又没有了？我……"小燕子心中一抽，她明白了，"我……我又失去一个孩子？"永琪看到她眼中的光彩，立刻黯淡下去，心里，更是涌上排山倒海般的痛。他吸了口气，忍住自己的痛，去安慰她："没关系，不要难过，孩子有什么稀奇？我们再接再厉！嗯？"她不说话，思前想后，眼里的痛楚越来越深，半晌，才喃喃地说：

"这次，我是有感觉的，我怀疑了好多天，不敢说！就怕弄错了，闹笑话……结果，没有了！我连小名都想好了，假若真的有了，就叫'南儿'，紫薇有'东儿'，我们有'南儿'，是'南巡'时候有的……怎么又没有了?"

永琪听她这样说,心里更痛,把她的手拉到唇边,吻着,哑声低语:"别说了!"

明月、彩霞在一边掉眼泪。这时,宫女捧着药碗过来。明月急忙说:"五阿哥!让我先伺候格格吃药!"永琪接过药碗说:"让我来!"

小燕子眼里,逐渐充盈着泪水。她把头一转:"我不想吃!""格格不要说傻话了,药,哪有想吃不想吃的呢?一定要吃呀!"彩霞着急说。"是呀!吃了才有力气挥鞭子啊!打架啊!练功夫啊!"明月哄着。

挥鞭子?小燕子想起挥鞭子的事了,想起乾隆,想起杀父之仇,想起还困在密室里的哥哥,想起太后的提议,想起知画……她都想起来了,她的脸色,随着回忆越来越沉痛,越来越愁苦。

"不吃不吃不吃!就是不吃!"她转开头。"就看在五阿哥亲自帮你捧着药碗的面子上,也要吃啊!"彩霞柔声说。"不吃不吃!我说不吃就不吃!"她含泪带恨地说,"吃什么药?死掉算了!"

永琪痛楚地看着她,把药碗放在床头的小几上,对明月、彩霞说:"你们统统出去!让我跟她说!""是!"

明月、彩霞不放心地看了永琪一眼,带着宫女们退了出去。永琪见室内没人了,就把小燕子的身子拉了起来:"小燕子!你看着我!"小燕子坐起身,抬起眼睛看着他。永琪非常非常温柔地说:

"你跟我生气没关系,等你身子好了,要挥鞭子要打人都随你！千万不要和自己的身子过不去！药，一定要吃！"他祈求地看着她，"小燕子，我心里已经像烧火一样，烧得全身都痛，你不要再让我急，我求你了，吃药好不好？"

小燕子见他低声下气，心里一阵痉挛，眼泪就涌进眼眶。她可怜兮兮地说：

"不是，我不是跟你生气，我很伤心呀！我知道我又闯了大祸，我居然挥着鞭子要打皇阿玛……我哥还关在密室里……我又弄掉了孩子……躺在这儿，怎么去救我哥？"说着，泪珠就滚下面颊，跌碎在棉被上。她用力地看他，好像要看进他的灵魂里去，她的声音，充满了哀求："你，到底要不要娶知画？"

永琪深深地凝视她，他的眼光，也看进了她的灵魂深处，答非所问地说："对不起，打到了你的头，当时，已经神志不清了……"小燕子没有力气管自己的头，现在，痛的不是头，是她的心！她盯着他，用十分温柔的声音，谅解地说："幸亏你打昏了我，如果你不打到我的头，不知道会弄成怎样！以后……不要打那么重，打轻一点嘛！"

永琪听到她这样温柔的声音，这样体谅的言辞，还有……她还想说笑话，来缓和自己的犯罪感……他心里真是如火如荼，一股热浪直往眼里冲，他想给她一个微笑，不知怎的，笑没有成形，眼泪却滚滚而下。

看到永琪的泪，小燕子大震，心脏剧烈地抽搐，要有多痛就有多痛。她伸手摸永琪的脸颊，永琪的泪，惊愕地、震动地说："永琪，你哭了？"他一语不发，把她的身子，拉进了怀里，用嘴唇去吻她的额，再吻她的眼睛，继续吻她的鼻尖，又吻她的面颊，再吻她的唇……一面吻她，眼泪一直掉。看到他这样，她哪儿还忍得住，眼泪也疯狂地落下。她伸手去揽住他的脖子，在他耳边哽咽地、心痛地、自责地、慌乱地说：

"不要这样，你不要哭，你这样，我很难过呀……我……我知道我有很多错，我以后不凶你了，不乱发脾气了……也不闯祸，不攻击皇阿玛……不打架，不弄掉孩子……我吃药！我马上吃药……"

听到她这么温柔而惶急的声音，感受着她那份真挚的爱，永琪心里，就燃烧起熊熊的火焰，每一朵火焰里，都是对她的"热爱"，这才知道，爱为什么是热的？这么灼热，烧痛了他的五脏六腑。为了她，刀山油锅，他都可以下！天堂地狱，他都可以去！他还有什么可顾虑的呢？他低低地说了几个字：

"我娶知画！"

小燕子一怔，没听清楚，慌忙问：

"你什么？"

"我娶知画！"他咽着泪，清楚地说，"如果这是唯一的解决办法，如果这样可以救箫剑，我娶知画！"小燕子心情一松，眼睛一闭，泪珠成串地滚落。她不知道是喜是悲，只是把永琪紧紧紧紧地搂着。心里，在疯狂般地呐喊，永琪，我爱你爱你爱你爱你……室内一灯荧然，两人就这样紧拥着，谁都不愿放开手。好像彼此不抱紧，就会失去对方一样。

第二十六章

　　太后知道，要永琪娶知画，还有一关要过，就是乾隆。她也不明白，为什么乾隆这么喜欢小燕子？他自己有三宫六院，却为了维护小燕子的专宠，在她生不出儿子的情况下，还没给永琪再娶几房福晋，实在是奇哉怪也！

　　晚上，太后到了乾清宫，乾隆就关心地问："小燕子怎样，孩子保住没有？""孩子已经掉了！孟大夫说，好像是个男胎！""唉！可惜！"乾隆跌脚叹息。"掉了就算了，也没什么可惜，小燕子的孩子，谁知道长大会怎样？生下来是福是祸，都很难预料！"太后想着小燕子的身世，不寒而栗。乾隆眼前，就浮起小燕子把宫女太监打了一地，还拿鞭子对他冲来的样子，他不能不承认，当初太后认为小燕子不学无术、不能娶为媳妇的言论，确实有理。

　　"皇帝，我不是来报信的，我来和你商量一件事！""老佛爷请讲！"

太后屏退了左右，这才慎重地开口："你是不是已经决定，要立永琪为太子？""怎么？宫里有什么传言吗？"乾隆不安地问，这个问题，一直是大忌。"不是！是我想了解一下！""是！除了他，还有谁能当此重任？"乾隆证实了太后早有的预测。"那么，你认为小燕子能当未来的国母吗？你不怕她成为天下的笑柄吗？她连一个孩子都保不住，结婚四年，掉了两个孩子！再说……你对她的身世，一点都不在乎，但是，天下人是不是也能不在乎？如果永琪一直迷恋小燕子，不赶紧再娶一个福晋，只怕这个太子，他也承担不起！"

"老佛爷的意思是……"乾隆看着太后。"马上给永琪再办一场喜事！知画虽然是个汉人，却是陈家的女儿，是名门闺秀！知书达礼，才貌双全，比小燕子强太多了！""知画？她愿意吗？永琪和小燕子……同意吗？""知画、永琪、小燕子都是我的事，我去摆平！现在，我需要你点头！"

知画确实是个很好的人选。他能不点头吗？乾隆眼前，再度浮起小燕子凶神恶煞般扑来的情形，哑然无语，叹了口气，点头了："老佛爷怎么说，就怎么办吧！"

太后在积极地安排永琪娶知画，尔康却在积极地给小燕子找生路。

这天，尔康一大早就出门，到慧心院去找那位静慧师太。紫薇忧心忡忡，又不敢让福伦和福晋知道这事，一整天都坐立不安。一直等到晚上，尔康才匆匆忙忙地回来了，拉着紫薇就进了房，神色凄然。紫薇一看他的脸色，就紧张起来。

"你找到静慧师太了吗？有没有和她沟通好怎么说……""没有找到！我去了慧心院，尼姑庵里的住持说，她去云游了，行踪不明！""那怎么办？怎么回复老佛爷？""我已经进宫，回复了老佛爷！这事不能拖，免得老佛爷疑心我又在耍花样！"尔康握住紫薇的手，沉重地说，"进宫才知道，小燕子好惨，昨天差点打了皇阿玛，被永琪敲破了脑袋……还有，她又流产了！""流产？"紫薇大惊，"她几时怀的孕，怎么我都不知道？""永琪说，谁都不知道！小燕子自己也糊里糊涂，还一会儿挥鞭子，一会儿打架！再加上旅途劳顿，揭开身世的刺激……总之，孩子就掉了！"紫薇难过极了，走到床边去，跌坐在床沿上，说：

"小燕子会心痛死了！你不知道，她外表嘻嘻哈哈，什么都不在乎，心里是很在乎的，上次流产，她也难过得要命！""还有更惨的事……"尔康重重地叹口气，"永琪已经答应娶知画！"

紫薇惊跳起来，脱口惊呼："什么？永琪答应娶知画？那……小燕子怎么说？""小燕子还能怎么说？为了救箫剑，就是要她死，她也义无反顾！""但是，永琪娶知画，比要她死还严重，那是生不如死呀！"紫薇将心比心，觉得兹事体大，实在太严重了，着急地问："那个知画，也愿意吗？"

"知画心里怎么想的，我真的不了解！"尔康深思地说，"这次，老佛爷从摆鸿门宴，迷昏我们，到放出我们，谈条件，各个击破……简直是快刀斩乱麻！使我不能不猜想，后面还有军师！这么大的事，皇阿玛那儿，她能沉住气，消息滴水不漏，好像也不是她的作风！"

"你是说，知画是那个军师？不可能！她那么小，不会那么厉害！""人不可貌相，海水不可斗量！"尔康深思地说，觉得隐忧重重。

紫薇想到小燕子的处境，想到关在密室里的箫剑，想到有情却不能相守的晴儿，想到惊知真相、左右为难的永琪……心里越来越沉重。她也想到知画，知画知画知画……她扮演的又是什么角色？是宫里的另一个悲剧吗？她的眼睛顿时一亮。

"这事还有希望，如果知画不愿意，老佛爷也不能勉强。知画太年轻，她不懂小燕子和永琪的感情，如果她明白，自己嫁过去，会成为一个傀儡，一个怨妇，一个破坏别人婚姻的人，甚至是个眼中钉……大概她也不愿意！"

尔康看着紫薇，眼里燃起希望，她说得有理！"或者，应该有人去和知画诚恳地分析一下！不过，老佛爷要我们促成这件事，我们反而破坏……""顾不了那么多了，我们不是破坏，只是分析！"紫薇急促地打断他，"我明天就进宫！明月和慈宁宫的绿娥，相处得不错，让她传个话！"

紫薇说做就做，事情十万火急，不能再耽搁了。现在，所有的希望都在知画身上。第二天，她就在宫女们的"穿针引线"下，见到了知画。明月、彩霞把风，她把知画带到宫里一个隐秘的小角落，四面花木扶疏，假山重叠。

知画站定了，四顾无人，就急促地说："紫薇格格有话快说，我偷溜出来见你，只怕老佛爷发现，会以为我和你串通，在欺骗她，那就惨了！""知画！"紫薇开门见山，"我直话直说，你要聪明一点，不要嫁给五阿哥！"知画抬眼直率地看着紫薇，大大的眼睛里，一片认命的温柔，说："紫薇格格，你要说的话，我都明白了！坦白告诉你吧，老佛爷这个决定，我早就体会到了！在海宁的时候，老佛爷和我爹娘，就有了默契，不管有没有小燕子身世这件事，我想，迟早老佛爷都会跟五阿哥摊牌！至于我，不过是个女人罢了！女人有什么地位呢？还不是听爹娘的！有老佛爷做主，我还能说什么？”

“不对不对！”紫薇急切地说，“中国的女人，就是有你这种思想，才做了几千年的奴隶，几千年男人的附属品！我们不能太被动，应该争取自己的主权，应该为自己的幸福着想！你跟着五阿哥，是不可能幸福的！五阿哥全心全意，都在小燕子身上，你难道没有看明白吗？你这样嫁过去，是一种悲哀呀！”

知画垂下睫毛，无奈地说：

“我也明白啊！但是，老佛爷的命令，不能不听啊！我也跟老佛爷说了，还珠格格和五阿哥情深义重，我不想搅和进去！可是，老佛爷说，如果我不答应，她就告诉皇阿玛真相，杀了还珠格格！”

“啊？”紫薇大惊，看着知画。知画拼命点头，继续说：

“还有晴格格，她也走投无路了，箫剑还关在密室里，几天来，都没吃什么东西，事情再拖下去，恐怕箫剑也难逃一死！”她恳切地凝视紫薇，眼神里一片真挚，“我不是你们的敌人，我不是还珠格格的破坏者。在海宁和杭州，我目睹了你们几个做的事情，我也感动啊！假若，嫁进景阳宫，是我的悲剧，为了救小燕子，救箫剑，救五阿哥，救晴格格……我，也义不容辞了！”

知画一番话，说得那么情真意切，紫薇又是震动又是感动，还有深深的惭愧。

"对不起！我误会了你……"紫薇讷讷地说，"这样，你的牺牲不是太大了？"

"只要五阿哥和还珠格格了解我的苦衷，不要让我的日子太难过，我也认了！"

"永琪和小燕子都是很心软的人，不会为难你的……但是，你的爹娘，愿意这样做吗？他们不担心吗？"知画看着紫薇，推心置腹地说：

"我想，老佛爷说服了我爹娘……我爹和我娘，教我各种学问，栽培我，可惜我只是女儿身！就算力争上游，也是嫁给人当老婆！爹娘最大的希望，就是我能嫁个好人家，生活得有地位！老佛爷到了海宁，让我爹娘了解了，女人最高的地位，活到老年的时候，就像老佛爷那样吧！"

紫薇睁大眼睛，惊愕地看着知画。

"难道……老佛爷答应你爹娘，如果你嫁给了五阿哥，就扶持你当皇后？"

知画垂下头去，默认了。

"可是……可是……皇阿玛的阿哥那么多，不一定会立五阿哥做太子呀！"

"那……我爹娘就赌输了！"知画无奈地笑了笑。

紫薇看着她，越看越惊，不禁抽了一口冷气。

"原来，你爹你娘，一心要你当皇后！"知画抬眼看紫薇，眼里，有委曲求全的痛楚；脸上，带着娴静和柔顺，"理所当然"地说：

"我从小是念四书五经长大的，爹娘生我育我，恩重如山。

我无以回报，'孝'字做不到，起码要做到'顺'！我的婚事，长辈们早有计划，我自己的意愿，根本微不足道！我爹娘送我进宫的时候，我就不再考虑自身的幸福了！景阳宫，是冷宫还是热宫，我也……只能听天由命！这是我们做女儿的，唯一可以安慰父母的事吧！"

知画说得悲哀，说得诚恳，紫薇瞪着她，这是多么伟大的一份孝心，多么"无我"的顺从！紫薇在震动和佩服中，哑口无言了。

和知画见完面，紫薇立刻去了景阳宫。尔康、小燕子和永琪都在那儿等紫薇的消息。小燕子头上包着布巾，躺在靠椅里，身上盖着薄被，形容憔悴，永琪不比小燕子的情况好，脸色也是苍白的，眼睛深陷，显然几夜都没睡好。当紫薇把见面经过细述一番之后，永琪猛然跳起身，惊喊：

"原来，陈家以为我一定会当太子，所以要知画嫁我！这事简单了，我从来没有要当太子的念头，我只要去跟皇阿玛说明白，让皇阿玛放出风声，不会立我为太子，知画和老佛爷就会自己撤兵了！"说着，眼睛一亮，向外就走，"小燕子，你不要急，这事还有转机，我这就去找皇阿玛！"

尔康一把拉住了永琪："不忙！为了一个知画，失去太子的地位，未免不值得！""有什么不值得？"永琪着急地问，"你们看我，像是一个当皇帝的人吗？"

尔康和紫薇，双双点头。"你仁民爱物，心地宽容，能文能武，又接近百姓，知道民生疾苦……确实是个好皇帝的人选！"

紫薇说。"你不当皇帝，我不为你可惜，我为天下的苍生可惜！"
尔康接口。"谢谢你们两个的抬举！"永琪着急地说，"可是，我
不想当皇帝，不要当皇帝，行吗？在宫里，所有的麻烦，都是
'当皇帝'三个字引出来的！我没有这个野心，也没有这种壮
志！"就看着小燕子问："小燕子，你在乎当皇后吗？"小燕子怔
怔地看着永琪，大惑不解地问："怎么有人把'当皇后'作为一
个'目标'？我们宫里，就有一个剃光了头发、比坐牢还惨的皇
后！""就是呀！知画也看到皇后的下场了，不过，这并不是她的
意愿，她都在为我们着想！"紫薇叹了口气，看永琪，"其实，知
画实在是个好心的姑娘……"永琪一跺脚，喊：

"所以，嫁给我太委屈了！""假若知画这么善良，为了救小
燕子和箫剑，宁可和小燕子共有一个丈夫……五阿哥，这可是恩
重如山，你更难办了！"尔康沉吟着说。

"有什么难办？"小燕子眼眶一红，"我把永琪让给她就是
了！反正我也生不出孩子……反正……"她的声音颤抖着，又想
起那个"杀父之仇"了，"我也不想给爱新觉罗家生孩子，就让
她去生吧！"

"小燕子！此时此刻，你还说这种话……"永琪苦恼已极地
喊。这时，在小邓子的通报声中，晴儿气急败坏地冲进房，一进
门就对永琪求救地说：

"五阿哥！老佛爷说，皇上已经同意你娶知画！事情也不能
再拖了……因为……"她的眼泪掉下来，"箫剑每天坐在密室里
吹那支箫，除了喝几口水，几乎什么都不吃……老佛爷不许我去
看他，我很害怕……再熬下去，他也撑不住了！老佛爷说，你成

亲之后，才要放人！"

众人大惊，小燕子就跳下靠椅，激动地冲到永琪面前，推着他，嚷着："你快去告诉皇阿玛！你明天就成亲，不不不！今晚就成亲！你快去快去……"永琪怔忡着，无暇细思，急急地冲出门去。一口气冲到了乾清宫，见到了乾隆，三言两语说明来意，乾隆惊愕地看着他，大为意外："你要马上娶知画，小燕子也赞成，这事，实在有些奇怪！"

"皇阿玛不要问了，我一定有苦衷……"永琪答得又痛楚又勉强。乾隆盯着永琪，自以为了解了，压低声音问："你对人家姑娘做了什么？一时之间，把持不住吗？听说，几天前，你们在慈宁宫喝醉了，是不是你酒后做了什么？""不是不是！不是皇阿玛想的这样！"永琪面红耳赤地说，"这是什么话？""好吧！不管是怎么样，知画也不会委屈你！要办，就马上办吧！"

永琪吸了一口气，忽然说："皇阿玛！您能不能宣布，不会把我列入太子人选！"

乾隆一个震动，立刻抬眼正视着永琪："为什么？""我觉得我不适合当太子！六阿哥、八阿哥都不错！尤其六阿哥，书念得比我好，他比我强！还有几个小弟弟，长大了也是人才……""永琪！"乾隆凝视着他，重重一叹，"不瞒你说，自从南巡回来，朕觉得一天比一天老了，体力精神，都大不如以前了。""是不是旅行的疲倦还没恢复？太医怎么说？"永琪立刻着急而关心起来。"太医可以'治病'，不能'治老'啊！"乾隆盯着他说，"让朕跟你说两句知心话，你的几个哥哥，都幼年夭折，没有带大。目前，适合当太子的人选，永瑢已经过继给慎郡王，没有继承皇位的机会了！永璇年龄还小，学问是做得不错，骑射功夫就弱了些，气势和人缘都输给了你！剩下的几个小阿哥，都是孩子，不成气候……放眼看去，除了你，朕还能选谁？"

永琪这才知道乾隆早已决定了，不禁惊看乾隆，顿时冷汗涔涔："皇阿玛！可是……我从来没有想过要当太子……""那么，从今天起，你应该想一想了！""皇阿玛……"

乾隆站起身子，再度打断他，沉重地说：

"你们曾经说服朕，要朕以大局为重，放弃盈盈！但是，你和尔康，却把感情看得比任何东西都重要！朕也要告诉你，人生有许多责任，是超过感情的！你不能做一个'唯情主义'的人，你没有资格这样做！你的生活里，不只小燕子，还有这个天下的重责大任！如果你成天陷在'小儿女'的私情里，你怎么成大事、继大统？"

永琪越听越惶恐。乾隆充满感情，几乎有些脆弱地继续说："你，也要为朕想一想呀！朕已经步入老年，假若，你脑子里，只想着自己，只想着小燕子，甚至想着远走高飞，你，要朕把这江山百姓，交给谁去？"永琪震动着，惭愧得无地自容了。

"皇阿玛，永琪知错了！"

乾隆走过来，安慰地拍了拍他的肩，诚挚地说："哪个皇帝不是三宫六院？就从知画开始吧！不为了做伴，也要为了皇储着想！小燕子连个孩子都保不住，说话做事，毫无分寸……老佛爷用心良苦，朕和你，都接受事实吧！"

永琪沉痛地看着乾隆，一句话也说不出来了。

第二十七章

一切的努力都宣告失败，永琪娶知画，成了定局。刚好三天后就是良辰吉日，太后生怕夜长梦多，立刻宣布这天为大喜之日。日子定得这么仓促，连陈邦直夫妇都赶不及参加。太后未雨绸缪，把知画改了自己的姓氏"钮祜禄"，算是过继给自己的侄儿，这样，知画就算是满人了，更成了太后的侄孙，身份何等尊贵！她将由慈宁宫嫁到景阳宫。顿时间，慈宁宫也好，景阳宫也好，全部忙成一团。

太后的亲信桂嬷嬷，带了许多太监和宫女，都赶到景阳宫来布置新房，从院子开始，到处张灯结彩。太监们架着梯子，在门楣上、大树上、围墙上、照壁上……凡是可挂宫灯的地方，全部挂上宫灯，可贴囍字的地方，全部贴上囍字，还有那些彩带彩球，更是挂得琳琅满目。

桂嬷嬷站在院子里，指挥这个，指挥那个，得意扬扬地嚷嚷着：

"门框上的灰，要先擦一擦！先挂彩带，再挂彩球，中间挂囍字宫灯……太低了！太低了……高一点……不不不！又太高了，低一点……"回头一看，大喊，"翠儿！珍儿……你们麻利一点，围墙上，树上……全部要挂满彩带，等会儿老佛爷要来看！做得不好，我扒了你的皮……小邓子，小卓子，你们倒舒服，就站在一边看热闹，怎么不动手？"

小邓子和小卓子，看到这种架势，深为小燕子叫屈，正在敢怒而不敢言，听到桂嬷嬷的吆喝，小邓子就没好气地冲口而出："你们那么多人在忙，我们也插不上手！""就是！"小卓子接口，"这么多彩带，不怕把人绊个筋斗吗？又不是第一次办喜事，这么夸张干什么……"小卓子话没说完，桂嬷嬷走了过来，扬手给了他一巴掌，大骂："讨打！这话是你说的！我告诉老佛爷去！"小卓子捂着热辣辣的脸孔发呆，小邓子一拉他的衣服。

"干活去！干活去……别说话了！挂彩带……"小邓子抓了一堆彩带，就往小卓子手里塞。小卓子气冲冲地，走开去挂彩带了。大厅里，也是张灯结彩，一片喜气洋洋。无数宫女，在花瓶上、窗子上、摆设上、墙上……贴着囍字。明月、彩霞也在贴着，两人都气呼呼的，愤愤不平。明月对彩霞低声说："这是干什么？当初还珠格格成亲，也没把房间弄成这样。听说，结婚排场比两位格格成亲的时候还要大，这不是给还珠格格下马威吗？"

"就是！"彩霞撇撇嘴，"不管知画姑娘的家世怎样，不管老佛爷多喜欢，总之，是娶二房嘛！说穿了，就是讨小老婆嘛……"桂嬷嬷不知何时，已经站在两人身后，冲上前来，彩霞也挨了一个耳光。彩霞大惊，抬头看桂嬷嬷，叫喊："你怎么打人?""你嘴里不干不净，我代老佛爷教训你！"桂嬷嬷盛气凌人。"我有什么不干不净？我说的是事实……"

桂嬷嬷一伸手，就扯住彩霞的耳朵，彩霞拼命挣扎："哎哟！哎哟……"

明月看到桂嬷嬷欺负彩霞，就扑了过来，去拉桂嬷嬷的手，要抢救彩霞："桂嬷嬷！放手！格格说过，不可以打奴才……""老佛爷可没这么说过！"桂嬷嬷嚷着。

小燕子早已被惊动，站在大厅门口，看到这一幕，气得脸色发青。她忍无可忍，冲了过来，一把拉开了桂嬷嬷的手，拦在彩霞面前，大叫："住手！谁敢打我的人，就等于打我！桂嬷嬷，你在老佛爷那儿威风就够了，这儿是景阳宫，你睁大眼睛看看清楚！"桂嬷嬷赶紧行礼，堆下满脸的笑，说：

"还珠格格吉祥！身子还没好，怎么不躺在床上休息？这儿的事，有我桂嬷嬷监督着，不劳格格费心！至于教训彩霞，那是不得已，还珠格格也不希望奴才们，仗着有格格撑腰，就作威作福吧！赶明儿，新福晋就进门了，老佛爷要奴才跟着过来，免得景阳宫的奴才们没规没矩，奴才只好先提醒她们！"

小燕子一愣，睁大眼睛问："老佛爷要你一起过来？""是啊！以后，这景阳宫的家务事，格格都不用操心了！交给奴才就是！"

小燕子呆住了。这以后，景阳宫还有她的地位吗？还有好日子过吗？桂嬷嬷抬头一看，宫女们都在倾听，就挥手大嚷："怎么都站着不动？快干活！彩球、囍字、宫灯、彩带都挂起来……"小燕子满脸挫败，脸色苍白。眼光向里面看，那儿是知画和永琪的新房，从家具到摆设，全部从慈宁宫搬来，件件都是精雕细琢的。她身不由己，就慢慢地走了过去。

宫女们正在新房忙碌着，满室喜气。雕花床上，垂着红色的帐子。珍儿、翠儿是慈宁宫的宫女，这时正忙着铺床。一条绣着鸳鸯戏水的红色床单，铺上了床。然后是一摞锦被，有的绣着比翼双飞的大雁，有的绣着四季花卉，有的绣着成双成对的蝴蝶……被两人折叠成条形，一条条放在床里。接着，绣着囍字的枕头，成双地放好。然后，是最重要的一件东西，一条白色的、两端绣囍字的"白喜帕"打横铺在红被单上，看来十分醒目。

珍儿咪咪笑着，低问翠儿："这个'见红'的事，老佛爷也会亲自检查吗？""可不是！万一没见红，那不是丢人吗？""我听说，老佛爷要检查，是怕五阿哥不洞房……"珍儿压低声音。"不洞房？那怎么可能？知画姑娘那么漂亮，又是老佛爷和皇上指婚，只怕五阿哥等不及要洞房呢……男人就是男人嘛……"两个宫女就悄悄笑着，忽然一抬头，发现小燕子挺立在门口，不禁吃了一惊，两人慌忙屈膝行礼："还珠格格吉祥！"小燕子瞄了宫女们一眼，再看看那张床，那些锦被，那对枕头，那条触目惊心的白喜帕……一咬牙，出去了。外面忙得人仰马翻，永琪却把自己关在书房里，背负着手，像困兽般在房里走来走去。一声门响，小燕子冲了进来，关上房门，一下子就站在他面前，痛苦地喊："我后悔了！我接受你的提议，你去找尔康，找柳青，找所有能找的人，今晚，我们来一个大闹皇宫，火烧慈宁宫，救出我哥哥！"永琪大惊，看到窗外人影绰绰，都是慈宁宫派来的宫女太监和嬷嬷，急忙用手蒙住小燕子的嘴巴，紧张地低声说：

"嘘！你在胡说什么？此时此刻，计划也来不及，行动也来不及！"他盯着小燕子，无奈至极，"我们被困住了，除了遵守承诺，没有第二条路了！"小燕子挣脱他，眼眶涨红了，心里酸涩到极点，委屈地说："我知道我知道，你巴不得娶知画，巴不得和知画'洞房'！男人就是男人……当然什么都来不及了！""你这是什么话？"永琪脸色惨变，转身就走，"好！我去慈宁宫，我去见老佛爷，告诉她我变卦了！至于箫剑，他有他的命，看他的造化吧！"小燕子顿时瓦解了，飞奔过来，拦住他，用带泪的声音，凄然地喊："不不不！我胡说八道，我脑筋不清，你不要理我！你不要变卦，你娶知画，娶知画娶知画……"永琪把她一拉，就拉进了怀里。他用胳臂紧紧地扭着她，似乎恨不得把她压进自己的身体里面，他的嘴唇贴着她的耳朵，痛楚地说：

"小燕子啊！人生有这么多的无可奈何，我们有了生命，就逃不掉各种责任！昨天，皇阿玛也跟我有一番恳谈，我生在帝王家……未来的生命里，说不定还有更多的考验！我们一起去面对吧！不要再逃避了！你那天说，幼稚的事，我们不能再做了！你知道吗？这句话让我有多大的震撼，你终于成熟了！"

小燕子推开他一些，仰头看着他，眼里盛满了感动，可怜兮兮地问：

"是吗？""是！但是……在娶知画以前，我还是要去一趟慈宁宫，不见箫剑一面，我不放心！也不甘心！""我也要去！"小燕子背脊一挺，急忙说。是啊，好几天没看到箫剑，不知道他被折磨成什么样子，万一没有救出箫剑，再迎娶了知画，那岂不是冤枉透顶！"你到床上去躺着吧！刚刚流产没有几天，跑到慈宁宫，老佛爷看到又生气！何况，你的身子重要，听我的话！""我已经好了，没事了，我一定要去！这次和哥哥分手，谁知道什么时候才能再见？"小燕子急急地说，迫不及待了。

太后完全了解永琪和小燕子的担心，为了不在这紧要关头再起变化，她很爽气地答应了两人，于是，永琪和小燕子重来密室，见到了萧剑。只见萧剑在室内盘膝而坐，神色憔悴，径自吹着箫，箫声在整个石室中回响。

铁门"钦钦……"地打开，永琪和小燕子冲进房，高庸带着侍卫紧跟在后。"哥……哥……萧剑……"小燕子痛喊着，好像几百年没看到萧剑了。萧剑看到两人，一跃而起，惊喜地喊："你们来了？"

高庸行礼说：

"五阿哥，还珠格格，你们和萧大侠快快谈！奴才告退！"高庸带着侍卫出门去，关上了房门。小燕子立刻冲到萧剑面前，拉着他的手，上看下看，左看右看，又悲又喜。

"哥哥！你怎样？好不好？听说你都不肯吃东西！你干吗那么傻？吃东西才有力气呀！吃东西才能打架呀！你为什么不吃？饿成猴子头，还能做什么？""你们怎么会过来？"萧剑震动已极地看二人，"自从你们出去以后，一点消息都没有，我急呀！哪里还有胃口吃东西……""没办法呀！这个慈宁宫，都是老佛爷的人，高庸守着，滴水不漏，晴儿的宫女，想贿赂太监，一个都动不了……"小燕子有一肚子的话想说。

"小燕子，我们时间不多！说重点吧！"永琪赶紧打断，看着箫剑，郑重地说，"箫剑，所有的问题都解决了！老佛爷瞒住了真相，皇阿玛什么都不知道。明天晚上戌时，高庸会把你送到神武门，尔康的马车在那儿等！上了马车，你就去吧！从此，不要再回北京了！小燕子有我照顾，你尽管放心！"

箫剑神色一凛。"就这样？"他问。似乎太简单，太容易了。"就这样！到了马车上，尔康再跟你细谈！"

箫剑轮流看两人，看到小燕子的憔悴，也看到永琪的憔悴。他咬牙问："你们答应了什么条件？""我们答应终身保密，小燕子答应忘掉仇恨！也代你答应……远走高飞！"永琪说。"晴儿呢？答应留在老佛爷身边，伺候老佛爷一辈子？"

永琪怔住，答不出来。小燕子眼神一暗，哀求地看着箫剑说："你先不要急，出去了再说！关在这儿，和晴儿只隔几步路，还是见不着面！出去了，我们再帮晴儿想办法，再帮你想办法！哥……我保证，让晴儿跟你团圆！"箫剑沉吟不语，永琪一巴掌拍在他肩上，义正词严地说："箫剑，来日方长！事在人为！小燕子说得对，出去是第一要事！目前，我们除了妥协，还是妥协！因为……每个人都在为其他的人牺牲！"箫剑看看永琪，看看小燕子，看到两人都是一股倦容，尤其小燕子更加苍白消瘦，猜到她已心力交瘁，想到她的处境，毅然点头："我明白了！我听你们的！明晚戌时……为什么是戌时呢？""因为……"小燕子眼眶湿湿的，"因为那是吉时良辰……"

箫剑纳闷不懂，永琪赶紧接口："箫剑！明晚我们就不送你了！出了宫门，走得越远越好！"小燕子一把抓住箫剑的手，紧紧地握了握，泪珠在眼眶里打转，她哽声说：

"哥！那把剑还在尔康家，我没时间去学士府，明晚，尔康会带给你！从今以后，尔康家、会宾楼都不能再住！北京也不能再留，你保重……我们大理见！"萧剑惊看小燕子，被她的稳重和诀别似的句子震动了。这时，门开了，高庸进房来。

"五阿哥！还珠格格！老佛爷要奴才送你们回景阳宫！"小燕子心中一痛，生怕再也见不到萧剑，握着他的手不放，心碎地喊："哥！哥！哥……你保重……哥……"萧剑心中已经了然，此次一别，再见难期，就把那支箫往小燕子手中一塞："小燕子，这支箫你拿去！我拿剑，你拿箫，我确信这箫和剑，总有一天，还会合在一起！"小燕子就紧紧地握着那支箫，痴痴地看着萧剑。永琪凝视着萧剑，和萧剑的手，紧紧一握。

"珍重！后会有期！"永琪语重心长。"彼此彼此！"

永琪掉头，拉着小燕子就走。小燕子泪汪汪，一步一回头，含泪喊："哥！哥……下次见面的时候，我吹箫给你听！""一言为定！"萧剑答了四个字，就转过身子，背负着手，不再看两人。

小燕子被永琪拉走了，一路上，一直喊着："哥！哥！哥……你保重，不要记挂我，我会好好的，我会懂事的……你照顾好自己……哥……哥……哥……"

萧剑听着她那凄楚的喊声，觉得心如刀绞。他不敢回头，虽是身经百战的英雄人物，此时此刻，也不禁泪盈于眶。小燕子！这深宫高墙，到底是不是你的天堂？你到底用什么条件，来交换了我的自由？

这晚，永琪和小燕子站在窗前，看着窗外的月亮。这是永琪娶知画的前夕。真是"今夕知何夕？共此灯烛光"！永琪从她身后，抱着她，他的下巴贴着她的发鬓。他和她，那么知心，共度了那么多恩爱的岁月，她的每一缕心思，他几乎都读得出来。感到她的身子僵硬，看到她目不转睛地盯着天边的月亮，他知道她想的是明晚，他知道她的心在淌血……他揽紧了她，轻声说：

"不要对着窗子发呆了，身子还没恢复，去床上躺躺吧！""我哪有那么娇弱？"她咬咬嘴唇，"明晚，你手臂里抱的，就不是我了！""我的手臂里，只会有你一个，你心里明白的！"他苦涩地说。"我不明白啊！我害怕啊！"她陡然热情奔放，"永琪，抱紧我！""是！"他用力抱紧了她，吻着她的耳朵和头发，"你要信任我，了解我，否则，我的所作所为，就一点意义都没有！我是为了救箫剑，为了把你留在身边，不得不这么做！但是，你是无法取代的，知道吗？"

"我知道！可是……我吃醋呀，我嫉妒呀，只要想到明天晚上，你会和她进洞房，我就难过得快要死掉了！这两天，看着景阳宫张灯结彩，我真想把那些囍字，全部撕得粉碎！怎么会这样呢？"

永琪心里一痛，想到自己即将面对的新娘，心里更是充满怯意。"你这么难过……或者，我错了，不该答应你的，不该这么做的，还没到明天，我已经后悔了……或者……"小燕子心里狂跳，知道不能再变卦，急忙喊着：

"我胡说的！我不吃醋，我不嫉妒！你别后悔，老佛爷说了，知画的花轿进了景阳宫，我哥就出了神武门！我哥……他困在那个密室里那么多天，瘦了那么多，他嘴里不说，我也看得出来，他快要疯了！他能不能获得自由，就靠你了！永琪，谢谢你……"

"你还谢我？我怎么弄成这样的局面，我到现在还搞不清楚！只有一件事，我是明白的，不管怎样身不由己，就是对不起你！""别婆婆妈妈了！哇！"她抬眼看天空，故意欢声地叫，"月亮出来了！你看你看……好圆的月亮！"她看着月亮，又失神了："明晚的月亮，不知道会不会也这么好？一样的月光，会照着结婚的队伍，会照着花轿进门，会照着新房的窗子，会照着你挑喜帕、喝交杯酒……""不要再说了！"永琪把小燕子的身子一转，让她面对着自己。她痴痴地看他，痴痴地说："明晚，你也会这样看知画吗？你的眼睛，也会这样湿湿的吗？"她紧咬了一下嘴唇。"在那个喜帐里，你要和她'得成比目何辞死，愿作鸳鸯不羡仙'吗？你会记住我吗？会不会慢慢地，就把我忘了……""我说，不要说了！""可是……"

永琪痛楚地俯下头去，痛楚地吻住了她的唇，堵住了她的嘴。她什么话都说不出来了，只是紧紧地攀着他，狂热而缠绵地响应着他。在这一刻，天地万物，昨天明天都不存在，他们拥有着彼此，完完全全的，完完整整的，不容分割的，不可分裂的……他们根本就是一体，她是他，他也是她。

第二十八章

终于到了这一天，是永琪和知画大喜的日子。

在慈宁宫，几乎所有的嫔妃都赶来道喜。知画在晌午时分，就开始盛装打扮，穿着一身新娘的红衣，她端坐在椅子里，让一群嫔妃围着她，给她梳妆穿戴。到了晚上，屋里的人越来越多，川流不息的宫女嫔妃们，忙里忙外，吉祥物、喜帕、苹果……一一捧来。

晴儿也在伺候着，却完全心神不宁，带着一脸的担心和焦灼，眼神不时飘向屋外。知画马上就要嫁进景阳宫了，小燕子最痛楚的时刻也要到了，怎么太后还没释放箫剑呢？太后会不会达到了目的，再向箫剑下手呢？不会吧！太后是宅心仁厚的，是吃斋念佛的，不会做这么残忍的事！她想东想西，坐立不安。

太后在嫔妃簇拥下笑吟吟地走向知画，打量着她。见她一身火似的红，像朵盛开的牡丹花，真是顾盼生姿，风华绝代。这样的一个"可人儿"，放在永琪身边，就算他是铁打的，也会动心吧！太后想着，就亲手把一条吉祥如意锁，戴在知画脖子上，宠爱地说：

"知画！你太漂亮了，这样一打扮，更是美得不得了！这个吉祥如意锁，是我当年陪嫁的吉祥物，给你了！预祝你有一天，也像我这样，子孙满堂！"

知画凝视太后，感动得一塌糊涂，想起身行礼："谢老佛爷！知画怎么担当得起！""别起来别起来！别把衣裳弄乱了！"太后一把按住她，回头喊："桂嬷嬷！珍儿！翠儿！"

桂嬷嬷也衣饰光鲜，带着两个宫女上前行礼："喳！奴婢在！""你们三个，从今晚起，就派给知画姑娘了……"太后郑重地吩咐，"这以后，可得改称呼，叫'福晋'！你们到了景阳宫，好好地伺候知画姑娘！不要让她缺这个缺那个，也不要让她受委屈！知道了吗？如果她有什么不如意，我可不饶你们！""奴婢知道了！"桂嬷嬷带着珍儿翠儿大声答应。"晴儿！"太后又喊。

晴儿正在门口张望，魂不守舍，根本没听见。"晴儿！"太后又大喊。晴儿这才听见，慌忙上前："老佛爷！"

太后见晴儿神色，心知肚明，不太愉快地说："你快把那尊送子观音捧来，让桂嬷嬷一路捧进新房里去！""是！"晴儿找到送子观音，捧来，交给桂嬷嬷。

这时，外面传来太监大声的通报："皇上驾到！"一屋子的人赶紧肃立，行礼喊道："皇上吉祥！"乾隆已经带着太监，大步走进大厅，笑着对太后说："儿子特地赶来，跟老佛爷道个喜！这知画成亲，好像老佛爷嫁格格一样！总算让老佛爷心想事成了，可喜可贺！""还不是皇帝的玉成！"太后喜滋滋地说。

知画急忙起立，嫔妃们赶紧扶住，知画羞涩而谦卑地低声说："皇上！知画给您磕头！"说着，就要跪下去。"扶起来，扶起来！现在磕什么头？到景阳宫再磕吧！"乾隆喊，"这个头迟早是要磕的！拜过堂，就要改口叫皇阿玛了！"太后对乾隆笑着："皇帝，你不在景阳宫等着他们行礼，还来回跑！""老佛爷还不是得来回跑！邦直来不及赶来，这娘家婆家都是咱们，朕就忙一点吧！"

乾隆看着知画，忽然笑不出来了，对知画郑重地说："知画是陈家的闺女，知书达礼，不是一般小家小户的女儿……到了景阳宫，要知道'和为贵'！小燕子好歹先进门，虽然老佛爷说，你算正室，但是你们也别分什么大小，你喊她一声姐姐吧！她的脾气犟，你让着点儿！"

太后这才明白，乾隆特地来一趟，是要在知画进景阳宫以前，先给她几句下马威！这么千方百计护着小燕子，他如果知道，这个小燕子，根本是个叛党余孽，该当如何？太后眼神一暗，心里十分不快，此时此刻，不便表现。

知画却敛眉屏息，诚惶诚恐地回答："皇上的教训，知画谨记在心！""那么，朕先走一步！景阳宫见！"

乾隆带着太监们，在大家的恭送声中，先离开了慈宁宫。

这时，院子里的吹吹打打之声，喧嚣地响起。桂嬷嬷上前，对太后说道："老佛爷！吉时快到了！""快！帽子霞帔，戴起来！要上花轿了！"

帽子戴上，霞帔盖下，苹果握住，一屋子响起恭贺之声："老佛爷大喜了！知画姑娘大喜了！"就有十二个喜娘上前，搀扶起知画。桂嬷嬷捧着送子观音，珍儿翠儿捧着吉祥物，一行人浩浩荡荡出门去。

晴儿眼看知画已经上了花轿，心里更急。"可怜的小燕子，可怜的永琪，可怜的箫剑，可怜的我……"她想着。听着外面鞭炮声噼里啪啦地响起，看到院子里烟雾腾腾，她再也控制不住自己，仓促地奔向太后。太后正往门口走，被她一撞，差点站不稳，幸好宫女急忙扶住。

"晴儿，你干吗？"太后皱眉问。

"老佛爷……"晴儿急急地哀求地说，"知画已经上了花轿，箫剑是不是可以放了？以后，我会跟在老佛爷身边，永远孝敬您！可是……现在，能不能允许我送箫剑到神武门？我答应，这是我见他的最后一面！"

"别挡着我，我还要赶去景阳宫！"太后板着脸，知道晴儿要亲眼看到箫剑脱险才放心。

"老佛爷！求求您……"晴儿急切地说，什么教养、害羞都顾不得了。

几个嬷嬷过来，催促太后动身。晴儿不断哀求：

"老佛爷……老佛爷……求求您！"

"你会断得干干净净吗？"太后没时间跟她磨，不耐地问。

"我发过重誓了，不是吗？"晴儿苦涩地、哀恳地看着太后。

太后凝视晴儿，这个从小跟在她身边，伺候了她许多年的格格！在这一刹那，她心里涌起一股恻然的情绪，当初，误了晴儿嫁尔康的机会，才造成今天这许多故事。她心中一叹：最后一面？料她不敢违誓。以自己的身份，也不能言而无信，那个箫剑，只好放了！放箫剑，是她经过千思万想后的决定。她知道箫剑把小燕子和晴儿，看得比自己的生命还重。现在，宫里押着他最在乎的两个人，为了保护这两个女子，他再也不敢轻举妄动了！太后看到晴儿这样急迫，正好示好给他们，让小燕子和永琪感恩，给知画的未来奠下基础。于是，太后网开一面，简单地说了：

"去去去！高庸！陪她一起去！"

"喳！奴才遵命！"

晴儿悲喜交集，匆匆屈膝，说了一句：

"谢老佛爷的恩典！"

晴儿就转身，在高庸和众多侍卫的押解下，到了密室。

箫剑正肃立在门内，等待着。吹吹打打的声音传来，鞭炮不绝于耳。箫剑不知道宫里有什么喜庆，他只怕小燕子的消息不正确，怎样也无法相信，自己已经进了这个牢笼，还有机会脱身？正在心烦意乱，房门一响，只见他朝思暮想的晴儿，冲进了房门。在她身后，高庸带着侍卫，全副武装，拦门而立。

"箫剑！"晴儿喊着，泪在眼眶。

箫剑目不转睛地看着晴儿。她含泪看着高庸说：

"给我一点点时间，让我和箫大侠说两句话！"

高庸对这位晴格格，是深深敬爱的。她在老佛爷身边多年，待人宽厚，从来不曾作威作福。他同情地颔首，带着侍卫退出门外，关上房门。箫剑看到没人了，就把晴儿拉进怀中，死死地凝视她。两人热烈对看，箫剑就俯头，炙热地吻住她。晴儿心碎肠断，恨不得把自己全部的爱，都化在这一吻里。一吻既终，晴儿抬头，心痛如绞地看着萧剑，哑声说：

"老佛爷答应我送你到宫门口，尔康在那儿等你！这个皇宫，铜墙铁壁，所有的人，钩心斗角，实在不是你可以适应的地方！从此，你就好好地去吧！不要再记挂我！如果有缘，我想，天上人间，我们都会再相遇的！"

"你在和我诀别吗？"萧剑一眨也不眨地看着她，在她耳边飞快地说，"我不管你答应了什么条件，到了宫门口，你跟我一起上车！知道吗？"晴儿踉跄一退。

"不行！你千万千万不要冒险！不为了你，也要为小燕子、紫薇、尔康着想！为了让你脱困，我们每个人都付出了代价，付出最多的，是小燕子！你……不要再让她为难了！难道，你想害死她吗？"

萧剑神情一痛，着急地问："小燕子付出了什么代价？"晴儿惊觉说溜了嘴，摇了摇头。

"你别管了，五阿哥会好好待她的，我留在宫里也好，可以照应着她！走吧！这个皇宫，早点脱身为妙！"萧剑的眼光，不舍地看着她，郑重地、坚决地说：

"晴儿，我长话短说！要我从此放弃你，那是我根本做不到的事！目前，为了脱困，我只好什么都听你们的！但是，那绝不表示我同意和你分手！你等着我，我去安排，我们一定会在最短的时间里团聚！今天，我听你的，到时候，你得听我的！"

晴儿拼命点头，也不分辩。

高庸开门进来，说："萧大侠！是时候了！走吧！""老佛爷让我送萧大侠一程！"

高庸不语，带着侍卫，全副武装地押着两人出门去。

萧剑和晴儿走到御花园，就碰到了喜乐的队伍。只见两排宫女手持灯笼，迤逦前行。仪仗队高举着各式华盖，亭亭如伞。乐队奏着喜乐，带着宫廷舞蹈队，跳着"花月良宵"舞，簇拥着花轿向前走，许多嫔妃命妇、宫女太监，都围着看热闹。

萧剑惊奇地看了看那个队伍。高庸带着侍卫，紧跟着萧剑。"晴格格，萧大侠！我们走这边！"高庸避开了大婚的队伍，往另外一条路走。

"宫里在办喜事？"萧剑困惑地问。

"咱们快走！"晴儿加快了步子，走进那条花木扶疏的小径。萧剑对宫里的喜事也没兴趣，一心要离开这个皇宫，大踏步走去。转眼间，到了宫门口。一辆马车停在那儿，等候多时的尔康，立刻迎了过来。

"萧剑！"尔康兴奋地喊。萧剑和尔康，两人的手，重重地一握。高庸急忙对尔康行礼，说："额驸大人，萧大侠交给你了！老佛爷说，剩下的事，额驸知道该怎么办，不要让皇上和福大人为难！""高公公！我知道了！"尔康回答。"晴格格！"高庸看晴儿，"奴才护送你回去！"

晴儿看萧剑，依依不舍，柔肠寸断，就急忙从怀中掏出一张折叠的小纸条，塞进了萧剑的手里，强忍着泪，匆匆说："我不能不回去了！你上车吧！为我，保重你自己！"萧剑凝视晴儿，一甩头。

"你也是！记着我的话！"晴儿拼命点头。萧剑就跟着尔康，跳上了马车。车夫一拉马缰，马车立刻启动了。萧剑从车窗伸出头来，依依不舍地凝视着晴儿。她伫立在那儿，像一座石像，双眼定定地看着他，直到那辆马车，越走越远，越走越远，越走越远……终于绝尘而去。看不到晴儿，看不到宫门，看不到那个禁锢着小燕子和晴儿的紫禁城……萧剑收回了视线，坐进马车里。尔康深深看了他一眼，就把长剑往他手中一塞。

"这是你的剑！"再拿起一件件行李说，"这个包袱是紫薇帮你准备的行李，她在宫里陪着小燕子，不能送你了！这是一些干粮，路上吃！这是盘缠，够你一路用了……"把东西分别往他身上塞的塞，背的背。

萧剑一抬头，眼神锐利地看他，问："什么意思？难道，你们要我真的走？""什么意思？"尔康睁大眼睛说，"难道，你还想在北京耗下去？这儿，你还没待够？""你明明知道，不带着晴儿，我哪儿都不去！""你不要傻了！"尔康正色地说，"晴儿不是今天明天的事，甚至不是今年明年的事，你能够逃掉一死，是上苍有好生之德，你就好好地珍惜这条生命吧！晴儿对你的心，你是知道的！只要她不变，又岂在朝朝暮暮？你先走，等到老佛爷不再戒备了，对小燕子也放了心，我负责把晴儿送到你身边！"

萧剑瞪着尔康，尔康也瞪着他，压低声音再说：

"暂时别去大理！我怕老佛爷明着放人，暗中捉人！去西藏找尔泰，明年，我会去西藏看尔泰，到时候，我带晴儿来！君子一诺！我欠晴儿很多很多，她的幸福，是我和紫薇的责任！我会帮你照顾她！"他有力地拍拍他，"信任我！"

"我从来没陷在这样两难的局面里，这样走，我太不甘心!"萧剑忽然严肃地问,"小燕子付出了什么代价?"尔康凝视他,知道宫里这样盛大地办喜事,北京城总会传言纷纷,这件事怎样也瞒不住,就坦率地说了:"今晚,五阿哥娶了知画!此时此刻,正在和知画拜堂!"

萧剑大震,眼前,闪过那壮观的结婚队伍。"什么?宫里张灯结彩,原来为了这个!""你知道小燕子的个性,这个牺牲,比要她的命还严重!"尔康死死地盯着他,"她要我告诉你一句话,方家只剩下你这一脉香烟,为了方家的香火,要你保重!如果你再婆婆妈妈,你还不如小燕子勇敢果断!别输给你的妹妹,为了方伯父,为了方伯母,留下你这条宝贵的生命!"

萧剑呆着,完全震住了。尔康拍拍他的肩,指指暗夜的前方,低语:"我在那个路口,准备了一匹快马,柳青在那儿等你……我想,老佛爷应该言而有信,遵守承诺放了你。但是,我宁可多此一举,还是要防备一下!这辆马车,不知道有没有被监视?到了路口,马车不停,你跳车出去……我驾着马车往南走,你骑上马往北走!一路上多多小心,谨防刺客!咱们后会有期!"

萧剑从震惊中醒悟过来,理智和镇定一起恢复。如今虎落平阳,三十六计,走为上计!

他看尔康,郑重地托付:"尔康!不只晴儿,还有小燕子……""她们两个,都包在我身上了!"尔康定定地看了萧剑一眼,"别为小燕子太担心,她福大命大,每次都能化险为夷!我已经派人去找静慧师太,放心!我会打点好!知画的事,也没什么可担心的!五阿哥情有独钟,你还怕什么?""我明白了!"萧剑一点头。车子已到路口,尔康打开车门,萧剑一翻身,轻巧地跳出车去。

"驾！驾！驾……"车夫嚷着。车子继续在路上飞驰。箫剑的身影，没入了黑暗里。

同一时间，在景阳宫，新娘的花轿已经进了院子。院子里，真是热闹非凡。乐队吹奏着迎亲喜乐，许多红衣的宫女，在院中跳着迎亲舞。

永琪一身吉服，身上挂着大红彩球，站在大厅门口等候着。有个太监捧着红布，上面放着扎着红结的弓箭，站在永琪身边。嫔妃、亲王、阿哥、格格、宫女、太监黑压压地站了一院子，嘻嘻哈哈地观看着。在院子一隅，小燕子和紫薇，也站在回廊下观望。小燕子情不自禁地看向永琪，只见他像个被摆布的玩偶，带着满脸的无奈，眼神空洞地看着前方，面无表情地伫立着。

舞蹈告一段落，花轿在灯笼队和喜娘的引道下站定，司仪高唱："凤凰三点头！新娘收心！"轿夫就将花轿连着颠了三次。轿中，红帕蒙头的知画差点滚下座位，赶紧坐稳。轿子停了，放在地上。太监捧上弓箭给永琪，司仪再度高唱："新郎三射箭，驱除红煞！"永琪面无表情地搭弓，射箭，三支箭都射在轿门前。司仪再唱："新娘下轿！"知画被喜娘搀扶下来。司仪再唱："新娘跨马鞍，事事平安！"早有太监将马鞍放在门槛前，喜娘就扶着新娘跨过马鞍。这才把新娘身上的红绸带交给永琪，永琪掉头，牵着知画进门去。鞭炮噼里啪啦地响起，众人鼓掌声、恭喜声不断，喜乐器张地响着。

小燕子神情落寞，看看紫薇，低声说："当初我们结婚的时候，怎么不记得有这些花样？"紫薇代小燕子痛楚着，勉强一笑："那晚，我们紧张都来不及，轿子又弄错了，一团混乱，哪儿还记得有些什么礼节？"小燕子回想到那晚的情形，想笑，笑容在唇边一闪而过，根本没办法成形。紫薇同情地看看她，一拉她的手："我们进房去吧！"

紫薇和小燕子进了卧室。外面，司仪的高唱声还是不断地传来："一拜天地，二拜高堂，夫妻交拜……"她们听着高唱声，想象着乾隆接受一对新人行礼的样子，两人都情绪低落。小燕子在房里走来走去，整颗心都像烧火般地痛楚着。怎么会这样呢？怎么会有这样一天？她必须接受永琪的另一个新娘？她跺跺脚，懊丧地说：

"早知道，当初在南阳，就应该死也不要回宫，什么免死金牌，什么宫中小点心……把我们感动得稀里哗啦，这，就是稀里哗啦的结果！"她看着紫薇，眼眶红红的，"你说，人生最大的美德，是饶恕！我说，人生最软弱的行为，是饶恕！"

紫薇难过地吸吸鼻子，还试图安慰她："我们回宫，并没有错！饶恕也没有错，一步步走来，变成今天这样，实在没有想到！小燕子……已经是这样了，你一定要勇敢，要相信永琪！"

小燕子心中一抽，说不出有多痛。她无助地说："我不知道我还能相信什么！我老实告诉你，我心也痛，胃也痛，头也痛……到处都痛！"她走到窗前，看窗外，"戌时已经过了吧？"明月、彩霞匆匆进门来："格格！格格！小邓子说，箫大侠已经平安出宫了！"小燕子和紫薇都呼出一口气来。紫薇就一把拉住小燕子的手，激动地说："小燕子！你没有白白牺牲，你很伟大，救了萧剑，救了我们大家！你放心，萧剑只要出了宫门，就是生龙活虎，什么都难不倒他了！你们方家的一脉香烟，总算保住了！"这时，门外传来司仪的高唱：

"礼成……送进洞房！"喜乐声再度喧嚣地响起，鞭炮声也不绝于耳，恭喜声、笑闹声不断，人声鼎沸。小燕子脸色一惨。明月、彩霞悲哀而不平，两个宫女就捧了点心和热茶过来。

"这儿有一口酥，还有枣泥核桃糕……格格，你一天都没吃东西了！"小燕子抬眼，哀哀欲绝地看了明月彩霞一眼。"我还有什么胃口吃东西？他们进洞房了！"她转眼看紫薇，"今晚的知画，一定美得像天仙吧！永琪现在正在挑喜帕吧？他们也要吃什么红枣花生桂圆莲子吧……紫薇，你不去道喜吗？你不去新房里看热闹吗？"紫薇把她的手，紧紧一握："我是来陪你的，我不是来道喜的！你不要想东想西了，永琪不会负你的，我保证！既然嫁到皇室，就要有这种准备，迟早，会有这一天！""如果今晚是尔康再娶，你会怎样？"小燕子问。

如果是尔康再娶？紫薇不敢想这个问题，事实上，尔康也是名门望族，三妻四妾是很自然的事，说不定也有这样一天吧？紫薇这个念头才掠过，心脏就像被针扎到一样，痛得痉挛起来。爱是什么东西，让人如此无法抛舍？爱是什么东西，让人时而甜进心底，时而痛入骨髓？她吸口气，难过地说：

"我不知道！假若是为了救人，我也会这样做！但是……"她看着拼命在忍泪的小燕子，突然热情奔放，心痛地喊，"小燕子！如果你想哭，就抱着我哭吧！因为，我已经想哭了……"紫薇说着，眼泪情不自禁地落下来。

小燕子咬着嘴唇，沉重地呼吸，倔强地说：

"我不哭！我不哭！我不会被打倒，我是小燕子嘛！天不怕地不怕的小燕子嘛！刀搁在脖子上，我也不会投降，怎么会怕知画呢？我不哭……"她挺直背脊，哑声喊，"紫薇！我都不哭，你哭什么？"

紫薇的眼泪拼命掉，明月、彩霞跟着哭。

小燕子没有哭，她拼命忍住泪，咬着嘴唇，眼睛瞪得大大的，圆圆的，眼珠像浸在水露里的星星，闪亮深邃，深不见底，里面盛满对永琪的热爱。

小燕子在房里强忍泪珠，在新房里的永琪和知画也不好受。知画盖着红头巾，端端正正地坐在床沿。她垂着睫毛，不安地等待着。六个喜娘分站两旁，六个红衣宫女，捧着喜秤、交杯酒、红枣、花生、桂圆、莲子等喜盘站立于侧。桂嬷嬷站在最后面，一声不响地观看着。永琪站在床前，呆呆地看着盖着喜帕的知画。喜娘把喜秤送到永琪面前，恭恭敬敬地说：

"请新郎用喜秤挑起喜帕，从此称心如意！"

永琪看看喜秤，看看知画，眼前，忽然浮起小燕子当新娘的样子。他心中一痛，顿时踉跄一退。他这一退，竟然把喜秤撞翻，喜秤落地，发出一阵"钦钦……"的响声。整队捧交杯酒、红枣、莲子等的宫女，都慌忙后退，保护手里的东西。喜娘弄翻了喜秤，大不吉利，吓得要死，一迭连声说：

"哎哟！奴婢该死！奴婢该死！"喜娘猛地发现新房中说"死"字，又是大不吉利，更加害怕，就啪的一声，给了自己一耳光，惶恐地说，"掌嘴！说话没个忌讳……掌嘴……"知画蒙着喜帕，不知道发生了什么事，听着一连串的声音，喜帕没人挑，她动也不敢动，心脏扑通扑通地跳着，又是害怕又是心慌。喜娘赶紧拾起喜秤，再度捧到永琪面前，重新说一遍："请新郎用喜秤挑起喜帕，从此称心如意！"

永琪无可奈何，只得拿起喜秤。他觉得，手中那把秤，好像有千斤重。他握着喜秤的手，竟微微颤抖着。无法逃避，他还是挑起了喜帕，喜帕飘然落地，露出知画美丽绝伦的脸庞。

知画垂着头，不敢抬眼看永琪，脸上有股怯生生的表情。喜娘捧上交杯酒："请新郎和新娘喝交杯酒，从此长长久久！"

就有喜娘，把永琪扶到床沿，侧身和知画对坐。两杯酒，分别送进知画和永琪手里。两人手腕相交，永琪瞪着那酒杯，却迟迟没有喝酒。知画被动地坐在那儿，也不敢喝酒。众宫女喜娘面面相觑，急得不得了。喜娘只得再说一遍：

"请新郎和新娘喝交杯酒，从此长长久久！"永琪呆呆地坐着，就是无法喝下那杯酒。桂嬷嬷急得暗中跺脚。喜娘悄悄催促：

"五阿哥！五阿哥……喝呀！"知画再也忍不住，飞快地抬眼，看了永琪一眼。只见他眉头深锁，一脸的怆恻之情，他的心，显然飘荡在别人的身边。他的这个表情，打倒了她。她眼睛一眨，一颗大大的泪珠，夺眶而出。永琪正好抬眼，一眼看到了知画的泪。他的心一跳，有个声音在心底响起："我在做什么？知画也是被动啊！我们都是老佛爷的棋子，知画也是！如果这场婚礼，是我和小燕子的悲剧，那也是知画的悲剧啊！"永琪这样想着，不敢再让知画难过，急急地低头去喝交杯酒。知画也赶紧含泪去喝交杯酒，泪珠滑落面颊，跌碎在酒杯里。桂嬷嬷见礼节结束，悄悄地出门去了。

　　新房和小燕子的卧房，只隔着一条走廊。永琪就在对门的房间里，和知画"洞房"，小燕子情何以堪！她站在窗前，痴痴地看着窗子外的月亮，想象着洞房里的情况，喃喃地说："紫薇，你说，他们现在在洞房里干什么？"明月、彩霞在铺床。紫薇过去帮忙拉平床单，不愿回答小燕子的问题，顾左右而言他："小燕子，我今晚不回学士府，我们和以前一样，睡在一张床上讲悄悄话……好久没有跟你一起睡了，你还记得大杂院里，那个'抬头见老鼠，低头见蟑螂'的房间吗？"小燕子回身，看着紫薇，不禁出神："大杂院！那好像是几百年前的事了！好像是我们的上辈子！"她走过来，拉着紫薇的手，不禁悲从中来，"我好想念以前的日子，那时候，虽然很穷，可是很快乐！现在呢？穿的吃的戴的都这么好，住在皇宫里，怎么活得这么累呢？紫薇……我好没用，我连一个孩子都保不住，如果肚子里有个孩子，我现在也会高兴一点，偏偏孩子也没了！"

　　紫薇同情极了，安慰地说：

　　"孩子的事，慢慢来，只要会怀孕，就会有！下次有了，千万不要再打架，跳上跳下练武功！这次也是凑巧，在慈宁宫一场大闹，又被老佛爷下了药，说不定会影响孩子，掉了也算了！"

　　"可是……我连小名都想好了，南儿！不管男孩女孩都可以用！我还想，万一是女儿，我就把她许给你的东儿，让我们两家的情分，再延续下去！"

"那……我们就一言为定了！"紫薇笑着说，急于找个话题来打乱小燕子的思想，"如果你生了女儿，一定要给东儿！我们现在，就结下儿女亲家吧！"她凑近小燕子，脸红红地低声说："假若你生了儿子，我一定努力，生个女儿许给你！"

小燕子果然笑了，欢声说："不许赖哟！你要努力哟……"她话没说完，笑容蓦然一收，眼泪涌上，"我怎么会有儿子女儿呢？永琪……在和别的女人'洞房'，我还做什么梦？"紫薇呆了，看样子，怎样也无法把她的思想转到别的方向。这时，有人敲门，小邓子、小卓子开门进来，急急地说：

"明月，彩霞！桂嬷嬷在叫人！要我们赶快去新房！"

紫薇和小燕子一怔。紫薇惊愕地问："新房里发生什么事情了？""回格格，没发生什么事情！"小卓子不情不愿地说，"礼节结束了，桂嬷嬷说，要我们景阳宫的奴才，全部到新房里去拜见'福晋'，少一个都不行！"

小燕子一震，这是给景阳宫的下马威！也是给小燕子的下马威！明白在告诉大家，从今以后，知画才是"福晋"，小燕子的"主子"地位，再也不保！她已经憋了一整天，这时，快要爆炸了。她深吸了一口气，掉头就往外跑，嘴里嚷着：

"我也去'拜见'这位'福晋'！"

明月、彩霞、小邓子、小卓子都飞快地拦住门，同时惊喊："格格别去！千万别去！""我要去我要去！她要我的人去拜见她！是存心要我难看……我受不了！紫薇，我真的受不了，我快要爆炸了！"紫薇死命拉住了她，急喊：

"不能去不能去！已经走到这一步了，只能打落牙齿和血吞！

如果你今晚去大闹新房,整个皇宫都会看笑话!明天,所有的嫔妃都会谈论这件事!老佛爷一定不会善罢甘休,皇阿玛也不会同情你,那你的处境,就更困难了……"

小燕子哪里肯听,还要往外冲,紫薇不顾一切地拦,小燕子用力一推,紫薇站不稳,就摔了一大跤。她故意趴在地上大声呻吟:"哎哟!哎哟……我这个倒霉的膝盖,八成又流血了!"

小燕子急忙过来扶,明月、彩霞也扑上来扶住。"怎样?摔得重不重?"小燕子着急地问。"当然重!你那么大力气……"紫薇瞪了她一眼,摸摸肚子,"还好,肚子里没有你媳妇,要不然,也给你撞掉了!"小燕子瞪着她,想笑,笑不成,泪光闪烁。"你真好,千方百计说笑话,逗我开心!可是,我怎么不会笑了?"她说着,泪珠挂在睫毛上,悬然欲坠。彩霞看到这样,心里不平,喊着:"小邓子!小卓子!你们去告诉桂嬷嬷,我们要服侍小燕子格格和紫薇格格,没空去'拜见'!如果拜见的人不够,尽管去慈宁宫调人!""这样不好!"紫薇站起身来,稳重地说,"明月,彩霞,忍一口气,第一个晚上,就弄得这样壁垒分明,以后更难相处!你们都去'拜见'吧!"明月、彩霞、小邓子、小卓子只得勉勉强强地去了。小燕子看着他们的背影,知道紫薇的话,永远没有错,自己弄到这个局面,除了忍,就只有忍。可是,那个新房里,是她深爱的永琪啊!要她眼睁睁看着永琪再娶,还是处处比她强的知画,她怎能心平气和呢?天啊,人间还有比她更惨的女人吗?在这一瞬间,她深深体会到皇后的悲哀了!

洞房里，所有的礼节都结束了。知画和永琪并坐在床沿上，喜娘把两人的衣摆打上"如意结"，说：

"祝新郎新娘'永结同心''早生贵子'！"宫女喜娘们鱼贯退出。桂嬷嬷就带着众多宫女太监，包括明月、彩霞、小邓子、小卓子一拥而入，全部匍匐于地，朗声说：

"奴才们拜见五阿哥和福晋！祝五阿哥和福晋百年好合，事事如意！"永琪动也不动，听到"福晋"两字，不禁皱了皱眉头。知画震动地抬眼，看了看众人，看了看桂嬷嬷，轻声说：

"起来！"桂嬷嬷带着宫女太监们起身。知画悄悄地，再去看永琪，就对桂嬷嬷低声说：

"这个衣服下摆，可不可以解开？我想起来走走！"

"走走？"桂嬷嬷一惊，困惑已极。永琪低头，三下两下就解开了那个如意结，开口说："你可以起来走走了，我也想起来走走！"知画就站起身子，对嬷嬷说："我要去拜见还珠格格，你给我带路！"永琪大为意外，不禁惊看知画。只见她端庄美丽，落落大方，带着一脸的纯真和善良，眼底绽放着清亮澄澈的光芒，皎洁如月，光明如星。"现在吗？好像……好像……"桂嬷嬷张口结舌。"好像什么？"知画温和却有力地问。"好像不合规矩耶！何况……何况……""何况什么？"她还是温和而有力地问。"何况，还珠格格刚刚失去一个孩子，福晋要图个吉祥，那个房间……最好不要进去！不太吉利。"

"我没有那么多规矩，也没有那么多忌讳！"知画仍然温和却有力地说，"我要去拜见格格，是你带路？还是明月、彩霞，你们带路？"明月彩霞心里一喜，这才像话嘛！就急忙答应："我们带路！”

明月彩霞往前走，知画就跟着二人走去。桂嬷嬷无可奈何，赶紧对宫女们使眼色，许多宫女嬷嬷赶紧相随。永琪看着她们出门去，一时之间，对这个"新娘"，也有几分感动。知画就在宫女和嬷嬷她们的簇拥下往前走。彩霞一路喊着："格格！格格！知画姑娘来'拜见'格格了！"

桂嬷嬷狠狠地瞪了彩霞一眼，低声提醒着："是'福晋'！'福晋'！""你们主子是'福晋'，那我们主子是什么？"彩霞叽咕着。"你们主子，就是'格格'呗！"桂嬷嬷低声接口。

就在拌嘴中，一行人已经走进了小燕子的房间。小燕子、紫薇正并坐在床边讲知心话，看到知画进门，都大出意料之外，惊愕地抬头。只见知画一身新娘妆，美得不得了，不疾不徐地走到二人面前，请下安去。

"知画拜见还珠格格，拜见紫薇格格！两位格格吉祥！知画奉老佛爷命令，进了景阳宫，不敢有丝毫越礼之处！还珠格格，你进宫早，请允许我称你一声姐姐！以后，还要姐姐多多照顾！"

知画说得诚惶诚恐，小燕子惊得睁大眼睛，顿时不知所措了："啊呀！这个……这个……那个……你起来，别行礼了！"知画起身，再看向紫薇，诚挚地说：

"紫薇格格，你更是姐姐了，我的心事，你都明白！如果我有不周到不对的地方，尽管告诉我！桂嬷嬷说，我在这个时候过来，不合规矩和礼数，但是，我也顾不得了，不给两位姐姐请安，我觉得坐立不安呀！"

紫薇急忙站起身子，感动地说："知画，别客气了！我和小燕子，都是民间来的，没有那么多规矩和礼教。你念书多，学问好，进了景阳宫，千万要包容小燕子，要和和气气啊！"知画会记着紫薇姐姐的话！今儿个太晚了，不敢打扰，知画告辞！"知画再度福了一福，转身离去。小燕子呆若木鸡，连反应都没有。

"知画好好走，当心门槛，别绊着！桂嬷嬷……大家扶着！"紫薇急忙招呼着。桂嬷嬷赶紧扶着知画，宫女嬷嬷们又簇拥着知画而去。知画走了之后，小燕子才怔怔地看着紫薇，不敢相信地说：

"她来'拜见'我？洞房花烛夜，她来拜见我？"紫薇又是感动，又是意外，又是震撼，又是同情，眼神深邃地看着前方，说："从今以后，宫里再添一个可怜人！"

知画回到了"洞房"里，永琪背负着手，正在房里走来走去踱方步。桂嬷嬷带着珍儿翠儿，给知画卸下那顶缀着珊瑚东珠宝石的帽子，取下沉重的如意锁，卸下珍珠项链、耳环首饰……一一放进锦盒里。知画对着镜子，被动地坐着，洞房的最后一刻就要来了，她心慌意乱地看着镜中的自己，眼神中，带着些儿惶恐，带着些儿担心。

钗环尽去，知画的长发如水披泻。桂嬷嬷把她的长发，梳成一条大发辫，用红绳系住打结，再解开她的衣纽，脱下那件描金绣凤的红色外衣。珍儿捧着一件特制的、有绣花的、镂空的纱衣，走上前去。

永琪背负着手，一直在踱方步，踱着踱着，就踱到窗前去了。抬头一看，窗外月明星稀，月色把宫里的楼台亭阁，都染上了一层银白色。昨晚此刻，他正和小燕子相拥着看月亮……他的心，又飞到小燕子身上去了。

"小燕子……小燕子……"他在心里低低呼唤，"此时此刻，你在恨我吧？怨我吧？你知不知道，今晚这漫漫长夜，我比你更难挨，我真不知道，接下来我要怎么办？"

永琪叹了口气，回头看一眼，正好看到珍儿翠儿把新娘衣服从知画肩上褪下，露出她洁白的双肩，和那只穿着一件绣花肚兜的身子，烛光下，冰肌玉肤，晶莹剔透。永琪一震，急忙又回头去看窗外，想着：

"天下还有比我更无助的新郎吗？平常碰到为难的事，身边总有一群人在帮忙，今晚，我只能单打独斗了！"永琪抬眼看月亮，又叹了一口气。知画听到永琪左叹一口气，右叹一口气，她随着他的叹气声，眼神越来越不安，越来越忧郁。桂嬷嬷担心地悄看了永琪一眼，就把那件薄纱的衣裳，披上了知画的身子。一切就绪，桂嬷嬷扶着知画，坐在床沿。珍儿翠儿掀掉了床上的红色绣花被单，露出里面白色的喜巾。桂嬷嬷走到永琪身边去，请安说：

"五阿哥！洞房花烛夜，别耽误了吉时！奴才们告退了！"桂嬷嬷给了知画一个眼神，就带着珍儿翠儿退出房去。转眼间，房里剩下了永琪和知画两人，永琪心里一烦，又开始踱方步。红烛高烧，薰香缭绕，送子观音像高高地站在案上，俯瞰着满屋的尴尬。坐的人静静地坐着，走的人继续踱方步。夜渐渐地深了，红烛渐渐地短了，烛泪渐渐地多了……坐的人不动，走的人不停。床上那条绣着囍字的白色喜巾，一直不受干扰地维持着洁白无瑕，刺目地躺在那儿。在房间外面，桂嬷嬷打湿了窗纸，带着一群嬷嬷宫女在偷看，个个急得咬断牙根了。

永琪不知道已经绕室几百次，知画再也沉不住气，终于抬头，凝视他，低低地开口了："你预备就这样走到天亮吗?"永琪一惊，走到床前站住了。逃不掉，只好面对! 他咬咬牙，下定决心，说："知画，我要坦白地告诉你，我们这个亲事……"知画看看窗子，着急地说：

"嘘! 隔墙有耳……"她哀恳地看着他，低语，"你可不可以坐下来?"

永琪怔了怔，在床沿上坐下，和她仍然保持着距离。她那美丽的胴体，在透明的薄纱下，几乎是一览无余的。知画没有忽视他的"正襟危坐"，看了他一眼，她的大眼中，盛满了委曲求全的悲哀，轻声说：

"我知道，你有几千几万个不愿意，从拜堂到现在，你的眉头没有舒展过……我……我……"她心中一酸，突然觉得无力应付这个场面，泪水就涌了上来。

永琪看她又落泪了，心里惶恐，急促地说："不是你的原因，你什么都好! 是我自己，心里有太多的事……""不用解释了!"她轻轻打断，看看那块白色喜巾，羞涩地说，"那个，你预备怎么办? 明天一早，桂嬷嬷就要来收，老佛爷要检查的……"说着，实在太害羞了，头低低地垂了下去，声音也没有了。

永琪看她这样，心里一阵恻然，除了恻然以外，也知道她说的都是事实，明天太后要检查，他是逃不掉这一关的! 他心中再一叹，就勉强地伸出手，去褪她那件薄纱。她屏息坐着，动也不敢动。纱衣没有纽扣，轻轻一拉，就滑落下去，露出那裸露的肩，和红色绣花小肚兜。他愣着，眼前，忽然闪过小燕子新婚时的脸孔……他突然把那件纱衣拉回到她的肩上，就放手预备起身。她情急地伸手，一把抓住了他的手。

"别动！"她低语，"听我说……那个喜帕……也可以作假的，你有没有小刀？我怕痛……你割破手指就行了，我们好歹装个样子，我猜桂嬷嬷在外面看……只要瞒过去了，就没关系……"

永琪惊看知画，眉头一松，如释重负，慌忙点点头，低声说："知画，谢谢你的了解，谢谢你的配合！""那么，我们就装样子吧！"知画的脸孔嫣红，伸手帮永琪解衣领上的扣子："这外衣，还是得先脱掉……""我自己来！"永琪急忙自己解衣。"我来比较好……"知画看了窗子一眼，窗外，桂嬷嬷等人的衣衫窸窸窣窣。

永琪也看了窗子一眼，就站起身子，知画也站起身子，她开始为他解纽扣，一个一个慢慢地解，终于，把外衣褪下，放在床前的衣架上。窗外的桂嬷嬷和众嬷嬷宫女，挤来挤去，看来看去，开始哧哧地笑，低低惊呼："看到没有？看到没有？福晋在为五阿哥解纽扣呢！"

不知何时，小燕子已经溜出了房间，站在回廊的柱子旁，看着桂嬷嬷们发呆。解纽扣？知画在为永琪解纽扣？她突然想起，结婚四年多，自己从来没有为永琪解过纽扣！那种羞人答答的事，她可做不来！

桂嬷嬷突然用手蒙住嘴，笑得吱吱咯咯，低语："躺下了，躺下了……帐子放下了……"

眼看帐幔中，一对新人的剪影，相拥着倒上了床，桂嬷嬷乐得合不拢嘴："男人嘛！怎么逃得过美人关？"珍儿翠儿和几个嬷嬷，就悄悄地笑成一团。珍儿看着翠儿说："就是嘛！我说的呗！老佛爷有什么好担心的？"宫女嬷嬷们掩着嘴笑，议论纷纷，珍儿一转身，忽然看到小燕子呆立在那儿，她赶紧拉拉桂嬷嬷，大家这才止住笑，急忙站好。小燕子含泪一甩头，进房去了。

小燕子知道自己不该吃醋的，是她恳求永琪娶知画，是她勉强他去做的。但是，知道是一回事，做不做得到就是另外一回事，她管不住自己的心，管不住自己那疯狂的思想，疯狂的嫉妒，疯狂的心痛。这是她的永琪呀，她爱得那么深、爱得那么多的永琪，他居然和知画"洞房"了！小燕子神思恍惚地回到房间，跌坐在梳妆台前。"你何必虐待自己呢？还不赶快上床睡觉？我帮你卸妆梳头！"紫薇为她卸下旗头，取下钗环，放下头发，细细地梳着。"紫薇，你相信吗？他真的和她洞房了……他怎么可以呢？如果他心里有我，他还能抱其他的女人吗？你的尔康一定不会这样……"

"是你求他的，你不能再怪他呀！"紫薇勉强地说，"你要他怎么做呢？已经娶进门了，总不能把她冰在那儿，何况你也知道的，这宫里规矩，还有那条白喜帕呢，赖也赖不掉……"

小燕子猛地推开紫薇，站起身子，开始绕着房间走。

"我没办法睡觉，我不能睡觉，我脑子里全是那张床，那个房间，还有那个送子观音像！紫薇，我要疯了，我要做点什么……我去院子里练剑……"说着，就开始翻箱倒柜，找剑，

"我的剑呢？又搁哪儿去了？"

"你干什么？"紫薇拉住了她，"半夜三更去院子里练剑？那些宫女嬷嬷都没睡，你要让自己变成大家笑话的对象吗？何况，你刚刚流产没几天，你也要为身体着想！现在，你要和知画比赛，比赛你们谁先有孩子！你聪明一点，别糟蹋自己！要打赢这一仗！"

"这个比赛，我一定输！不练剑，那我做什么？我去打拳！"

"不许！不许出去！你就待在这个房间里，哪里都不许去！"小燕子无可奈何，呆呆地站着，想着想着，神情又一痛。她就冲到桌子前，打开抽屉，郑重地拿出那支箫。

"不许我练剑打拳，我练箫……我答应了我哥，下次见面的时候，要吹给他听！"她坐了下来，开始吹箫。箫声忽大忽小地响了起来，她吹着《你是风儿我是沙》，又吹《不能和你分手》，再吹《梦里》……没有一首吹得完整，全是断断续续的。

紫薇瞅着她，看了半天，蹲下身子，拍拍她的手，劝阻地说：

"别吹了！你的箫声不太好听耶！很吵耶！恐怕整个景阳宫，都被你闹得不能睡觉了！"小燕子推开她，眼泪一掉，哽咽地说："你让我吹嘛！这是我爹的箫耶，我爹吹的时候，鸟儿都会来听……我拼命练拼命练，总会练好的！至于吵了人家睡觉，我也管不着！整晚，我必须听乐队吹吹打打，也没人关心我能不能睡觉！现在，我吹吹箫都不行吗？"小燕子说完，拿起箫，继续吹，一面吹，眼泪一面扑簌簌地滚落。

箫声清楚地传进了新房里，知画和永琪躺在床上，知画面对床里侧睡着，眼睛睁得大大的。永琪平躺，用双手枕着头，眼睛也睁得大大的，一眨也不眨地看着帐顶。那箫声，打破了寂静的夜，也绞痛了永琪的心。听着听着，他和小燕子的点点滴滴，就在眼前重演。他体会到她此时的心情，箫声每断一次，他的心就绞紧一次。心里在低语着，小燕子！发泄吧！如果这样会让你好受一点！他不由自主，又是长长一叹。

小燕子的箫声，永琪的叹息，交织成知画整个的"洞房花烛夜"。那夜，难挨的并不是只有小燕子和永琪，知画也是彻夜无眠的。

第二十九章

早晨的阳光，灿烂地照射着景阳宫的屋宇楼台。新的一天开始了。景阳宫的宫女、嬷嬷、太监都已起身，忙忙碌碌地在新房内外出出入入。珍儿翠儿，捧着洗脸水和水瓶进房去。正好，桂嬷嬷捧着红绸，上面是那条折叠好的白喜帕，笑吟吟地出门来。珍儿、翠儿就站住了，看着桂嬷嬷悄声问：

"桂嬷嬷，有没有啊？老佛爷那儿，可以交差了吗？""当然当然，这还要问吗？你们快进去伺候！"桂嬷嬷眉开眼笑。"是！"珍儿对翠儿笑着说："都说五阿哥对还珠格格怎样恩爱，还不是……""你们两个少说几句！快去！福晋等着要梳头呢！"桂嬷嬷笑着骂。

桂嬷嬷一抬头，忽然看到小燕子像个雕像般杵在那儿，静静地看，静静地听，她赶紧请安，不禁得意扬扬了。

"格格吉祥！这么早就梳妆好了？"她笑吟吟地溜了新房一眼，"五阿哥和福晋，才刚刚起床呢！"

小燕子瞪了那喜帕一眼，桂嬷嬷就故意把喜帕放低，让那抹"喜红"映入她的眼帘。她脑中轰然一响，好像挨了一棒，一声也不响，转身就走了。桂嬷嬷看着她的背影，自言自语：

"就算你吹了一夜乱七八糟的箫，这喜事还是照旧！谁是东风，谁是西风，你该明白了！"桂嬷嬷就捧着喜帕，去慈宁宫复命了。在新房里，永琪带着一脸的倦容，刚刚起身。知画还没梳妆，站在脸盆前，看着珍儿倒水进脸盆，她把帕子打湿绞干，双手递给永琪。永琪一惊，看了知画一眼，见她眼睛肿肿的，知道她也是一夜不眠，心里实在充满歉疚。"我自己来！自己来！"他急忙说。"丫头们看着呢！我得表演一下。"知画低语。

永琪只好接过帕子，擦脸。知画又从翠儿手中，接过漱口水，再双手捧给他。珍儿早就捧着水盂在等候，永琪漱口，把水吐进水盂里，珍儿捧着退下去。翠儿拿起永琪的外衣，帮他披上，知画就上来帮他扣纽扣。她的纤纤十指，一个纽扣一个纽扣慢慢地扣着，脸颊几乎依偎在他胸前。

"这清装，就是纽扣多！"她再接过坎肩，给他穿上，继续扣坎肩的纽扣。

房门开着，小燕子站在门外，瞪大眼睛看着。珍儿捧着水盂出门去，几乎撞在她身上。珍儿惊呼："哎哟！格格早！吓了奴婢一跳！"

永琪大吃一惊，蓦然抬头，接触到小燕子的眼神，那大大的眼睛，一眨也不眨地看着他，里面，是一种他完全陌生的，从来没有在小燕子眼中看到过的神情。那是动物受伤时才有的反应，充满了哀痛、迷失、无助和悲愤。在那一瞬间，他明白什么叫

"伤害"，什么叫"痛楚"。他还来不及说话，知画已经对小燕子请下安去，歉然地拢着头发，拉着衣襟说：

"姐姐早！对不起……我起晚了，还没梳头呢！"小燕子咽了口气，看着知画那件薄纱的衣裳，想说话，却什么话都说不出来。正在这时，紫薇大步走来，看到这种情形，赶紧笑着帮小燕子找理由下台阶："小燕子说，昨晚，知画来拜见了她，让她很过意不去，今早，轮到她来给两位道喜了！"小燕子这才接口，声音却不受控制地颤抖着："是！我来道喜！五阿哥和福晋，恭喜恭喜！一千个恭喜！一万个恭喜！我不打搅你们梳头洗脸扣纽扣，你们慢慢来，我去练剑……"小燕子说完，就掉头而去。紫薇情不自禁，给了永琪很不友善的一瞥，眼神里充满了责备。小燕子说得对，如果你心里有她，你怎能和另一个女人宽衣解带进洞房？明知小燕子心都碎了，你就完全不顾她的自尊，一早就表演这种卿卿我我？她带着一脸的不以为然，追着小燕子而去。永琪想追，知画的手，又上了他的衣襟，继续扣着纽扣。他只得呆呆地站着。小燕子奔进房里，拿起她的长剑，再奔进院子，一阵乱舞，剑气如虹。紫薇、明月、彩霞、小邓子、小卓子都站在一旁观望。紫薇着急地喊："一清早，练什么剑？你这个身子，到底要不要保护好？把身子弄坏了，是别人吃亏还是你吃亏呢？"

小燕子充耳不闻，剑舞得密不透风。明月彩霞拼命劝阻："格格！好歹吃点东西再练剑！早餐我都准备好了，怎么不吃呢？""从昨天起，你就没吃什么！"紫薇哄着，求着，"这样吧！让彩霞去拿几个包子来，你先吃了，再练剑，好不好？"小燕子一面舞剑，一面嚷着："空肚子才能练剑！吃饱了就练不动了！"她忽然跳起身子，发泄地大叫，"哇……我砍了你，我修理你……"一面大叫，一面用剑舞向一排矮树栽成的短篱。一阵喊里咔嚓，只见树叶树枝像雪花般飞舞起来，叶片碎枝四射，打得小邓子小卓子抱头鼠窜，纷纷躲避。一会儿，叶片碎枝飘坠落地，大家一看，一排短篱全部变成秃头。小邓子、小卓子赶紧鼓掌，要让小燕子高兴，个个张大眼睛惊呼：

"格格好厉害！"

"好久没看到格格练剑了！太精彩了！好！"珍儿、翠儿也围过来看。这时，永琪讪讪地走了过来，对小燕子苦笑了一下，眼里有恳求有祈谅，有温柔有深情，有委屈有爱怜，柔声地说："一起吃早饭好不好？"小燕子看到他，一口气憋在胸口，差点没憋死，持剑瞪着他问："扣子总算扣好了？这个清装，就是扣子多……"说着，就气不打一处来，忽然又大叫，"哇……"就飞舞着剑，对着永琪直扑而来。永琪大惊，喊：

"小燕子！你干吗？"紫薇吓得花容失色，急喊："小燕子！别发疯呀……"

永琪眼见长剑已到胸口，急忙飞身而起，长剑从脚下掠过。小燕子持剑，又"哇……"地喊着，再度扑上前来。永琪一窜，从院中一座铜马的肚子底下穿过去。小燕子再刺，永琪左闪右躲，小燕子的剑，根本碰不到他。"永琪，有本事！别躲！"小燕子边打边喊。

"我不躲，你就成寡妇了！"永琪嚷着，唇边依然带着苦笑。

"你不怕我成寡妇，怕别人成寡妇吧！"小燕子直刺过来。

"我们放下武器，进房里去谈！"永琪央求。

"和你这种人，没什么好谈！"

两人对话中，已经连续过了好多招，小燕子招招逼近，丝毫不肯放松。永琪眼看这种情况，她不刺他一剑，就不能泄恨，突然站住了："你到底要干什么？真要刺我一剑吗？"

永琪这样一停，小燕子的剑已到他面门。永琪闭上眼睛，一副"你杀死我算了"的样子。小燕子的剑，停在他面门，看着他那张憔悴的脸，无法下手；心里的悲愤，又无法自抑。于是，她剑锋一转，在他胸前一阵飞舞，就像给矮树理发一样，喊里咔嚓，永琪那件坎肩上的纽扣竟然纷纷掉落。

小燕子伸手一接，八颗纽扣落进她的掌心。她抓起永琪的手，把纽扣往他手掌中一放，大声说："拿去给那位福晋！她对纽扣挺有学问，这扣子缝得不牢，恐怕要麻烦她慢慢地缝上去！再慢慢地扣起来！"小燕子说完，拿着剑，转身就走。永琪怔了怔，急忙追上去：

"小燕子！小燕子……"

这时，桂嬷嬷从慈宁宫回来，笑嘻嘻拦住了永琪，请安说："五阿哥！老佛爷要奴才传话，请五阿哥和福晋去慈宁宫，跟老佛爷一起用早膳！老佛爷说，按规矩，今天新娘要回门，慈宁宫就算福晋的娘家吧！"忽然看到永琪衣衫不整，惊呼着，"这坎肩怎么回事？一个纽扣都没有！赶快去新房换一件！"

这样一耽误，小燕子已经进房了。紫薇瞪了永琪一眼，心里也是不平着，摇摇头，也进房了。明月、彩霞眼睛湿湿的，看了永琪一眼，都进房了。小邓子、小卓子拿起扫帚，开始清理一地的树枝树叶。

永琪握着一手的纽扣，看着大家的背影，有苦说不出。觉得那些纽扣，都变成了烧红的烙铁，烙得他手也痛，心也痛。

紫薇陪着小燕子，吃完早餐，实在挂念着东儿，不能一直陪着她，劝了她一大番话以后，回学士府了。见到尔康，她非常感慨。男人，是不是生来和女人就不同？"痴情"只是女人的专利，男人不"滥情"就不错了，妄想痴情，更妄想专一！永琪这么容易就接受了知画，完成了那条"白喜帕"的使命，不只打击了小燕子，也打击了紫薇。紫薇对"情有独钟"四个字一直像是一种宗教般崇拜景仰着，虽然有一个到处留情的皇阿玛，总希望年轻的他们，体验过"生死相许"的他们，是与众不同的。看着尔康，她叹息地说：

"永琪也是……居然玩真的……"尔康非常同情永琪，这件事，永琪实在情有可原，身不由己。他叹口气，说："你也要为永琪想，这件事，能玩假的吗？老佛爷把自己的心腹桂嬷嬷，都派到景阳宫去了！多少双眼睛看着呢！他敢玩花样，小燕子的身世就保不住！"

"可是……永琪一定也为知画动心了，是不是？要不然，是不能勉强的！男女之间，情不到，心不到，怎么会上床呢？小燕子最恨的，也是这个！我最不理解的，也是这个！"她凝视尔康，"尔康，易地而处，你会不会和永琪一样？"

尔康想了想，坦白真诚地看紫薇：

"没有易地而处，不可能易地而处，这种状况，永远不会发生在我身上，如果发生，我也没有永琪那么能干！"说着，想到箫剑，就神色一正，说，"我要到会宾楼去看看柳青！不知道箫剑是不是出城了？往哪个方向走的？我对他，也是非常不放心，就怕他根本没出城，还在等机会救晴儿！"

紫薇拼命点头，定定地看着尔康，忽然就走上前去，勾住尔康的脖子，靠在他的肩上。尔康因这个举动而受宠若惊了，柔声问：

"怎么了？"

"我有点害怕！"

"别怕！现在总算化险为夷了！我想，箫剑心思细密，不会那么傻，他知道他的任何行动，都会影响到小燕子和永琪，就算他现在恨死老佛爷和皇阿玛，他也不会再轻举妄动的！"

"我不是怕箫剑轻举妄动，我是怕……我们这些人的命运！你看，晴儿和箫剑被迫分手，小燕子和永琪又变成这样，只有我们两个，还拥有幸福！看到小燕子和晴儿，我几乎为了自己的幸福，充满了犯罪感！尔康……我们是唯一的一对了，我们会长长久久的，是不是？"

尔康把紫薇的手，紧紧一握。

"是！我们会长长久久！别难过了，哪有人为了自身的幸福，充满犯罪感呢？人间，就是这样，老天没办法把'幸福'这玩意儿，平均分给每一个人！只能各人拥有各人的幸福！但是，我仍然坚信，晴儿和小燕子，都有她们的幸福！"

箫剑不在会宾楼，柳青把他一直送出了北京城，他一人一骑，走向了北方，走向了孤独，走向了天边。眼看着层云飞卷，大地苍茫，他越走越孤独，越走越怆恻。他很想策马回头，但是，他知道，除非他策划得万无一失，他再也不能轻举妄动。他的怀里，揣着晴儿写给他的信，那内容他早已可以倒背如流。

　　萧剑，当你看到这封信的时候，希望你已经远离北京城了！从今以后，你将活在我的记忆里！就像你说的，这是我们生命中最美丽的一段，你不后悔，我比不后悔更多，我充满了对上苍的感恩！终于，我的生命没有白活！为了小燕子和永琪，我们必须牺牲！牺牲，需要勇气和决心，我的勇气，来自你的勇气！所以，请不要用任何鲁莽的行为，破坏了比我们相爱更重要的事……我会照顾小燕子，你放心，时时刻刻，我心与你同在！

　　晴儿一句"我的勇气，来自你的勇气！所以，请不要用任何鲁莽的行为，破坏了比我们相爱更重要的事……"不断萦回在他的心头。"为了小燕子和永琪，我们必须牺牲"更是他心底的声音。但是……但是……永琪娶了知画，小燕子的处境将如何？晴儿，我们的牺牲，是不是真能换得小燕子的幸福呢？

　　小燕子怎会幸福呢？一整天，永琪和知画都没有回到景阳宫。晚上，乾清宫大宴宾客，永琪和知画，直接从慈宁宫赴宴。紫薇回家了，小燕子一个人待在景阳宫，第一次体会到"冷宫"的滋味。夜渐渐深了，永琪和知画都没回来，明月、彩霞铺床的铺床，点薰香的点薰香，一面向小燕子报告永琪他们的行踪。"后来，皇上请了晚膳，嫁出宫的格格都回来了，只有紫薇格格没到，说是东儿少爷着凉了，走不开！可是，福大人、福晋、额驸都来了！"小燕子喉咙里堵着一个硬块，鼻子塞塞地问："很热闹是不是？既然是家宴，为什么没有人请我去？难道我不是格格了吗？"

"我听小桂子说，皇上也要格格出席的，但是，老佛爷说，格格才流产，身子不好，也不方便出席！""哼！"小燕子咬了咬嘴唇。

明月看了小燕子一眼："今晚，您就早点睡！天大的事，也留到明天再说！""别再吹箫了！"彩霞接口。

小燕子绕室徘徊，伸头对外面看了一眼。今晚，他当然还要在新房里睡。他们又会在新房里解纽扣，红罗帐里，不知是怎样的情景？她跺跺脚，越想越难过。怎么会弄成这样呢？早知道，不如跟着箫剑一起走！为什么要留在宫里呢？为什么要冒着生命危险，继续当永琪的妻子呢？她自问着。心底，也雷鸣似的响着答案：为了永琪，为了永琪，为了永琪……但是，永琪配吗？永琪也像她一样，在乎着她吗？

小燕子正在愁肠百结，房门一响，永琪快步进房来。小燕子一惊抬头，不敢相信地呆看着他。永琪看了她一眼，就对明月彩霞说：

"你们先出去！等一下再来伺候！"明月、彩霞有意外之喜，两个丫头就匆匆行礼出房去，并且，仔细地关上房门。永琪就一步上前，紧紧地握住小燕子的手。小燕子心里一酸，用力要甩开他，他却死死地紧握不放。她瞪着他，眼眶不争气地湿了，声音哽着："你到我这个不祥的'冷宫'来干什么？我又不会扣纽扣，又不会解纽扣……""可是……"永琪勉强地笑着，"你会'剑刺纽扣'，唰唰唰唰！一排纽扣全部落光光！""你心情很好是不是？很开心是不是？还能讲笑话！"她抽抽鼻子，眼泪在眼眶里打转，她拼命忍着，我不哭，我不哭！永琪笑容一收，深深地盯着她，眼睛里，是无尽的深情。他低声而严肃地说："小燕子……我没有跟她圆房！"小燕子大震："什么？你没有……没有？"永琪摇头，诚实地、认真地说：

"我没有！知画说，她配合我演戏，免得老佛爷起疑心……所以，我们就演戏给桂嬷嬷她们看，事实上，什么事都没发生，我们只是和衣睡了一夜……事实上，我也没睡着，因为……因为……有人吹了一夜的箫，听得我浑身冒冷汗，五脏六腑都绞在一起，痛了我一夜！"

小燕子一眨也不眨地看着他，无法相信，怔怔地说："我不信……我不信……我亲眼看到，桂嬷嬷捧着那条白喜帕……"永琪就伸出左手的食指给小燕子看，只见食指上，刀痕鲜明。"是知画提议这样做……我没经验，一刀划下去，割了好深一个口子，血一直流……你看看！"小燕子捧起那只手，看着，看着，眼泪在眼眶里怎么也待不住，跌落在他的手上。她哽咽地低问："真的？你没有……你居然没有……"他长长叹息，眼光缠着她。

"小燕子，我心里只有你，怎么可能去抱别的姑娘？我躺在那儿就想，皇阿玛实在是个奇人！就这一点，我也输给皇阿玛太多了！"他顿了顿，再说，"这几晚，我大概都得留在新房，免得桂嬷嬷她们疑心，去打小报告，我不会做什么……你，不要胡思乱想好不好？"

她仰望着他，忽然觉得他那张脸，那么漂亮；他那双眼睛，那么明亮；他那个人，那么伟大！他是她的一切，他值得她爱，值得她受苦，值得她深陷在这个皇宫里，值得她离开哥哥，当爹娘的罪人！她想着，眼光也缠着他，说：

"知画居然配合你演戏？她怎么会那么好？我……我……"她心中一热，感激涕零而自叹不如了，"我误会她了，我那么小心眼，简直是用小人的心去想君子的心！"她想想，又担忧起来："但是……你已经娶了她，总不能跟她演一辈子的戏，迟早，你还是要和她圆房的！"

永琪一本正经地说："没有'迟早'！我就和她演一辈子的戏！我想过了，老佛爷认为你的身世不如她，那么，将来如果有册封，你让给她！是我欠她的。至于我这个人，老早就属于了你，她只好让给你！""她肯吗？她愿意一辈子都这样过？""这不是她愿不愿意的问题，是我的问题！"他把她的双手，拉到自己的胸前，"小燕子，我没办法……我的心里，全是你！在那间新房里，我绝对不会比你的日子好过，对我而言，每个时辰，都像一百年那么长！最糟糕的是，你的影子老在我眼前晃，我却得面对另外一个女人！你不能想象我的滋味，那是一种煎熬，一种苦刑呀！再加上你的箫声……你实在厉害，就有本事把我折腾得乱七八糟！如果你再不信任我，还跟我怄气，不爱惜身体……我都不知道自己在干什么！这种日子，我怎么继续下去呢？"

永琪说得那么温柔，字字句句，打进小燕子的内心深处。这一番肺腑之言，她都听进去了，听得泪眼模糊。一个激动之下，就痛悔地低喊：

"我错了！我错了！你打我好了！"她抓起他的手，啪的一声，给了自己一耳光。他慌忙抽手，一把就把她紧紧抱住，抱得那么紧，她不能喘气了。她的手，情不自禁地勾住他的脖子，两人紧紧地、紧紧地依偎着。他的嘴唇，贴在她的耳边，热气吹在她的发际。他在她耳边说："我不能再停留……我必须去那间'新房'……你信我了吗？"

她拼命点头，双手却不舍地勾紧了他。

这样热情奔放的小燕子，让他的心跳加快，好想好想跟她进红罗帐，好想好想跟她共度春宵……但是，不行！多少双眼睛在看着，萧剑也不知道平安没有？想到萧剑，永琪才蓦然醒觉，别让这番牺牲，变成白费才好！他赶紧问：

"萧剑怎样？""应该已经走得很远很远了！老佛爷很守信用，昨晚就放了他！"永琪吐出一口长气来，如释重负。他再看小燕子，许多现实问题，一一浮现。

"还有一件事，那个杀父之仇，你必须彻底忘记！见到皇阿玛，还要和以前一模一样！上次挥鞭子那种事，再也不能发生，要不然，我们的日子会更加难过！为了我，点个头，怎么样？"

小燕子的脸，本来带着无限柔情，听到这话，顿时僵了僵，眼里，闪出了矛盾和痛楚。"答应我！"永琪低声而急促地说，几乎是在恳求她。他这么好，为了他，她什么都可以不要，生命都可以不要！她热烈地看着他，终于点点头。永琪长叹一声，在她的脸颊上飞快地吻一下，推开她，出门去。再不走，他就舍不得走了！小燕子仍然站在那儿，用手指捂着被吻的脸颊，脸上漾起做梦似的表情。虽然，永琪走向了另一个女人的身边，她心里却涨满了被爱的感觉。回忆起来，她初恋的时期，稚气未除，是糊糊涂涂的。在他的一再表白下，都弄不清自己是他的梦中人。现在，这份感情才真正成熟了，她终于了解，什么叫作"生死相许"，什么叫作"天长地久"。这种爱情，那么炙热而强烈，温馨而酸楚，让她心甘情愿付出一切！在这一刻，杀父之仇也变得很渺小，伟大的，是永琪的爱！

景阳宫自从知画进门，就有了很多的改变，不只小燕子倍感压力，就连宫女太监们也没有好日子过。这天一清早，明月、彩霞、小邓子、小卓子照例在大厅中打扫，有的扫地，有的擦桌子，有的擦摆设，有的掸灰尘，忙得不得了。

珍儿翠儿进房，翠儿看着四人，不满意地说："新房也要打扫哟！谁负责打扫新房？几天了，都没有好好地收拾！"

明月听到"新房"两个字，就为小燕子愤愤不平，没好气地抬头，一瞪眼说："新房？新房不是归你们管吗？我们是'旧房'的宫女，只管'旧房'的事！""是呀！"彩霞跟着接口，"这旧房可比新房多！又有格格房，又有书房，又有大厅，还有客房、厨房、院子……哪有时间管'新房'？你们都在干吗？""我们要管福晋的吃呀，穿呀，戴呀……"珍儿嚷着。"老佛爷把我们从慈宁宫调来，是伺候福晋的，不是清洁打扫的！这景阳宫的奴才不够用，还是怎的？"翠儿嘴巴更凶。彩霞被小燕子宠惯了，哪里受过这个气，背脊一挺："翠儿，你这话就难听了！什么奴才奴才，我们的主子，也没把我们当奴才!"小卓子也愤愤不平，插嘴:"就是!主子常常说，只有自己把自己当奴才，才是最没出息的奴才!翠儿，我看你，就是这种人!"翠儿双手一叉腰，往前一冲，气冲冲地喊:"你骂我没出息!你是哪根葱?你敢骂我?"小卓子还没说话，桂嬷嬷进门来了，眼睛一扫，大声嚷:

"珍儿翠儿，你们不干活，在这儿吵架?五阿哥和福晋都起床了，洗脸水呢?漱口水呢?早餐准备了吗?"眼光锐利地盯着明月彩霞等人，一凶，"明月，彩霞，等会儿去收拾新房!小邓子，小卓子，这新房里，怎么连一盆鲜花都没有?你们去御花园采一点!福晋喜欢红色的花，那些黄色白色紫色……都免了!"

小邓子见桂嬷嬷盛气凌人，忍无可忍，往前一站说:"桂嬷嬷!你搞错了，我们不是福晋的奴才，我们主子没有叫我们去采什么花花草草，你自己去!"桂嬷嬷大怒，上前，举起手就要打小邓子。小邓子跟着小燕子多年，已经练了一点拳脚，一闪身就跳开了。桂嬷嬷用力太猛，打了一个空，就摔了一跤。"哎哟!哎哟……闪了腰了……"桂嬷嬷按着腰，痛得站不起身子。珍儿、翠儿赶紧去扶。小邓子不禁得意起来，笑着说:"跟了主子这么多年，功夫也学会了一点点……"小卓子、明月、彩霞全都笑了起来。桂嬷嬷站稳身子，不禁怒不可遏，指着明月、彩霞、小邓子、小卓子四人怒喊:"你们给我站住!掌嘴!"说着，就近给了彩霞一巴掌。彩霞来不及闪，被打了一个正着，气坏了，捂着脸喊:"你又打我!那天过来布置新房，你也打我!你看我们景阳宫的人好欺负，说打就打，说骂就骂……我跟你这个老太婆拼了!"彩霞就扑到桂嬷嬷身上去。桂嬷嬷尖叫:"反了!反了!

珍儿，翠儿！你们站着不动，是要我被人打死吗？"翠儿上去拉彩霞，明月就上去拉翠儿。彩霞和明月只得放开桂嬷嬷，和珍儿翠儿扭打起来。桂嬷嬷乘机脱身，气势凌人地对外大喊："小顺子！小豆子……赶快去慈宁宫叫人，这个景阳宫的奴才，全体造反了！再不教训，就无法无天了……"小邓子挽袖子，怒冲冲大喊：

"你还想搬救兵，我先教训你！"小邓子扑上前去，小卓子见闹得不可开交，急忙拉架："不要呀！小邓子……不可以这样，快住手，快住手……"这样一场大闹，惊动了小燕子、永琪和知画，全部奔进门来，见状大惊。小燕子大喊："住手！统统给我住手！"太监嬷嬷宫女全部起身，这个旗头歪了，那个旗鞋掉了，大家狼狼狈狈站稳，急忙对永琪、知画和小燕子行礼："五阿哥吉祥！格格吉祥！福晋吉祥！"小燕子看到永琪和知画一起从新房出来，心里依旧有几千几万个不是滋味，又见满屋零乱，更气，再看到彩霞脸上的手指印，气上加气，大声地说："明月，彩霞，小邓子，小卓子！你们真没用！又被欺负了是不是？彩霞，脸孔红红的，还有手指印！谁打你了？"彩霞还来不及说话，桂嬷嬷挺身而出："格格！这个景阳宫，规矩实在不太好，奴才们又顶嘴又偷懒，新房都没人收拾！如果传到老佛爷耳朵里，大家的日子就不好过了！奴婢只好帮格格教训她！"小燕子瞪着桂嬷嬷，爆发了：

"景阳宫的规矩不好，轮到你来多事吗？"她指着门口，"你马上去！走走走！去告诉老佛爷，我不许你再进景阳宫！看老佛爷是休了我，还是废了你！"永琪急忙上前，看着小燕子，委婉地说："小燕子，一清早，干吗跟宫女嬷嬷们怄气？忍一忍不好吗？"桂嬷嬷就走到知画身边，委屈地说："福晋！奴婢还是回到慈宁宫去吧！这儿的事，奴婢管不来……"知画看看四周，心中早已了然，她叹了口气，不愠不火地说：

"桂嬷嬷！五阿哥昨晚忙了一夜，看奏折，写计划！到现在早餐还没吃呢！边疆问题，国家大事，黎民百姓，五阿哥样样要管！你们居然在这儿搞一些鸡毛蒜皮的战争？吵得五阿哥不能休息，实在太丢脸了！"说着，就走上前来，对小燕子请了一个安，"姐姐，早！"

听到永琪昨晚在忙"国家大事"，小燕子脸一红，觉得自己也是"鸡毛蒜皮战争"中的一员，不禁汗颜了："哎呀哎呀！别叫我姐姐，叫我小燕子就好了！我和紫薇，结拜了半天，还是叫名字！"就看着永琪问，"边疆怎么了？皇阿玛没放你假？这种时候还要看奏折？"

"皇阿玛存心考我呢！"永琪对小燕子笑笑，解释着，"都是缅甸的问题，缅甸的老国王死了，新国王猛白继位，有些蠢蠢欲动……云贵总督刘藻是个读书人，带兵有问题，缅甸边境的大姑碟、小姑碟……"说到这里，看到小燕子一脸的糊涂，知道这么复杂的事，她一定听不懂，就住口了。小燕子很关心，急忙问："这大姑爹跟小姑爹怎么了？吵架啦？"知画一笑，从容地接口说："大姑碟、小姑碟都是地名，是边境的两座城市！"小燕子脸孔又一红，顿时，充满了挫败感，自言自语："地名？哪有这么奇怪的地名，大姑爹小姑爹？还大婶婆小婶婆呢！"知画再一笑，立刻丢开了这个问题，走上前去，亲自帮彩霞扶正旗头，和颜悦色，几乎是小心翼翼地说：

"彩霞，不要难过，桂嬷嬷脾气急，心眼是好的！都是为了我，口气才那么坏！护主心切嘛！明月，你也别生气，还有小邓子小卓子……大家分什么景阳宫慈宁宫呢？都是一家人嘛！来，到我房里来，我准备了一些小礼物，这两天忙着大宴小宴，一直没时间给你们！"又对桂嬷嬷和珍儿、翠儿招手。"你们也来！我也有礼物给你们哟！从今以后，看我的面子，谁也不许吵架，知道吗？桂嬷嬷，不是我说你，彩霞明月都是小辈嘛，你多宠爱她们一点，少指责她们一点，不就皆大欢喜吗？"

知画说着，一手牵着彩霞，一手牵着桂嬷嬷，就往大厅外走去。明月、小邓子、小卓子还在犹豫，不知是跟着走好，还是不走好。

"怎么？"知画回头一笑，"还在生气啊？总不是跟我生气吧？不拿我的礼物，我会很难过的！"她的笑容，灿烂如阳光。"来来来！都来！"明月、小邓子、小卓子见知画如此放低身段，再也无法坚持了，嘻嘻一笑，跟在她身后去了。转眼间，一屋子的人，都跟着知画走了，大厅里剩下永琪和小燕子。

两人对看着，小燕子就低低地问："昨晚，忙着看奏折？""是！""她也陪着你看奏折？""是！""想必，也和你一起讨论，一起研究吧？"

永琪愣了愣，觉得小燕子的语气中有些酸意，却不能不诚实地回答："是！"

小燕子瞪着他，心想，所以她知道"大姑爹，小姑爹"是什么，自己都不知道！想必，讨论研究之余，端茶奉水裁纸磨墨都是她吧！看奏折的时候，也一定头贴着头，身子靠着身子吧！她想着想着，眼眶一红，一甩手，掉头就出门去了。

剩下永琪，呆呆地站在那儿。他茫然伫立，一脸的无辜和无可奈何。

第三十章

这晚，乾隆在慈宁宫举行家宴，太后、小燕子、紫薇、尔康、永琪、知画、晴儿、令妃都在，大家围着圆桌在用晚膳。一幅"家庭和乐图"。桂嬷嬷带着珍儿翠儿和嬷嬷宫女服侍着。宫女们川流不息地上菜、上汤、斟酒。知画不时帮太后搛菜，也不忘帮小燕子搛菜。乾隆看看小燕子，看看知画，见二人似乎相处得还不错，有些意外，感动地说："朕最喜欢这样吃晚饭了！大家和和气气，三代同堂，真是一种幸福呀！""皇帝喜欢这样，咱们可以天天这样！只是，每次要紫薇进宫吃晚饭，她都是推三阻四的……"太后说着，看尔康，"尔康，你舍不得紫薇进宫啊？"

"老佛爷说哪儿话！紫薇最近，在宫里比在家里还多呢！"尔康笑着回答。"老佛爷，也不要太勉强紫薇……"令妃帮紫薇解围。"我知道，我知道！做过娘的人，谁不了解这种牵肠挂肚呢？"太后看着紫薇说，"紫薇，怎么不带东儿进宫呢？""本来要带来的，可是，前两天着凉了，有些发烧，今天就不敢带他出门！明后天，一定带来给老佛爷和皇阿玛看！"紫薇笑着说。知画就非常羡慕地说："额驸和紫薇格格的孩子，一定长得好漂亮！我听小燕子姐姐说，东儿好聪明，不到三岁的时候就会认字了！""认字？太夸张了吧？"乾隆惊讶地说。"那也没有什么夸张，爹和娘都聪明嘛！"太后接口，"我在海宁的时候，听陈夫人说，知画两岁就会认字！说不定，知画和永琪的儿子，不到两岁，就会背诗了！"说着，就用别有深意的、充满期待的眼光，瞄了知画和永琪一眼。知画脸一红，急忙低下头去。小燕子脸色难看极了，心里五味杂陈，吃得不是滋味。永琪埋着头吃饭，一语不发。晴儿从头到尾，都默默无言，食不知味。乾隆看看众人，忽然想了起来，说：

"好了，这个知画的喜事，总算闹完了！接下来，应该要忙晴儿了！"他眉头一皱，"奇怪，怎么这些日子，都没看到箫剑？景阳宫办喜事，也没看到他参加！"

乾隆此话一出，大家的神色都变了。这宫里演出一连串的好戏，鸿门宴、捉六人、关密室、讲条件、关箫剑、逐箫剑……乾隆是一概不知。演变到今天，箫剑走了，晴儿不会笑了……景阳宫里，多了一个知画，小燕子也不会笑了……小燕子想着，神色惨淡，瞪着乾隆，冲口而出：

"我哥和这个回忆城八字不合，走了！和晴儿的婚事，也没了！""这是什么意思？"乾隆瞪大了眼睛，吃惊地问。永琪生怕小燕子说出什么不妥的话来，就急忙接口："皇阿玛！本来我也预备这两天向皇阿玛报告的，箫剑经过了仔细的考虑，认为宫中生活，他不能适应！做官也做不来，怕耽误了晴儿的终身，所以，他走了！"晴儿满脸凄惶，低俯着头，放下筷子。乾隆困惑已极，不禁生气地说：

"岂有此理！他在杭州，表演了那么轰轰烈烈的一幕，带着晴儿私奔，闹得尽人皆知！这会儿，朕也答应他的婚事了，他又说不耽误晴儿的终身，哪有这么莫名其妙的事？晴儿！你也同意了？还是不得不同意？这是怎么回事？"

晴儿抬头看着乾隆，强忍着泪，挺直了背脊，凄楚地说："皇上！是晴儿要他离开的！""你要他离开……"乾隆不解地问，"为什么？"

"皇上！"晴儿叹息着说，"萧剑那个人，一向云游四海，以天地为家！如果我把他绑在宫里，他会变成一个被感情所困的囚犯！萧剑，他就像一只老鹰，有他的天空和树林！这个皇宫，对他而言，是一个豪华的金丝笼！我不能因为我的自私，让他成为金丝笼里的老鹰呀！所以，我让他飞了，让他飞回他的树林和天空！"

乾隆惊看晴儿，震动中，有些了解了。"那他……也就走了？""是！"晴儿抬头看看窗外，"天空有更大的力量，他逃不掉这种力量的呼唤，他走了！"乾隆怀疑地环视众人，尔康就急忙笑着说：

"皇阿玛！我知道您代晴儿生气，但是，退一步想，这样也很好！您不知道，萧剑虽然跟我们回北京了，其实痛苦得不得了！如果今天一定要留住他，他迟早会怪晴儿困住了他！所以，他的离开，是福不是祸！"

太后心虚，生怕再扯出其他事故，急于转换话题，就颔首同意说："对！是福不是祸！尔康这话对极了！皇帝，事已至此，你也别追究了！"乾隆注视晴儿，愤愤不平地说："好！让他走！让他飞到他的天空里去！晴儿，朕马上给你找一门好亲事，给你办个盛大的婚礼，让他去后悔！"

晴儿大震，一惊而起，凄然地说："皇上！不要！请让晴儿伺候老佛爷一辈子，我愿意终身不嫁！"乾隆锐利地看晴儿，感慨地说：

"晴儿晴儿，你终身不嫁，也成不了箫剑的天空！你别傻了！"晴儿眼中，蓦然流泪了。小燕子再也忍不住，推开饭碗站起身来，憋着气说：

"我胃痛，我吃不下，何况，这酒这菜，不知道里面放了什么作料，吃得我反胃，我还是少吃为妙……我先走一步！"小燕子掉头就走，太后听她话中有话，大怒，大声喊："小燕子，你也想飞到你的天空和树林里去吗？回来！"小燕子站住了，回头看太后，痛楚地说："老佛爷，您已经称心如意了，一个个目的都达到了，何必还要逼我呢？如果我能飞，我也飞了！"一句话说尽小燕子的心事和委屈，永琪听了，最是感触，起身说："皇阿玛！小燕子身体还没复原，胃口也不好……让她去休息吧！"紫薇急忙站起身来，说："我陪她回景阳宫！皇阿玛，老佛爷，我也先走了！"

知画跟着站起来，说："还是让我送姐姐回去吧！"乾隆大为扫兴，带着困惑和不满，看着这群儿女："怎么回事？一个个都要走？"正在这时，小邓子急急走进，甩袖行礼，急促地说："皇上吉祥，老佛爷吉祥！"就转向尔康和紫薇，"额驸大人，紫薇格格！学士府派人来，要你们赶紧回家！说是东儿发高烧，浑身抽搐，病得很严重……"众人大惊。紫薇和尔康双双变色了。"东儿！"紫薇痛喊一声，她什么都顾不得，连行礼告辞都忘了，东儿，东儿！她转身就往门外冲去。"皇阿玛！老佛爷，我们告退了！"尔康急喊，跟着紫薇冲出房。室内众人，全被惊呆了。令妃最冷静，急忙喊："小邓子，传太医！让所有太医，都跟尔康一起去学士府！如果不是事态严重，福大人不会惊动宫里！""对！把握时间！"乾隆这才醒悟，跟着喊，"来人呀！传太医！尤其是胡太医，他医术高明！""喳！"一群太监答应着，飞奔出房去。

确实，东儿病得很重，学士府一团忙乱。

东儿躺在床上，昏睡着。李大夫坐在床前，满头大汗地在把脉。李大夫也是北京的名医，东儿从小就是他在照顾。福晋和福伦，焦灼地站在旁边，目不转睛地看着李大夫和孩子。丫头奶娘围绕，不住用冷帕子盖在东儿头上。福伦心惊胆战地问：

"李大夫，到底情况怎样？你前天诊断，不是说只是着凉吗？"李大夫把完脉，诊视完毕，慌张地站起身来："福大人！对不起，可能……前几天的诊断有误，那时，病还没发出来，只有一些轻微的发烧……现在，看这样子，大概……大概……""大概什么？"福伦着急地大声问。"福大人，您另请高明吧！小少爷的病，我没办法了！"李大夫惶恐地说，转身就想走。"什么没办法？李大夫，你不能走！这孩子是我们的命呀！"福晋喊。"不行不行！我的医术不够……我……我告退了！"

李大夫慌张地说，急于脱身，往门口逃去，福伦大震，一把抓住他的手腕："你告退？你怎么能告退？你是他的大夫呀！你不许走！你得给他治……"这时，尔康和紫薇带着四个太医，飞奔进房。尔康喊着："太医来了！太医来了！额娘……东儿怎样了？"

紫薇就扑在床前，看着昏迷不醒的东儿，痛喊着：

"东儿！东儿……你怎么了？你醒来！快醒来……"看到平时活泼的东儿，现在脸色惨白，气若游丝，紫薇害怕极了，声音颤抖着，"东儿！睁开眼睛看看娘……怎么会这样子？"她一把抱起东儿，亲着，唤着："东儿……额娘在这儿，额娘抱着你，你快睁开眼睛啊……"

胡太医急忙趋前，着急地喊："格格，快把少爷放在床上，别摇他，让我诊治！"尔康看了东儿一眼，见东儿这样，吓得魂飞魄散了，急急抱过孩子，放上了床。

"紫薇，你冷静一下，赶快让太医们诊治！"尔康就拉着紫薇起身，把位子让给四位太医。太医们围了过去，仔细诊断。紫薇转身，扑进福晋的怀里，自怨自艾地说：

"额娘！都是我不好，这些天，因为小燕子太伤心了，我天天往宫里跑，都没有好好照顾东儿，才让他着凉！我这个娘，是怎么当的！"说着说着，就哭了。福晋拍着紫薇的肩，也自责地说："不是你！是我不好！那天，我带他在花园里玩，下雨了，他淋了雨，晚上就发烧了！是我没照顾好我的孙子啊！"婆媳二人，就抱在一起掉泪。尔康着急地喊："你们不要这样好不好？东儿只是着凉，不会有大事，你们这样哭，倒好像他真的有事似的！"紫薇一听，赶快擦眼泪，忍住泪，拼命说："我不哭不哭不哭……东儿没事，哪个孩子不生病，明天就好了，他没事没事没事没事……一定没事……我不哭不哭……"福晋也赶紧拭泪，握住紫薇的手，颤巍巍地说："我们不要自己吓自己！胡太医来了，孟太医也来了！东儿福气大，有皇上的洪福罩着，有福家祖宗的保佑，不会有事的，啊？"李大夫趁乱，提着药箱想溜走，尔康一把抓住了他："你不要走！这几天，都是你在诊治东儿……是怎么个情形，你告诉太医们！我也不怪你从头就误诊，但是，你给东儿吃的是些什么药，你总得说明白！"几个太医翻开东儿的衣领，又察看东儿的肚子、背部。然后，太医们一脸惊吓，彼此对看。胡太医就起身，对李大夫说："你已经有了结论，是不是？"他转头看尔康，严重地说："额驸大人，福大人，你们都出去等一等，让我跟李大夫一起会诊，再跟你们报告！"

尔康看到几个太医的神色都不对，心一沉，抬头坚定地说："我不出去等，我守在这儿！这是我的儿子，我要知道他的情况！""我也是！我也不出去！"紫薇哀恳地喊，"胡太医，他没有危险，是不是？"

几个太医纷纷起身，跟胡太医点头，表示诊治已有结论。"胡太医！你就直说吧！孩子是什么病？能治还是不能治？"福伦嚷着。"大家先不要急，病势虽然凶险，也不是不治之症！"胡太医看着福伦，"小少爷身上，已经开始出痘了，依我们看，是天花！"满屋子的人，全部大惊失色。屋里的丫头和用人，顿时你推我挤，跑了一半。

"天花！不是着凉，是天花！"紫薇抽了一口冷气，虽然知道这病凶险万分，却忽然坚定起来，一种母性的本能，和母性的勇敢，全部集中在她身上，她抬头看着胡太医，"没关系，我守他！要怎么照顾，你告诉我！"

"格格，你害过天花吗？如果你没害过，你不能接近这个孩子！"胡太医说。"我不知道我有没有害过，我娘没告诉我，说不定小时候害过了！但是，不管我有没有害过，我不会离开我的儿子！在他好起来之前，我一步都不会离开！"

尔康往前一站："我跟你一起照顾他，我也不会离开！""可是……"福晋惊喊，"尔康，你没有害过天花，你会被传染的！出去，你快出去！"

福晋就去拉尔康："我在这儿，奶娘在这儿，还有紫薇守着，你出去！"尔康挣脱了福晋，坚定地嚷着："要传染，我早就被传染了！别拉我！你们都出去，让我和紫薇来！这是我们的儿子，我们要一起面对……"

福伦冷静下来，看胡太医："胡太医，你肯定吗？""我想没错了！"胡太医急忙吩咐，"赶快把家里消毒，最好让家里害过的人，过来照顾！这事不能大意，我们满人，对这个病没有抵抗力，不像汉人！我会写一个单子，该怎么照顾，会写得清清楚楚！走！我们出去开方吧！福大人，这事我不能瞒皇上，恐怕学士府要隔绝一阵子！贵府上的人，一月之内，别再进宫了！"

胡太医带着几个太医出门去开方，福伦跟着去了。

奶娘急忙往前一步说："额驸，格格，我来伺候小少爷，我小时候出过天花！""好！你留下！还有谁出过？"紫薇这时，已经平静下来。"还有我！"丫头秀珠挺身而出。

紫薇挽起袖子，在水盆中拧帕子，细心地给东儿擦拭。"奶娘，秀珠，你们来帮忙！"她看着东儿说，"东儿，不怕！额娘在这儿，我守着你，陪着你……请你争气一点，熬过去，挺过去……"尔康想过去帮忙，福晋急促地上前，死命地拉着他，哀求地说："尔康！你不要感情用事，你给我出去！这个病，越小的孩子害，越容易好！到了你这个年纪，害了就麻烦了！顺治爷是怎么走的，你不知道吗？"紫薇站起身子，这时，她的脆弱都不见了，像一个勇敢的斗士，她看着尔康说："尔康！你听额娘的话，不要让我操心两个！你出去，你放心，东儿有我！我会非常细心地照顾他，一定让他活得好好的！"尔康看着紫薇，一急，往前大步一迈，义正词严地说：

　　"额娘！你看看紫薇！她细皮白肉，浑身一点痘疤都没有，她怎么会害过天花？她只是下定决心，要守着东儿而已！如果她被传染了，谁来照顾她？她这样不顾一切地守着东儿，我怎么可能置身事外？不要拉我，也不要劝我！我的儿子和我的妻子，在这间房间里抵抗死神！我，无论如何，都要跟他们在一起！倒是额娘和阿玛，你们也没害过天花，你们千万不要再进来！"

　　尔康说着，就把福晋一路推出门去。福晋无可奈何，一路嚷着："尔康……紫薇……那你们要小心，我去看胡太医的方子和注意事项，再来跟你们说……"

　　"有奶娘和秀珠在这儿就够了！其他的人，都不要进来，少一个传染的机会就好一个！额娘，为了让我们安心救东儿，你不可以再来！"尔康喊着，言辞恳切坚决，福晋怔着，被推出门外去了。

尔康走到床前来，挽起袖子，开始绞帕子。紫薇抬眼看着他，眼里满是震撼和感动。

尔康鼓励地看她，郑重地点了点头。

"我们要镇静一点，我有信心，东儿会渡过难关的！"

紫薇拼命点头。

两人就一边一个，守着东儿。

东儿染上了天花！这事传进宫里，整个皇宫都震动了。满人最怕的疾病，就是天花。自从清朝进关以来，已经有许多阿哥死于天花，顺治皇帝也因天花而驾崩，大家闻天花而变色。所以，消息传来，皇宫就陷进一片忙乱里，所有太监宫女嬷嬷都出动了，大家提着盛满石灰水的木桶，到处喷洒，墙上、门上、窗子、台阶、亭子、楼台、大殿……处处都是忙碌的人群。

太后扶着晴儿的手，看着满屋子忙碌的人，心惊胆战地嚷：

"天花？居然是天花！那还得了？这两天，紫薇不是一直在宫里出出进进吗？还在景阳宫过夜，跟小燕子一起睡，那……这个病有没有带进宫呢？宫里，又是小阿哥，又是小格格，如果传染了，那可怎么办？"

晴儿赶紧说："老佛爷不要慌张，一大早，令妃娘娘就下令，整个宫里都在消毒！胡太医配的消毒水，所有太监宫女都出动了，到处在洒！景阳宫是第一个据点，每个房间都洒了！皇上问老佛爷，要不要带着娘娘们，去避暑山庄避一避？"

"皇帝自己呢？"太后着急地问，"他一定不肯走！上次流行的时候，他也不肯走！再说……这避痘要避到哪儿去呢？没有一个地方是安全的！"说着，就振作了一下，"皇帝不避，我也不避，我得守在宫里，给大家做个榜样！还有这么多宫女太监，咱们一跑，人人都跑了！"想着，就着急地一昂头："咱们先去景阳宫瞧瞧！"

晴儿扶着太后，来到了景阳宫。景阳宫也是一团忙乱，桂嬷嬷正带着众宫女、太监、嬷嬷也在拼命消毒。桂嬷嬷指挥若定，监督着大家，嚷着："不管是缝缝里，角落里，花瓶里，古董架……统统不能放过！这个出花儿，是要命的事，大家不是干活，是救命呢！麻利一点呀……"外面传来太监大声的通报："老佛爷驾到！晴格格到！"小燕子、知画、永琪听到喊声，都从房里奔进大厅。太后扶着晴儿，两人匆匆走进。一屋子的人，赶紧请安的请安，行礼的行礼。"老佛爷吉祥！晴格格吉祥！""别请安了！赶快消毒吧！"太后挥挥手。

知画急忙上前，关心地看着太后，说：

"老佛爷！我正想去慈宁宫请安呢！您一定吓坏了！慈宁宫消毒了吗？要不要我去帮忙？那个餐厅……恐怕要特别消毒一下！餐具收起来，别再用了！""是呀！"太后一惊，想了起来，"紫薇昨晚还一起吃饭呢！晴儿，你记着，那副餐具就毁了吧！""有那么严重吗？"晴儿问，那套餐具，是景德镇进贡的细瓷。"有有有！"太后拼命点头，"这天花比任何瘟疫都厉害！十几年前，在京里大流行那一次，死了几千人，那时你还小，我记得，尸体堆在北门外，火化都来不及！"小燕子听到这儿，就忍不住气呼呼接口："那么，我们这个景阳宫，干脆把家具门窗全部拆了烧掉，碗碗盘盘，杯子碟子，花盆水盆……一样都不能留！"太后瞪着小燕子，看到她这样不知轻重，气不打一处来，有力地说：

"你说得不错！紫薇每晚跟你睡一起，那个帐子棉被衣裳……最好都烧掉！你自己，从头发到脚趾，也好好地清理清理！"就掉头看永琪，命令地说，"永琪！这个月，你就不要再进小燕子的房间！反正有知画照顾着！"

永琪大惊，怎能用这个理由，不进小燕子的房间？小燕子震动极了，知道太后存心要找理由不让永琪亲近她，脸色惨变。知画不知如何是好，看看太后，看看永琪，不敢说话。永琪就往前一步，笑着说：

"老佛爷过虑了！害天花的是东儿，也不是紫薇！整个学士府那么多人，也只有一个东儿生病，连尔康都没事！孩子的抵抗力弱，大人的抵抗力强。何况，景阳宫已经彻底消毒了……如果这个也怕，那个也怕，日子还怎么过？"

晴儿也接口："依晴儿看，桂嬷嬷很能干，消毒得非常仔细！等会儿，我留下来帮忙，再带着明月、彩霞，把小燕子的房间和衣物，都彻底消毒一下！""晴儿！你也避一避！整天跟着我，难道还想把这病，带到慈宁宫去吗？"太后掉头看知画，不解地挑起眉梢，"怎么？知画不想服侍五阿哥吗？"知画有苦说不出，急忙应着："老佛爷说哪儿话！我……我……"她看了永琪一眼，眼神中不由自主地透着幽怨，声音低了下去，"我……只怕服侍得不好，人家不喜欢……"太后锐利地看了三人一眼，心里有些明白了，命令地说："永琪！你是皇室的根儿，太宝贵了，不能有任何闪失！知画，你好好服侍！听到了吗？""知画谨遵老佛爷吩咐！"知画屈膝，顺从地说。太后转身，看了桂嬷嬷一眼，桂嬷嬷会意，点头。"晴儿！我们再去乾清宫、延禧宫……到处走一遍！走吧！"

"是！"晴儿临走，还给了小燕子安慰的一瞥。太后和晴儿走了，小燕子气呼呼地一甩手，冲出了大厅，进房去了。永琪看到她这副样子，身不由己，就追了过去。到了卧房，永琪一眼看到，小燕子正在收拾行李，床上摊开一条包袱皮，她手忙脚乱地，把许多衣服，杂乱地堆进包袱皮里。"你干什么？"永琪问。"你已经有人服侍了，我这个不会服侍的人，该走路了！"小燕子嚷着，拿起箫剑留下的那支箫，放在衣物最上面。"你又想出走？"他劈手就夺去了那支箫，"我不会让你出门的！外面正在流行天花，你还是待在宫里比较好！""我待在宫里干什么？前一阵，是为了救我哥，我才会忍受这些窝囊气！现在，我哥走了，我也可以走了！""哦？"他不禁受伤了，盯着她，"你哥已经脱险，我的利用价值就完了？你要我做任何事，我都做了！现在你说走就走，不管我了，你不觉得你很残忍吗？"

"我怎么管你？"她瞪着他，嚷着，"我这间屋子里，全都是天花病毒，我浑身上下，也都是病毒，你是皇室的根儿，太宝贵了，如果有闪失怎么办？"说着，跳起身子去抢那支箫，"把箫还给我！我去学士府陪紫薇，紫薇一定需要我！"

"你也不能去学士府，那儿有胡太医守着，有许多家丁丫头服侍着，不缺你一个！你去了他们更乱！老佛爷有句话是说对了，不能把天花传播到各处去！"小燕子一听，老佛爷的话对了，大受刺激，跺脚大喊："那你还在我身边干什么？老佛爷的话你没听见吗？这个房间不能进！我的身边不能碰，我从头发到脚趾，都是不干净的……"小燕子话没说完，永琪把她一把抱住："好好好！你不干净！你把所有的病毒都传染给我，要害天花，大家一起害！"

他说完，就一俯头，炙热地吻住了她。她一惊，想挣扎，但是，他的胳臂那么有力，她怎么挣扎得掉？她还想说话，但是，他的唇堵着她的，她还怎么说话？她不动了，被动地站着，然后，手臂一勾，勾住了他的脖子，融化在他的热情里。

窗外，知画带着桂嬷嬷，震动地看着这一幕。

东儿病倒，金琐几乎立刻奔到学士府，她要伺候紫薇，照顾东儿。但是，她已经是两个孩子的娘，小的一个才满周岁。那个会宾楼，又是市中心的地区，平常人客众多，紫薇怎么允许让金琐涉险，万一传染给她的两个孩子怎么办？更不能让这个病传染到整个市区去，立刻就义正词严地把金琐赶回去了。柳青知道紫薇都是对的，夫妇二人，除了着急以外，只能大力提倡消毒运动，带着许多伙计，不只消毒会宾楼，把市区的街道，也一一洒上石灰水，还挨家挨户，教导消毒的办法。

几天过了，东儿的病，却越来越沉重，这天，已经陷进昏睡的状态，嘴里喃喃呼唤着额娘、奶奶，脸上开始冒出了红疹。紫薇和尔康都熬了几天，衣不解带。福伦和福晋，虽然不能进病房，仍然在大厅里照顾一切，和太医研究病情。整个学士府，又要消毒，又要照顾病人，个个都筋疲力尽。

"娘……娘……额娘……奶奶……"东儿意识不清地喊着。

紫薇和尔康立刻扑了过去，紫薇一迭连声地说：

"娘在这儿，东儿，哪里不舒服？东儿……东儿……"见东儿不应，急摸东儿的头，抬眼看尔康，"烧得像火一样，怎么办？那个冷帕子，好像一点用都没有！如果烧不退下去，会不会烧坏脑子呢？"

尔康拼命绞着冷帕子，不断地送了过来，去取代东儿头上的帕子。

"胡太医说，这个发烧，只能靠东儿的生命力来挺过去！不过，胡太医已经配了最好的药，宫里的药材都拿来了，吃了可能会好些！至于发烧，主要是病没好，我们给他不断换帕子，总可以让他舒服一点！"

奶娘和丫头秀珠，在一边帮忙。秀珠不断提了干净的开水进来，把脸盆里的脏水换掉。秀珠叮咛着："额驸，格格！又该洗手了！胡太医说，你们要不断地洗手，免得传染啊！还有被单！奶娘，我们先把被单换掉，拿去煮，干净的在这儿！"紫薇就抱起东儿，奶娘和秀珠赶紧换床单，换棉被，换枕巾……把一切可以换的，全部撤换，抱出去煮的煮，烧的烧。

紫薇抱着东儿，对尔康急急地说："你快去洗手！我等会儿再洗！""洗了，马上又会弄脏，这样洗手有用吗？""不管有用没用，你去洗就是了！"紫薇着急地说。

尔康赶紧去洗手。床单换好，奶娘说："现在要把小少爷的衣服全部换掉！"奶娘和紫薇就手脚麻利地给东儿换衣服。东儿断断续续地哭着，呻吟着。脏衣服全部丢进了木桶里，秀珠提着木桶出去。门外，福晋急急地捧着熬好的药碗过来。"药来了！

药熬好了！"福晋伸头进来喊，"紫薇！胡太医亲手熬的药，他说，无论如何，要想办法喂进去！"尔康一眼看到福晋，着急地跺脚："额娘！你让别人送进来，你不要过来！传染了怎么办？"奶娘接过药碗。福晋急忙后退，含泪说：

"是是是！我这就去洗手，去消毒！"奶娘捧着熬好的药到床前来，说："格格，你把小少爷抱起来一下，我来喂！"紫薇抱起孩子，奶娘就喂药。一汤匙的药汁，吹冷了，送到东儿的唇边。东儿哭着，挣扎着，就是不肯吃药。紫薇着急，哀求地说："东儿！吃药呀！你不吃药怎么会好呢？张开嘴巴，我求求你了！东儿……张开嘴，张开……"尔康伏在旁边看，不由自主，嘴巴张得好大。东儿那张嘴，还是闭得紧紧的。"不行！我们用灌的！一定要他吃下去，能吃多少是多少！"尔康说，就捏住东儿的鼻子和面颊，强迫东儿张嘴，对奶娘急急地说："快！灌进去！不要太多，一点一点地灌！"紫薇目不转睛，心痛已极地看着。东儿挣扎着，哭着，勉勉强强地灌进一些药。"灌进去了！再来……再来……"尔康喊着。奶娘又准备了一匙药汁，再灌。只见东儿身子挺直，手脚乱动，"噗"的一声，药汁喷了出来，喷到尔康一身，接着，东儿就痛苦地呕吐起来。紫薇喊：

"都吐出来了！怎么办？怎么办？不要再灌了……他咽不下去呀！"紫薇抱起东儿，放在肩上，不住拍孩子的背脊。东儿在她肩上哭着，喘着，咳着。紫薇的心，随着孩子的哭声和咳声，痉挛绞痛着。有什么力量可以减轻孩子的痛苦呢？她愿意付出任何任何代价，只要东儿痊愈！尔康从奶娘手里接过药碗，坚决地说："紫薇，抱过来，我们继续努力！再灌一次！这药，他非吃不可呀！我们要救他的命，是不是？抱过来！"紫薇点头，抱过去，坐在床沿。"你捏着他的嘴巴，我喂！"紫薇捏住了东儿的嘴巴，尔康就非常细心地、一点一点地把药汁喂进东儿嘴里。奶娘在一边紧张地看。好不容易喂了一匙，尔康额上已冒出汗珠。"他吃进去了！他没吐……"紫薇小声地说，好像说得大声，就会冒犯了那个照顾着东儿的神明。"额驸，您真有办法，他吃了整整一匙啊！"奶娘欣喜地说。尔康虔诚地看着东儿，在这一刻，他才体会出他对东儿的热爱。

"是！他在战斗！他正用他的小生命，在和这个病打仗！"尔康凝视东儿，低低地对他说，"东儿，勇敢一点，你的生命，来自于爱！在人间，你比很多孩子都幸运，因为你拥有最多的爱，为了这些爱你的人，你不要放弃！来！我们要吃第二匙了！"

紫薇看看孩子，看看尔康，带着一种崭新的感动，体会着尔康对东儿的爱。以前，她总觉得尔康对孩子没什么耐心，现在，才明白，那份父子天性，是深深铭刻在尔康的生命里的。是的，东儿的生命，来自于爱，他怎么可以放弃那么多的爱呢？

大厅里，福伦、福晋带着四个太医，几个女仆，忙忙碌碌地熬药。几个家丁，不住用石灰水在各处泼洒。干净的开水，不断提进房来。众人轮流洗手，脏帕子全部丢进大木桶，再由家丁提出去煮沸。福伦看着胡太医，着急地问：

"孩子的烧一直没退，到底要熬到什么时候，才知道他脱离了危险？"

"现在，疹子才刚刚发出来，还只是初期，算是皮疹。"胡太医解释着病情，"然后会变成斑疹，那时，烧会慢慢退下去，斑疹会变成水泡疹，等到水泡疹化脓的时候，热度又会上来，是最危险的时候！如果能够平安地度过化脓时期，等到疹子结疤脱落，病也就好了！从现在到疹子结疤，每个过程都是逃不掉的！大概还要十四五天的时间，这十四五天，每天都很危险！"

"十四五天！"福晋惊呼，这十四五天怎么熬呀？

"有的人身体好，十二三天就好的，也有！"

"这么说，熬过一天，就度过一天的危险期，是不是这样？"福晋问。

"可以说是这样！"

"我去烧香去！"福晋回头就走。

"你去哪里？"福伦问。

"我去观音庙！"

"你还没弄清楚吗？我们这座学士府，已经划为疫区，学士府的人，都不许出门！"福伦说。"福大人，福晋……实在没办法，宫里谈天花就变色，人人自危，别说你们出不去，连我们几个太医，在一个月之内，都不能回宫了！"胡太医说。"可不是！连宫里的人，也奉命不能出宫！傅云暂时取代了额驸，带着御林军，守在宫门口，不许任何人出去，怕带病菌回来！"孟太医接口。

"你们都知道，当初七阿哥，就是这个病夭折的……"崔太医再接口。胡太医咳了一声，太医们赶紧住口。福伦、福晋听得更加胆战心惊。就在这时，秀珠突然大喊着奔进门来：

"不好了！太医！太医……小少爷又抽搐了，身子都直了，脸色也青了……"

四个太医跳起身子，往东儿的病房冲去。福伦、福晋大震，再也顾不得传染不传染，也跟着冲了进去。大家冲进房，就看到紫薇面无人色地抱着东儿，绕室疾走。东儿在她的怀里，剧烈地抽搐着，小小的身子，一挺一挺的，紫薇语无伦次地痛喊着：

"老天！饶了东儿吧！停止停止，不要抽搐了！停止停止……这样抽下去，他怎么活？东儿东儿……"尔康追在紫薇身后，急切地喊："把他给我！让我来抱……你不要这样走来走去，会颠着他，等会儿又吐了！紫薇……你冷静一下……让我来抱……"紫薇充耳不闻，急急地走着，神情陷进昏乱里。她的声音，惶急颤抖：

"东儿，为什么是你呢？为什么偏偏是你呢？让我病，让我死，东儿，我愿意代你受苦呀！老天啊，孩子那么小，他怎么受得了这么多的痛苦呢？你怎么不饶了他呢？东儿东儿啊……"

胡太医疾呼："把孩子放在床上，我来看！"紫薇抱着孩子不放，好像她一放手，东儿就会消失似的。尔康把她拉到床前，几乎是从她手中，抢过了孩子，放上床。几个太医，全部围了过去。福伦和福晋，也伸头去看。紫薇挺立在房里，头发凌乱，神情憔悴如死，瞪着虚空，发誓一般说：

"如果东儿死了，我也不会活着！"尔康大震，扑了过来，抓住紫薇的双臂，摇了摇，有力地说：

"紫薇！东儿还在作战，你不要先倒下！勇敢一点，我们的东儿没有那么容易死！我们共同面对过好多苦难，每一次都度过了！这次，我们还会度过的……你看！最好的大夫在这儿，我们不要放弃希望，听到没有？"

紫薇已经几天几夜不眠不休，精神也在紧绷的情况下，这时，她崩溃了，哭着：

　　"是我……是我……是我害了东儿……""你的毛病就在这里，每次出了危机，你都要怪在自己身上！"尔康责备地说，"东儿生病，是传染的，跟你没有关系！你停止自责吧！"紫薇眼睛直直的，中邪一般地说："那天，我说，我们的幸福太多了……老天听到了，他要收回我们的幸福……他要从我身边带走东儿……""胡说！老天不会那么残忍……你想到哪里去了？千万不要这样想，不要让我在担心东儿的时候，还要担心你！"尔康也快崩溃了。太医和福伦福晋，都围在床前，看着东儿。东儿的抽搐，越来越厉害，胡太医急喊：

　　"给我一条干净的帕子……快快快……"秀珠、奶娘、福晋都递了帕子过去。胡太医抢过帕子，就塞进东儿的嘴里，解释地说：

　　"不能让他咬到舌头！"紫薇尔康都冲回床前，心惊胆战地看着。"冷帕子！冷帕子……"胡太医喊。奶娘绞了帕子，递过去。帕子盖上了东儿的额头，胡太医紧张地喊着：

　　"你们喊他！跟他说话！"

　　胡太医压住东儿的身子，东儿满脸疹子，嘴里塞着手巾，额上盖着帕子，身子颤抖抽搐，喉中急喘着，脸色越来越白，眼看就要咽气的样子。尔康、福晋、福伦都吓傻了，大家拼命喊着。

　　"东儿！东儿！东儿！"紫薇看到这样，泪不可止，哀求地喊："东儿，不要死！娘要你，你是我的命……东儿！求求你……不要死，不要死……我爱你，我要你，我不能失去你呀！

不要死……"尔康泪盈于睫，伸手握住了东儿露在被外的小手。忽然间，他心中狂跳，觉得那只小手也握住了他的手。他几乎不能呼吸了，屏息地大喊："他握住了我的手！紫薇！你看你看！东儿知道我在这儿，他握住了我的手！他听到我们在叫他呀……"紫薇就扑在床边，急切地抓住了东儿的另一只手："东儿！娘在这儿，娘一直守着你，这是娘的手，娘也握着你，你感觉到了吗？"东儿感觉到了，他确实感觉到了，他的另一只手，也握住了紫薇的手。紫薇惊喜莫名，喘息地低语："他握住我了！"她感激涕零地疾呼，"太医太医！你们看，他不抽筋了！他安静下来了！你快看……"

几个太医低头检视，一片"阿弥陀佛"声。胡太医松了一口气，说："他闯过了一关……他度过了一次危机……他平静下来了！""闯过一关是一关，希望不会再发作，我吓死了！"福晋拼命拭泪。

胡太医抽出东儿嘴中的帕子，抬眼看着众人。"他睡着了！让他睡！别吵醒他！睡醒了再给他喝点汤，吃药！现在，该离开房间的人，快点离开，去浑身冲洗换掉衣服……快去！"

胡太医起身，福晋、福伦这才惊魂未定地看着紫薇和尔康。福伦叮咛："尔康，紫薇，你们也赶快去洗洗手，换件衣服！再来照顾！""就是就是！"福晋跟着说，"孩子睡了，你们两个也要轮班休息，还有十几天要熬呢！不要把自己累垮了！干净衣服已经拿来了，放在那儿！"几个太医，不住地催着福伦和福晋："福大人，福晋！赶快出去！咱们都没害过天花，不能不小心！为了小少爷，也要小心！"福伦、福晋就在太医的拉拉扯扯下，一

122

步一回头地出门去了。大家都出门去，尔康和紫薇，仍然一边一个，握着东儿的小手，谁也舍不得放开那小手。两人对看，都在对方眼中，看到那份死里逃生的感恩，与强烈的父爱和母爱。紫薇悬吊着的心，这时才归位，昏乱的神志，也才清醒，她低低地说："这只小手……好像是我的整个天地，我不舍得放手，不舍得离开！""我也是！"尔康深有同感，别有体验地说，"原来我们的幸福，已经被这双小手，牢牢地握住了！他是幸福的中心，一边是你，一边是我！"两人看看熟睡的东儿，再彼此深深刻刻地对视着，千言万语，尽在不言中了。

第三十一章

　　学士府忙得人仰马翻，紫薇和尔康都陷在水深火热里，小燕子帮不上忙，急得像热锅上的蚂蚁。这天，她再也熬不住了，换了一身民间服装，梳着普通的头，带着小邓子、小卓子大步走到宫门口。侍卫赶紧一拦，行礼如仪：

　　"还珠格格吉祥！""别行礼了，赶快让开！我有重要的事，要出去一下！"小燕子说。"回格格，北京在闹天花，皇上有令，任何人都不能出去！""可是……我要去看紫薇格格呀！她现在一定好惨，我有事，她都守在我旁边，她有事，我怎么能不去呢？我要去帮忙！""回格格，学士府尤其不能去！那儿已经隔离了，里面的人，也不能出来！连额驸和福大人，现在都不上朝了！格格还是回去吧！""大家都不能进出，宫里吃的喝的从哪儿来？"

　　"宫里有自备的菜园，这些天，都吃自己养的鸡鸭，自己园里种的蔬菜，连猪肉，怕不干净，好多天都没吃了！"小燕子急得跺脚："以前我住在大杂院，小虎子就出过天花，好几个孩子一起发，我也没有染上，哪有那么容易就传染？太小题大做了！这不是等于在坐牢吗？"

小邓子和小卓子赶紧去拉小燕子，一人一句地劝着："回去吧！我跟格格说不能出宫，格格还不信！真的不能出去，谁都不能出去！""五阿哥说，四位太医都留在学士府照顾东儿少爷，格格放心吧！""那……东儿现在怎样？已经病了快十天了，也没有人来报信！万一有个什么事，紫薇会哭死的……"她越想越怕，"万一紫薇被传染呢？万一尔康也被传染呢……"小邓子赶紧双手合十，向天祈祷：

"天灵灵，地灵灵，保佑东儿少爷长命百岁！玉皇大帝，王母娘娘，观音菩萨，齐天大圣，猪八戒，释迦牟尼，天上所有救苦救难大菩萨……请保佑紫薇格格，保佑额驸，保佑学士府人人平安！"

小燕子这才惊觉自己又说了不吉利的话，赶紧跟着双手合十，对老天说："天灵灵，地灵灵，天上所有的菩萨，你们听小邓子的，千万别听我的！""走吧！格格！"两个太监拉着小燕子。

小燕子一肚子的气，无可奈何地往回走。

景阳宫里，永琪不知道小燕子去了哪儿，不愿进新房，就躲在书房练字。写着写着，知画怯生生地、慢吞吞地走了进来。永琪看到她，本能地就想避开，放下笔起身。知画看他起身了，而桌上笔墨纸张俱全，就坐到他的位子上，提起笔来，写了一副对子："立身以至诚为本，读书以明理为先"。永琪看到她写字，身不由己地站住了，伸头看着她写。等到她写完，他情不自禁拿起对联细看，不看还好，一看就佩服起来，心悦诚服地说：

"知画，你的字，是怎么练出来的？上次看你写柳字，这次看你写赵字，都写得这么传神，你几岁开始练字的？""五岁就开始练字了，写得不好，你不要夸我了，我会当真的！"知画微笑着说，笑容里带着点儿苍凉。

永琪放下了字，注视知画，心里，忽然浮起一股深深的歉意。这个知画，长得如花似玉，书念得比一般学子还多，家学渊源，才华盖世……嫁给了他，天天当有名无实的"福晋"，实在太可惜了！

"难道你以为我说假话吗？我真的佩服啊！"他由衷地说，歉然地一叹，"唉！知画，对于你的为人处世，对于你的忍让和包容，我真的佩服，也充满了抱歉。跟着我，实在让你受委屈了！"

知画的笑容一收，抬眼看着他，眼神幽幽的，眸子清清亮亮。她一语不发，忽然间，就用手捂着脸哭了。永琪一惊，顿时手足无措。

"怎么了？我说错什么话了？"

"没有没有……是我失态了！"知画狼狈地说，"我只是……一时之间，有些悲从中来……你不要理我，我平静一下就会好！我……我……"她越想越难过，泪不可止，急切中，发现手帕又不知放在哪儿了，就用衣袖擦泪。"我觉得自己很不争气，想到爹和娘，教我念书、写字、作诗、下棋、弹琴……几乎应该学的，全都教了，我也很认真地学，可是，有什么用呢？就因为我有点儿小才华，才会被老佛爷选进宫……这对我，也不知道是福是祸？现在，想再见娘一面都好难！好多话，我很想跟娘说呀！我不能跟你说，不能跟老佛爷说，只能跟我娘说呀……"

知画一边说，眼泪一边掉，永琪瞪着她，知道她所有的委屈，都是自己造成，就更加歉疚，充满了犯罪感，也充满了同情："原来你在想娘啊！这不难，我明天就告诉老佛爷，马上派人去海宁，把你的爹娘都接进宫来，怎样？"知画拼命点头，泪珠点点滴滴继续掉，两只手东摸西摸，在口袋里找手帕。永琪走了过去，掏出自己的手帕递给她，柔声说："把眼泪擦了，给桂嬷嬷她们看见，会以为我欺负了你……"知画接过手帕擦泪，幽怨地再看了他一眼，哽咽地低低问：

"你认为，你没有欺负过我吗？"知画问得温温柔柔，永琪却像挨了重重一棒，觉得无地自容了。是啊！他对她做的，是任何女人不能忍受的侮辱吧！娶了她，却不要她……他看着她，出起神来。这时，小燕子愤愤不平地冲进房来，嚷着：

"永琪！侍卫都不许我出门，我要去看紫薇，他们不许我去，你快想办法……"小燕子蓦地住口，惊愕地看着永琪和知画。永琪看到小燕子突然进来，大吃一惊，不知怎的，就慌乱起来，抬头掩饰地说：

"我们在写对子……"

"又在写对子啊？"小燕子问，看到知画满脸泪痕，手里拿着永琪的手帕，四周连宫女嬷嬷都没有，立即醋劲大发，锐利地问知画："上次写了鸳鸯写了鱼，目的也达到了！这次又写了什么？怎么写得满脸眼泪？珍儿翠儿没有给你准备水磨墨啊？还是你又有新招，要用眼泪水来磨墨？"

知画一怔，抬眼看小燕子，好委屈，眼泪更是成串地滚落。永琪听到小燕子口不择言，措辞锐利，生气地看她，声音大了起来："小燕子，你何必那么刻薄呢？知画只是想起她的爹娘，在这儿伤心罢了！这也是人之常情呀！你也可以有点同情心吧……"小燕子一听，永琪居然护着知画来教训她，真是气到天崩地裂。这一阵，小燕子的日子，真如同在炼狱油锅里煎熬。她还陷在身世的悲哀里，陷在兄妹被迫分离的凄惨里，又陷在永琪再娶的痛楚里……偏偏这个节骨眼上，东儿病了，她要担心东儿，担心紫薇，担心箫剑和晴儿，担心永琪变心，还要担心如何面对那个杀掉她亲爹的皇阿玛！在这么多的心事中，永琪不跟自己站在一边，帮她消除烦恼，却在这儿护着知画责备她！他变了！他真的变了！知画在一点一滴地征服他！这样想着，她的恐惧远超过她的愤怒，但是，她只会用爆发的方式，来掩饰她的恐惧，她立即跳着脚，对永琪大嚷：

"我刻薄？我没同情心？你这个小人！你这个伪君子！你这个没良心的混球！知画好可怜，她想起了她的爹娘，在这儿哭得伤心，你很同情吧！那么，我的爹娘呢？我想爹娘的时候怎么办？你以为我没想过，是不是？我天天在想，夜夜在想，我的爹，他死了，我的娘，她也死了……他们怎么死的？他们被人害死了……"

永琪大惊，急忙喊："小燕子！小燕子……不要说了！"知画也上前，急促地说："姐姐！你跟我生气没关系，说话千万小心！宫里到处都是耳目……"知画说着，往前一扑，要去捂小燕子的嘴。小燕子看着她扑了过来，只当她要和自己动手，大叫一声："你想打架吗？你敢碰我！"

小燕子就抓住知画，一个过肩摔，知画的身子对着墙壁飞了出去。永琪一看，想也没想，就飞蹿过去，接住了她。知画可没碰到过这样的事，吓得脸色惨白，倒在永琪怀里。这样一扑一摔一接之间，房间里丁零当啷，东西散落一地。明月、彩霞、桂嬷嬷、珍儿、翠儿全部冲进房，大家七嘴八舌，各喊各的：

"格格！五阿哥！福晋！发生什么事情了？"大家一眼看到永琪抱着带泪的知画，和怔在那儿的小燕子，就全部呆住了。就在这时，外面传来小邓子的大声通报：

"皇上驾到！老佛爷驾到！晴格格到！"

永琪、知画和小燕子，还没从自身的惊吓中恢复，又被惊得人人变色。永琪这才赶紧放下知画，急急走到大厅去迎接。知画慌忙擦净泪痕，跟着永琪往外走。小燕子脸上青一阵，白一阵，无可奈何地跟在他们二人后面，也走向大厅。

乾隆带着太后和晴儿站在大厅里，乾隆正在问："大家都去哪儿了？"只见永琪、知画都急急地迎了出来，小燕子跟在后面，三人脸色都是怪怪的。知画泪痕未干，和永琪一起请安："皇阿玛吉祥！老佛爷吉祥！"知画还特地加一句，"晴格格吉祥！"小燕子的情绪，还陷在天崩地裂般的悲愤里，看到乾隆，想起父仇；看到太后，想起这一步步的陷阱，真是气到快断气，偏偏还不能不行礼、不能不招呼。她沉重地呼吸，横眉竖目，嘴里叽里咕噜了一句谁也听不清楚的话："你们统统都吉祥，让我一个人去倒霉好了！"说着，马马虎虎地屈了屈膝。明月、彩霞、桂嬷嬷、珍儿、翠儿跟在后面，急忙请安：

"皇上吉祥！老佛爷吉祥！晴格格吉祥！"宫女嬷嬷们就赶紧倒茶，整理椅子上的坐垫，端瓜子点心出来。太后看到知画面有泪痕，又看到小燕子铁青着脸，心里已经有数，眼光锐利地上下打量小燕子，皱着眉头问："小燕子，你为什么不梳旗头？你这身打扮，是要干什么？""我要出宫去看紫薇！侍卫拦着宫门，不许我出去！"小燕子说。

太后立刻发怒了：

"宫里三令五申，谁都不可以出宫，你还不知道吗？尤其紫薇家，怎么可以再去？还好你被拦下了，要不然，你准备让整个皇宫都传染天花是不是？你在宫里这么多年，到底知不知道利害轻重？懂不懂为大局着想？"

小燕子背脊一挺，冲口而出："我哪知道什么叫'大局'，什么叫'小局'？我只知道，宫里个个人，都贪生怕死……"

"小燕子！"乾隆勃然大怒，"你老毛病又犯了是不是？你在对老佛爷说话！你看看你，横眉竖目，大呼小叫！老佛爷说得不错，这么多年，你一点进步都没有！反而更加嚣张跋扈，变本加厉……"

小燕子眼睛涨红了，瞪着乾隆，说："我这也不好，那也不好！你们把我休了算了，反正知画已经进门了，永琪有知画伺候就够了……"

"哦？搞了半天，是在跟知画怄气！"乾隆大声打断，眉头一皱，"我最讨厌爱吃醋会嫉妒的女人！妒妇是犯了七出之条！你知道吗？现在为知画吃醋，将来说不定还有知梅、知兰、知菊、知竹……你要吃醋到什么时候？永琪，他不是凡人，他是皇子呀！"

小燕子眼睛瞪得好大，胸口剧烈地起伏着，嘴里喃喃地说："哈！还有那么多？我明白了，明白……"永琪急坏了，生怕小燕子再说出不该说的话，就一步上前，急急说：

"皇阿玛、老佛爷请息怒！小燕子只是在为东儿着急，不能去看紫薇，她姊妹情深，难免心浮气躁，并没有在吃醋什么的！皇阿玛，您最了解小燕子，她每次一急，就口不择言！她绝对没有要冒犯老佛爷的意思……"

太后冷冷地打断了永琪："是吗？那么，知画为什么泪汪汪呢？"她看着知画问，"谁让你受委屈了？你老实告诉我，不要撒谎隐瞒！你说！"永琪着急地看知画。只见她带着笑，走上前去，勾住太后的手腕，甜甜地说：

"老佛爷，您误会了！刚刚我和五阿哥在书房写对子，谈到我从小练字的事，让我想起了爹娘，是知画一时控制不住，就掉眼泪了！这是实话，和小燕子一点关系都没有！自从我进了景阳宫，小燕子对我处处忍让照顾，我感激都来不及，怎么会怄气呢？"

太后狐疑地看着知画。晴儿不禁深深地看了知画一眼，再看了小燕子一眼。知画一脸的温柔恬静，小燕子却一脸的剑拔弩张。

乾隆被知画一句"写对子"引出了兴趣，扬声问："你们在写对子呀？""是呀！皇阿玛要不要看？我写得不好哟！"知画笑着说。

乾隆兴致来了，往书房就走。

"去去去！看看你们写的字！朕这几天，心里真烦！东儿的事，弄得大家都不安极了！朕平时也爱练字，这个练字，是修身养气的好方法，写着写着，就心平气和了！小燕子……你没事的时候，就跟着知画练字，说不定修养会好一点！"

　　乾隆一走，大家都跟着乾隆往书房走。小燕子和晴儿，落在后面。小燕子听到乾隆这么说，更是气得快要死掉了。晴儿悄悄地捏了她一把，在她耳边低低说："那个什么'小人'、什么'大猫'的成语，别忘了！"

　　小人大猫，是小燕子初学成语时，把"小不忍则乱大谋"听拧了，不断追问："小人怎样？大猫怎样？"引得大家哄堂大笑，从此，他们就常常用"小人大猫"来取代那句"小不忍则乱大谋"。现在的小燕子，当然了解这句成语，她看着晴儿，悲哀地说：

　　"你看我现在这个样子，'大猫'在哪儿？如果我能够养'大猫'，牺牲还有价值，要不然，我在做什么？"晴儿深深看她："你还是有'大猫'！你的'大猫'就是永琪！为了他，什么都值得！"小燕子凝视晴儿，见她形容憔悴，心中一酸，凄苦地说："晴儿！我养'大猫'养得好辛苦，你养'大老鹰'，更辛苦！"晴儿悲苦地一笑，眼神盛满了思念和落寞。两人手拉着手，虽然不是"同病"，却彼此"相怜"。晴儿看着书房，低语："大老鹰不知飞到哪儿去了？大猫好歹还在眼前啊！"书房里的零乱，早已被收拾干净了。乾隆拿起知画的对子，看得眉飞色舞，高兴地念着对子："立身以至诚为本，读书以明理为先！"扬声大笑，"哈哈哈哈！知画，好字！没想到你能写赵字！写字也罢了，这副对子，你从哪儿看来的？"

　　知画微笑地看着乾隆："皇阿玛！这种名句，人人都知道呀！""名句？"乾隆睁大眼睛，更乐，"哈哈哈哈！"就看着永琪说："永琪，你这个媳妇了不起！这是朕十几岁写的对子，很多年没有人写过，朕都几乎忘了！""皇阿玛，"知画笑得更甜了，"不只对子，还有一本《乐善堂文抄》，我从小就拿来写，都写得倒背如流了！"乾隆一听，更是心花怒放，赞美地说：

"好！好！好！太好了！好一个知画，不愧是陈邦直的女儿！朕终于明白，老佛爷为什么喜欢你了！"说着，一抬头，看到小燕子和晴儿落在后面，就招招手喊："小燕子！过来！"

小燕子不情不愿地走了过来，没听到他们在谈些什么，也不知道乾隆在乐什么。乾隆就问小燕子："你知道《乐善堂文抄》吗？"小燕子怔在那儿，讷讷地说："什么糖？怎么焖怎么炒？没吃过！"乾隆顺手卷起一本书，敲在小燕子头上，喊：

"没吃过！你居然'没吃过'！永琪，你赶快找一本，让她好好地'吃下去'！""是！是！是……"永琪应着，赶紧对小燕子解释，"《乐善堂文抄》是皇阿玛的著作啊！皇阿玛很厉害，二十岁前，就写了这本书！"

"这样啊！"小燕子看他们一堂欢乐，显然知画比自己更赢得乾隆的心，顿时有种被孤立的感觉。不只孤立，面对乾隆，自己那身世之痛，就像针刺般地扎进心坎。她的眼珠一转，酸涩地说："还好……皇阿玛是皇帝，上面没人管，要不然，这'乐善堂'三个字，就大有问题，犯了大忌讳，说不定要砍头！"

永琪大惊，好急。晴儿、太后、知画各有各的紧张。永琪赶快打岔："小燕子，你又要发谬论了，别谈文字了，你又不懂……"乾隆已经听进去了，困惑之至，问："为什么大有问题？你说！朕要听听你的谬论！"小燕子就振振有词地说了："'乐善堂'三个字怎么写，我不知道！我听起来，是'落散糖'！这花也'落'了，人也'散'了，吉利吗？这个糖，能吃吗？"乾隆怔住了。太后大怒："小燕子的话，才是能听吗？什么'落了，散了'？怎么说得这么难听？"晴儿知道小燕子指的是"文字狱"，生怕再说下去，会把真相都说出来，急得不得了，赶紧接口："皇上！别听小燕子的，她一向就有这种本领，把很好的词，解释得乱七八糟，您可别认真！"说着，拼命对小燕子使眼色。"就是！皇上总记得她的'羊缝鹰围''蜘蛛死了还会生'……"永琪跟着呼应。大家急着解围，小燕子却好像没听到，扬着头，挑战似的看着乾隆："我说的是实话！任何文字，硬要歪歪曲曲地解释，全部不能听！假若要砍头，人人该砍头！就拿'乾隆'这两个字来说，也大有问题……"永琪一把拉住小燕子，把她推到身后去，吓得一身冷汗。"你少说几句，好不好？"永琪压低声音说，"连'乾隆'都敢乱掰？"乾隆越听越惊，大声问："'乾隆'两个字，又有什么问题？永琪，不要拦她，让她说！"小燕子就挣脱永琪，大声说："'乾隆'听起来，像'钳龙'两个字！你想，这一条'龙'，被'钳子'钳住了，还能做什么？不是动都动不了吗……"小燕子话没说完，乾隆大怒，手中那卷书，对着小燕子的脑袋砸了过去，怒喊："满嘴胡言！简直是个没教养的丫头，气死朕！"小燕子来不及闪躲，被砸了一个正着，又听到乾隆说她"没教养"，就再也控制不住了，对着乾隆，冲了过去，大喊："我没教养？我的'教养'，都被你毁掉了！谁来教我？谁来养我？我是在街上长大的，我吃剩饭剩菜长大的，我……"永琪一看，这还得了，伸腿一绊，小燕子急冲的身子飞了出去，砰的一声，重重地摔在地上。永琪再急扑过去，扶起她，着急地问：

"摔着没有？"他紧紧地看着她，想借眼神让她了解事态的严重性，柔声地说，"为什么总是这样？说话不经过大脑，走路横冲直撞，把自己弄得遍体鳞伤，也把别人弄得心惊肉跳……摔痛没有？赶快起来检查一下！"

小燕子坐在地上，看着永琪，挫败感排山倒海般涌来。晴儿惊魂未定，也奔了过来，挽起小燕子，在小燕子耳边飞快地说：

"小人大猫！小人大猫！小人大猫……知道吗？"小燕子站起身子，颤抖着，情绪激动，拼命压抑着自己。知画和太后都看得呆住了。乾隆摇头，大大一叹，说：

"唉！看到知画的字，心里才有几分欢喜，都被小燕子破坏得干干净净！"说着，就走了过来，细看小燕子，声音忽然变得感性而困惑："小燕子，你是怎么回事？以前，你是朕的'开心果'，每次朕不高兴的时候，你都有办法让朕开怀大笑。从什么时候开始，这个'开心果'变成了'负气包'？每次看到朕，就红眉毛、绿眼睛……还故意说些奇奇怪怪的话，来让朕生气，你……是因为知画吗？"小燕子把头一低，眼泪夺眶而出，滚落在衣襟上。她哽咽着，没头没脑地说："我是小人……我养大猫……为了大猫……只好当小人……"乾隆听得糊里糊涂，抬头看众人，愕然地问："朕听不懂她的话，你们听懂了吗？谁能帮朕翻译一下？"太后摇头，知画摇头，永琪心知肚明，不能说破，只能跟着摇头。晴儿恻然地垂下了眼睛。太后就叹着气，走过来，拉住乾隆说："我看，这小燕子的话，根本不需要懂！皇帝，走吧！咱们带着知画，去御花园散散心！"就看着知画喊，"知画，陪咱们走走去！""是！"知画清脆地应着。"晴儿！走吧！"太后再喊。

晴儿匆匆看了小燕子一眼，只得应着：

"是！"知画和晴儿，就陪着太后、乾隆走了。永琪赶紧送到门口去。

眼见乾隆带着知画走了，小燕子走进卧房，失神落魄地在床沿上坐了下来。永琪跟进房来，关上房门，再关上窗子，走到她身边，挤在她身旁坐下。她看他一眼，吸吸鼻子说："你怎么不去御花园散心？又跑到我这儿来，你不怕桂嬷嬷告状？""让她去告吧！一天到晚像防小偷一样，我累了！"他就去拉小燕子的手，柔声说，"对不起，上次用花瓶敲你的头，刚刚又绊你一跤……我是太急了，被你吓得快断气了！"

小燕子噘着嘴说："在你断气之前，我早就被你打死、绊死、气死、整死了！""我们这种生活，怎么过下去？"他痛楚地说，"我每天都心惊胆战，充满了犯罪感，充满了无可奈何！"他紧握了她一下，盯着她："你要振作起来，理智一点，不要再让我担心，我需要你帮我撑下去……你不是答应过我，要忘掉仇恨吗？怎么见了皇阿玛，每一句话，都绕着文字狱打转？"

小燕子低着头，心里千回百转，都是难言的痛楚和矛盾，就默默不语。永琪弯腰去看她："还在生我的气？"小燕子把身子转开。"不要再跟我生气了，我的日子已经够难过了！"小燕子抬头了。

"你的日子有什么难过？我看你开心得很！有人陪你看奏

折，谈国家大事，写对子……晚上，还和你灯下谈心，慢慢解纽扣……""你又来了！你明明知道我和她没事，你还这样说，我的一片心，你一点体会都没有，你太过分了！"小燕子委屈、自卑、伤心：

"我过分，我刻薄，我不会说话，我也不会写对子，好不容易弄懂了鸳鸯和比目鱼，又有什么'落散糖'，我只懂花生糖，米花糖，芝麻糖，核桃糖……就没听过'落散糖'！我到处闹笑话，她那么好，什么都会！你有她就够了！事实上，你也越来越喜欢她，连皇……我不叫他阿玛，我怎能叫他阿玛呢？连这个瞌睡龙，也越来越喜欢她！她那么可怜，动不动就眼泪汪汪，想爹娘……"越说越气，声音颤抖，"好像世界上，只有她有爹娘……"

永琪瞅着她，满眼的苦恼和无奈。

"你要我怎么做？告诉我！她和我生活在一个屋檐下，我不能假装她不存在！做不成夫妻，总可以做朋友吧？如果你认为也不行，那么，你说！要我怎么样？不跟她说话？不跟她见面吗？"

"你在逼我，我能够要你怎么做？一切都只能看你的良心！""我对你问心无愧！"他冲口而出。小燕子一震，立刻尖锐地问：

"对她呢？问心有愧，是不是？"

永琪睁大眼睛看着她，痛苦而诚实地说：

"确实有一点！"

"我就知道，"小燕子嫉妒得快发疯了，"现在，她在你心里，已经比我重要了！你每晚睡在她房里，你对她还充满了歉意！那你对我呢？"

"对你也充满了歉意！"永琪还是痛苦而诚实地说，"我觉得我已经被劈成两半了，每一半都有一大片伤口，而且是血淋淋的！我也会痛，而你，一点也不能体会我的痛苦，只会跟我生气，再故意曲解我的话！"他也一肚子委屈，"就像刚刚，我说过她比你重要吗？"

"你就是这个意思！"小燕子站起身子，把他往门外推去，她那种叛逆的、冲动的、不能忍气的基本个性，再度发挥。"你走！你走！以前，你心里只有我一个，你完完整整是我的！现在，你承认了，你已经变成两半，我只有半个你，还是血淋淋的！这样的半个你，对我来说是不够的！你走！免得你对她充满歉意，你就和她圆房去！把那半个你，也给她吧！"

"我这样掏心掏肺地跟你说，你一点都不感动，不谅解，还赶我走，你简直不可理喻！"

永琪瞪着她，生气了。

小燕子更气地说：

"你少跟我四个字四个字讲成语了，你知道我书念得不多，存心笑话我！管你鲤鱼黄鱼鳝鱼比目鱼，我就是'不可鲤鱼'，你跟她去比目鱼吧！"

小燕子说着，已经把永琪推出房门外去了。她砰的一声，关上房门。

门外，永琪也砰的一声，把脑袋往门上重重地一靠，痛苦不堪地自语：

"我怎么办？我早就知道，这是一个陷阱，我真笨！"他重重地敲了自己的头一下，"我怎么会让自己掉进这个陷阱里去呢？"

　　学士府里，那种忙碌和焦灼的日子，已经苦苦地挨了十二天。

　　这十二天里，紫薇和尔康几乎是衣不解带地照顾着东儿，福伦和福晋，也是不眠不休的。大家的注意力，全在东儿身上。东儿的一声呻吟，一滴眼泪，一句呼唤，一个动作……都牵系着大人们整颗的心，大家唯一的祈求，就是让东儿好起来，让他那脆弱的小生命，继续活下去。

　　这晚，紫薇坐在东儿的床前，握着他的小手，头靠在椅背上，不支地睡着了。

　　尔康轻轻地走了过来，把一件衣服盖在她的身上。他低头看她，看到她形容憔悴，脸色苍白，下巴瘦得尖尖的，眼眶也凹了下去，心中充满了不忍。再看东儿，眼睛合着，蜷缩在棉被里睡着了。他弯下身子，轻轻地把东儿的小手，从紫薇手中抽了出来，然后，他就把她抱了起来，向一张躺椅走去。

紫薇立刻惊醒了，一个惊颤，就从尔康手中翻下地，慌张地喊：

"东儿！东儿怎样了？东儿……"

"嘘！没事没事……"尔康急忙扶住她，"东儿总算睡着了，我想抱你到躺椅上去休息一下！我会仔细地看着东儿，有任何状况，都会叫醒你！"

"不行不行！我要守着东儿……"她冲回床前，在床前的椅子里坐下，看看东儿，努力地振作自己，"我不困！我要看着他，他的痘子都发出来了，大概很痒，他一直用手抓脸，我不能让他抓！这么漂亮的孩子，如果成为麻子，也是遗憾。我怎么睡着了？我得眼睛都不眨地看着他！"

紫薇说着，就再度握住东儿的手。尔康怜惜地说："紫薇，十二天了，你几乎都没睡过，瘦得脸颊都凹进去了！你睡一下，东儿还有我呀！""你是男人，不会像我这么细心！而且……"她心痛地看了他一眼，"十二天以来，你也几乎没睡，把握时间，你回房间去睡一睡吧！"

"就因为我是男人，我的体力比你好！你不要跟我争辩了，你去睡！"

"不要劝我了，你明知道这是不可能的，东儿还没有脱离危险，我怎么能睡呢？"她摸着东儿的手，忽然紧张起来："东儿的手心冰冷！怎么会这样……"她着急地看尔康："他这样睡着，有多久了？"尔康也紧张起来。

"有一会儿了！怎么？"尔康就扑到床头，拉开东儿额上的帕子，看了看，急喊：

"东儿！东儿！醒一醒！东儿……"东儿毫无动静。紫薇大惊，急忙去摸东儿的额，又去试他的鼻息，当她发现孩子额头冰冷，呼吸几乎探测不到，她吓得魂飞魄散，惨叫起来："不发烧了，但是额头冰冰的……他没气了……老天啊！他死了！"尔康脸色大变，疾呼："不会的！不会的！东儿……东儿……"他冲到门口去，开门，狂喊："太医！太医！快来啊！东儿不好了……"福伦和福晋冲了进来，四个太医，跌跌撞撞地跟在后面，人人都疲倦已极，惊吓不已。

福伦喊着问："东儿怎样了？怎么不好了？""他没有气了，他也不动了，他没有热度了……怎么办？怎么办？"紫薇浑身颤抖，哭着去抱起东儿。她用面颊依偎着他的脸，亲着他的额，哀求着："东儿！娘求求你，拜托你，你活过来，活过来！"福晋上前，拉住紫薇，哭着喊：

"让我看……让我看！我不相信！"紫薇紧抱不放，拼命对东儿哀求，"东儿……你这么小，还有好长的生命要过，你才刚刚开始，怎么可以走？东儿……你不要死，娘不好，没有天天陪着你，你要给我机会，看着你长大……"胡太医着急地喊："格格！把孩子放下！他身上的痘子都化脓了，摩擦不好啊……放下，让我来诊治！说不定还有救啊！"尔康就过来抢孩子，疾呼：

"紫薇，你听到了吗？赶快放下东儿，胡太医说还有救呀！"紫薇一震，眼中闪出渴盼的光芒，这才松手。尔康急忙把孩子放上床。几个太医冲上前去，围住了床，急急诊治。大家鸦雀无声，屏息以待。好半天，胡太医紧张地说："你们统统让开！小少爷这口气闭住了，脉搏也没有了，我要用急救试试！""气闭住了，脉搏也没有，那不是……"福晋用手一把蒙住嘴，眼泪落下，魂飞魄散了。

紫薇直直地瞪着那张床，站在那儿一动也不动。尔康扑在床边，目不转睛地盯着东儿。几个太医，就急忙打开医药箱，箱里是一排针灸用的金针。"格格、福晋最好不要看……"胡太医说。

紫薇、福晋哪里肯退，根本听都没听见。只见胡太医握起东儿的一只手，另一手拿起金针，对着东儿的指甲缝里，直插进去。一声惨叫，众人全部惊跳，原来惨叫的是紫薇："不要啊！痛啊……我受过那种痛……为什么东儿还要受……"尔康急忙拉住她，痛楚地喊："紫薇！太医在救东儿的命，这样的剧痛底下，才能刺激他活过来，你不要舍不得，这是无可奈何的办法，如果他知道痛，说不定还有一线希望……"福晋早就泪流满面，扭头不敢看。东儿仍然没有知觉。再一根金针，往东儿第二根指缝中插去。这次是福晋惨叫：

"哎哟……东儿啊！"尔康见东儿依旧没有动静，热泪盈眶，痛喊着：

"东儿！醒来！东儿！醒来……"胡太医拿起第三根针，一插。蓦然间，传来东儿的大哭声：

"哇……哇……哇……痛痛……痛痛……额娘……痛痛……""醒了！醒了！他哭了，他知道痛！他活过来了！"福伦大喜。

胡太医急忙把脉，站起身子喊："这口气回过来了！福大人……额驸……格格……"狂喜地对三人拱手，"恭喜恭喜啊！小少爷又一次死里逃生，他有脉搏了！"

"胡太医！谢谢谢谢！你救了我们全家的命……"福晋感激

涕零，泣不成声。大家全体扑奔那张床，围着床看着死里逃生的东儿。紫薇却狂喜地抬头看窗外的天空，喃喃地说了一句：

"感谢天！"紫薇说完，再也支持不住，身子就软软地倒地，晕倒了。尔康大叫：

"紫薇！"他奔过来，抱起紫薇，见她的脸色惨白，身子软绵绵的，额上冒着冷汗，忽然想到她和东儿那么亲密，就算不断洗手消毒，也有疏忽的时候，这么一想，他心胆俱裂，急喊："胡太医！赶快来看看紫薇……她是不是被传染了？"

大家一惊未平，一惊又起。全部围了过来，个个变色了。

紫薇昏昏沉沉了一段时间，梦里，有无数的东儿围绕着她，又跑又跳。梦里的自己，许着愿，东儿，只要你活过来，我什么都可以不要，我只要你！连尔康都不能占据我的时间，我再也不离开你，做一个最好的额娘！梦里的她，抱着健康撒娇的东儿，哭着，笑着，求着，承诺着……她忽然从昏迷中醒转，眨动着眼睑，看到尔康的脸，像水雾中的影子，模糊的，晃动的，逐渐清晰。尔康？怎么是尔康？东儿呢？她的眼睛大睁，发现自己躺在床上，尔康坐在床沿，紧握着她的手。"东儿！东儿……"紫薇惊喊，完全清醒了，身子一挺，想要坐起来。尔康伸手，把她压住，深深地看着她："躺着！别动！东儿已经救过来了，胡太医说，他现在的脉搏平稳……额娘在旁边守着他，四个太医也寸步不离，还有奶娘和秀珠，你就放心地休息一下吧！""可是……他的手指一定好痛……他正在最危险的时候，我要过去陪着他……"紫薇说着，翻身落地，忽然一阵天旋地转，就跌坐在床上，"我……怎么了？一点力气都没有！"

"你躺下好不好？"尔康着急地喊，"胡太医说，如果你再不休息，下次要急救的就是你！还好没有被东儿传染，看到你昏倒，我吓得魂飞魄散……"他瞪着紫薇，看她憔悴如死，还想挣扎下地，冲口而出地说："如果老天要我在你和东儿中间选一个，我选你……"

尔康话没说完，紫薇的心像被利箭直刺进去，大痛，她想也没想，就伸手给了他一耳光。耳光声清脆地响过，紫薇被自己的行动吓傻了。尔康也出乎意料地呆住了。好一会儿，两人只是睁大眼睛互视着，然后，紫薇就一把抱住了他，痛哭起来。"原谅我！原谅我！我疯了……我吓住了……我神志不清楚……我不知道在做什么……"她一迭连声地喊着，伸手去摸他的脸颊，"我太怕失去东儿，太怕太怕了！"

尔康抓住她的手，拿到唇边去吻着，哑声地说："是我不对！怎样都不该说那句话！我也疯了，我也吓住了……我不只害怕失去东儿，我还怕失去你！"两人再度深深切切地互视。半晌，紫薇痛楚地说：

"永远不要再说那种话！我愿意用十个我，一百个我，一千个我，去换一个东儿！自从东儿出生以后，我最怕的事，就是他生病，或者出什么意外，我怕我不能给他一个美好的人生，怕他不能无灾无病地长大……有时，怕得会后悔，为什么要创造他的生命？我那么那么爱他，你怎么不会同样地爱他呢？"

尔康眼眶湿了，哑声地说：

"你误会我了！我怎么不爱他，他也是我的儿子，我的骨肉呀！他这次生病，我也恨不得自己能够替代他！他每痛一次，我也跟着痛……刚刚急救的时候，那些针都像扎进我心里，每一下都痛彻心扉……但是……我更……更爱你！因为你这么爱他而更爱你！我不知道你对我是怎样的，万一有一天，我和他两个里，你只能选一个……"

"尔康！"紫薇颤声地、恐惧地喊，尔康蓦然住口，觉得自己真的神志不清了，怎么又冒出一句莫名其妙的话？他呆呆地看着她，她也呆呆看着他，两人眼里，都带着灵魂深处的震撼和恐惧。半晌，紫薇一把抱住了他的脖子，紧紧地、紧紧地依偎着他。她柔声地、深情地说：

"你、我、东儿……我们缺一而不可！我爱你，我爱东儿！我要你，我也要东儿！或者，我们还会有老二、老三，我都会一样地爱！我有一颗很大的心，可以兼爱你们每一个！请你允许我这么贪心，允许不再独占我，允许我去爱每一个！"

尔康什么话都没说，只是用嘴唇轻轻地吻着她的眉梢，她的眼角，她的面颊，她的耳垂……再重重地吻上她的唇。

曙色染白了窗子，黎明来临了。

东儿救活以后，就衰弱地睡着了。胡太医说，救活了，并不代表脱离险境，病势依旧凶险。福晋、福伦和胡太医都在床前守候，寸步不离。奶娘和秀珠忙着把帕子浸湿，绞干，递到床前来。

一声门响，尔康扶着脚步不稳的紫薇走进来。福晋抬头看着二人。"紫薇，怎么下床了呢？东儿这会儿很好，睡得很沉，呼吸也好！有我在这儿就够了！你应该好好地休息……尔康……"她埋怨地说，"你怎么让她下床？""我不让也不行，她一定要过来！"尔康无奈地说。紫薇看了看东儿，松了口气，对福晋说："额娘，辛苦了！您赶快去换掉衣服，清洗一下，这儿还是让我来！"

"你的脸色还是不好，我没关系的，东儿也是我的命呀！""额娘，你就听紫薇的吧！我也在，不要人人都累垮……"尔康劝着。正在这时，东儿呻吟着喊："娘……额娘……水……喝喝……水……奶奶……"众人全被惊动。紫薇惊喊："水！他渴了，他要喝水！"她惊喜莫名，眼睛都发亮了，"哇！他好多天没说话，他说话了！赶快倒杯水来……水！水……"

福晋也惊喜地嚷："他在叫奶奶，听到了吗？""胡太医！赶快看看，他是不是清醒了？""是！是……先给他喝水，知道渴就是好事！多喝水也是好事……"

好几杯水送了过来，紫薇接过杯子，胡太医在一旁关注地看着。尔康目不转睛地凝视东儿，提心吊胆地说："慢慢喂他！当心呛着！"

紫薇在床沿上坐下，慢慢地喂东儿喝水。大家围着那张床，个个惊喜地、紧张地、屏息地看着东儿喝水。东儿像跋涉了几千几万里的沙漠，一口气就把那杯水喝干了，喝完了水，眼睛也跟着睁开了。

"额娘……东儿痛痛……呼呼……东儿痒痒……"就伸手要抓脸。紫薇赶紧捉住了那只手，急忙俯身，为东儿吹着这儿，吹着那儿。"呼呼！呼呼……额娘给你呼呼……不要抓……长大才漂亮……呼呼……"

她拼命吹，心里一片感恩。他知道痛，知道痒，会叫额娘，会叫奶奶……天啊！谢谢你的仁慈！谢谢你的恩宠！她吹着吹着，忽然看到东儿的小手，无力地垂下去了，他的头，歪向一边，眼睛又闭上了。紫薇一阵紧张，急喊：

"东儿！东儿……跟额娘说话呀！怎么不说了呢？怎么眼睛又闭上了呢？东儿！东儿……""胡太医！胡太医……"尔康又直着脖子喊。胡太医赶紧诊视，把脉看瞳孔试呼吸，然后，抬眼看众人，眼中，满是欣喜："不要紧张！不要紧张！福晋，格格……小少爷没事，他睡着了！热度也退了，这痘子，也开始结疤了……你们看！"他翻开东儿额上的帕子，给大家看。"这代表什么？他度过危险没有？"福伦急忙问。胡太医欢声地喊出来：

"他会长命百岁！"胡太医这话一出，大家就狂喜起来。紫薇终于笑了，但是，眼泪也跟着滚落，她笑着去擦眼泪，回头看尔康：

"哇！他会长命百岁！尔康！你听到了吗？咱们的东儿，他熬过去了！他打赢了这一仗！他会长命百岁啊！"

"是！是！"尔康笑着说，眼中也是湿漉漉的，"他是一个勇士！他度过了这个劫难，以后会一帆风顺了！紫薇，你不用再后悔，为什么要创造他的生命！他存在，因为有我们这么多人在爱他，在期待他长大！"

福晋不停地拭泪，紫薇放开尔康，转身又抱住福晋，喊着："额娘！额娘！咱们的东儿，他真是太……太……太伟大了！"

福晋也在笑，但是，却笑得泪流满面："是啊！毕竟是我们福家的孩子，'福'字当头罩着呢！福大命大啊！""最该感激的，是几位太医啊！"福伦拭泪说。

一句话提醒了紫薇，紫薇放开福晋，一转身，就对胡太医跪了下去："胡太医！紫薇给您磕头！"胡太医惊得一身冷汗，急忙搀住："紫薇格格，千万不要！我担当不起啊！东儿有额驸和格格这样拼命照顾，有福大人和福晋这样日夜守候，他怎么舍得离开呢？是你们大家，留住了他呀！"说着，搀起了紫薇。一屋子的人，都欢欣莫名了。尔康看着紫薇，终于了解，什么叫作"一颗很大的心"，他们每一个人，都有一颗很大的心，才会这样深爱着彼此！此时此刻，他觉得比刚认识紫薇的时候，比在幽幽谷的时候，比在紫薇拔刀的时候，比在紫薇失明的时候，比在流落南阳的时候，甚至比新婚的时候……都更爱紫薇。那种深挚的、狂热的爱，大概会延续到生生世世吧！如果有来生，紫薇，我还是你唯一的尔康！

他不再跟东儿吃醋了，永远不会了。看着那几乎失去的孩子，他知道，这份强烈的父爱，就和他对紫薇的爱一样，是无法衡量的，也是世上唯一可以和爱情同时共存、相得益彰的一种爱！

第三十三章

这天，太后把永琪召进了慈宁宫。晴儿站在太后身后，不断给永琪使眼色，永琪看了，非常不安。太后屏退左右，脸色凝肃。永琪知道情况不妙，心里在飞快地转着念头，一面对太后行礼，问：

"不知道老佛爷召见永琪，有什么重要的事？""永琪！我也不跟你兜圈子了，咱们就打开窗子说亮话，你告诉我，你和知画之间，相处得如何？"

太后板着脸，开门见山地问。永琪一惊，硬着头皮说：

"老佛爷，难道知画有什么抱怨吗？""你明知道知画那个孩子，深明大义，又识大体，就算有委屈，她只会打落牙齿和血吞，在我面前，一个字也不会说的！"

永琪有些尴尬，有些惭愧，勉强地说："'打落牙齿和血吞'，这句话会不会太严重了？""你告诉我，这句话有没有'太严重'？"太后紧紧地盯着他。"老佛爷那天来景阳宫，也亲眼看到了，我和知画，相处融洽，平时写字看书，作诗下棋，她都是一个好伴侣，我们……相敬如宾！"太后一拍椅背站起身："好一个'相敬如宾'！我看你是'相待如冰'，冰冷的冰吧！"太后发怒，永琪也火了。这些日子的痛苦，两面为难的折磨，就全部兜上心头，他沉不住气了，抬头挺胸，义正词严地说："老佛爷，我已经听您的命令，娶了知画。您也知道，我和小燕子情深义重，我做不到'只见新人笑，不闻旧人哭'，如果您认为这是我的缺点，我恐怕终身都改不了！能做的，我都做了！"

"你存心敷衍我！"太后声调严厉，"让我跟你说清楚，当初释放萧剑，对小燕子的身份保密，是因为你愿意娶知画，才换来的！我已经信守诺言，放了萧剑，对小燕子的身世，也保密到现在，你如果是个懂得感恩、懂得言而有信的人，你就该好好地待知画！是她救了萧剑，是她救了小燕子！可是……你却把她冷冻在那儿，你以为她是雪做的吗？你这样子，对得起她，对得起我吗？"

永琪咬咬牙，一时之间，不知该如何接口。晴儿听到救萧剑等字样，心碎神伤，忍不住上前，对老佛爷说：

"老佛爷！知画对大家的好，五阿哥和我们，都深深明白！我想，五阿哥也不愿意伤害知画，但是，小燕子和五阿哥，当初同生死共患难，那种深刻的感情，不是知画一朝一夕可以取代的！如果，五阿哥有了知画，就忘了小燕子，他还有什么地方值得人尊敬呢？他在两个妻子之间，对小燕子好一点，正是他有情有义的表现呀！"

太后看看永琪，看看晴儿，咽了口气，忽然口气一转，变得非常感性与温柔：

"永琪，晴儿……我知道你们心里都在怨我。可是，我也有我的无可奈何！在知道箫剑和小燕子的身世之后，我真的吓住了，吓傻了！依我的个性，早就把一切都告诉皇帝了，是知画拦住了我！告诉我，这件事的重要性，拆穿了，会毁掉永琪！毁掉永琪，也就毁掉了皇帝的期望！我顾全大局，这才做了现在的安排！"她的目光停在永琪脸上，"永琪，对这样一个冰雪聪明又仁至义尽的知画，你难道一点感恩都没有吗？那……你这个人，也太可怕了！"

太后一针见血，说进永琪最脆弱的地方，是啊，对知画，他确实有诸多的抱歉。他看到太后低声下气，自知理亏，强硬不起来了："老佛爷，您的意思，我明白了！我尽力而为就是！""这话才对！希望你确实'尽力'！知画是大家闺秀，不像江湖女儿那么豪放，你要主动一点！小燕子跟你，已经做了四年多的夫妻，不在乎现在这几个月！你该怎么做，你心里明白！我等着你和知画的好消息呢！去吧！"永琪无奈已极，只得行礼告退。晴儿急忙说："我送五阿哥出门！"两人走出了慈宁宫，走进庭院深深的御花园里。永琪看到没有宫女太监跟着，这才对晴儿大吐苦水，说：

"晴儿，我的处境，真是水深火热！我简直不知道要怎么办！"

"我了解我了解！"晴儿拼命点头，看着他，"小燕子那儿，你一定要安抚好，像上次那种'钳龙'谬论，她再发表几次，身世不穿，她的脑袋也迟早不保！"

"我懂啊！"永琪叹气，"可是，我简直没办法控制她啊！现在，我那景阳宫，到处都是老佛爷的耳目，我要跟她谈几句知心话，都非常困难！好不容易抓到机会，她又忙着跟我生气，这么说也错，那么说也错……我夹在两个女人之间，简直是生不如死！"

晴儿同情已极地看着他，完全体会出他的烦恼。有个那么豪放不羁的小燕子，又有个那么才貌双全的知画，他应该是世上最幸福的男人才是。他却把自己陷在"生不如死"的境界，这就是永琪最"可爱"的地方吧！假若是萧剑呢？如果他也能有这种艳福，左右逢源，他会这样认死理吗？想到萧剑，她的脸色萧索。永琪注视着她，似乎读出了她的思想，他眉头一皱，说：

"哎呀！我只顾着诉苦，你才是我们之中，最惨的一个呢！"

晴儿苦笑一下，眼里漾着泪：

"我不苦，我有很多的回忆，可以慢慢地享受。何况……"她做梦般看着天空，眼神穿越了蓝天白云，穿越了无边无际的虚空，"我知道，在一个遥远的地方，有人和我一样！这种感觉，让我也不虚度此生了！"

永琪震动而感动地看着她。

半晌，晴儿收束心神，再看永琪，低声警告：

"最近这些日子，你最好都在知画那儿过夜，桂嬷嬷天天有报告，你什么时辰和小燕子在一起，房门关着还是开着，时间多长，都逃不掉！至于知画一天里，流过几次泪，叹过几声气，老佛爷也都知道！"

永琪睁大眼睛，气不打一处来：

"我要把桂嬷嬷除掉！"

"嘘! 别胡说八道了!"晴儿紧张地四面看看,"我不能再多谈了,老佛爷会疑心的!"她再看永琪一眼,"多多小心! 好好处理! 如果你处理不好,小燕子和知画,会玉石俱焚!"

晴儿说完,转身匆匆走了。玉石俱焚! 好严重的四个字! 永琪站在那儿,深知晴儿不是过虑,再这样发展下去,小燕子会爆发,知画也会崩溃,到了那时候,两个女子,他可能一个都控制不了! 他也可能害死她们两个! 这样想着,他更是不知所措了! 在他的人生中,一向要什么有什么,就连他认定了小燕子,乾隆和老佛爷也屈服了。但是现在,他要一个"单纯"的生活都做不到,他要怎么办呢?

夜色来临,小邓子、小卓子和其他太监们,忙着把院子里的风灯和灯笼,一盏一盏地点燃,照亮了小院和回廊。在小燕子的卧室里,明月、彩霞也把一盏一盏的灯火点燃,把薰香燃起。自从知画嫁进来以后,每到晚上来临,大家都很紧张,不只小燕子神魂不定,就连小邓子、小卓子、明月、彩霞等人,也在跟着神魂不定,今夜,五阿哥要睡在哪间房? "新房"还是"旧房"?

小燕子低着头,心事重重地在房间里走来走去。她走到窗前,抬头看窗外的月亮。在月光和悬挂的宫灯下,隐隐约约,可以看到那重重叠叠的屋檐,那参参差差的树影,那曲曲折折的回廊,那蜿蜿蜒蜒的宫墙……这个皇宫,真的把她给困住了! 她心里在千回百转地自言自语,后悔不迭:

"我好笨啊! 为什么要跟永琪发脾气呢? 那天,好不容易有个机会,可以和他说说话,我居然把他推出房门! 我真后悔……

永琪一定恨死我，我那么凶，人家知画，那么温柔，我笨！我笨！我就是笨……"她伸头往窗外看看，回头看明月彩霞，"五阿哥回来没有？"

"还没有！"明月说，"听说皇上在乾清宫赐宴，宴请太医学院的什么人，研究一种'种痘'的办法，想防止天花病的传染！五阿哥、六阿哥、四阿哥都去了！"

"听起来好可怕……"彩霞说，"说是要把'天花疫苗'，种到好端端的人身上去，那不是自己找病吗？可是，有人说，这方法挺管用！种过的人，只会小小地出一颗痘子，以后就不会被传染了……我可不相信，要我种，我也不敢……"

正说着，小邓子、小卓子冲进房，欢呼地喊着：

"格格！格格！好消息！胡太医回宫了，说是东儿少爷，已经脱险了！大概'隔绝'什么的，也可以停止了！这次的天花，没有扩大！学士府里每个人，都平平安安的！紫薇格格，额驸……人人都好！"

小燕子顿时欣喜若狂，大叫：

"哇！太好了！我明天就去学士府，我要去看紫薇！她一定吓坏了累坏了……"

门外，传来桂嬷嬷、珍儿、翠儿和其他太监齐声的喊声：

"五阿哥吉祥！"

小燕子一震，马上冲到门口去，把房门一开。

只见大门口，桂嬷嬷带着一群宫女，正在"拦截"永琪。

永琪大步走进，桂嬷嬷哈腰说：

"五阿哥！请走这边……福晋已经准备了洗澡水……天气热，

五阿哥一身官服，衣服太厚，怕出了汗不舒服！还准备了菊花茶，莲子汤，清火清毒……"

小燕子听到"洗澡水"三个字，大震。搞什么？洗澡水？难道她要伺候永琪洗澡？她这样想着，就无法隐身，走了出去，也顾不得矜持和骄傲了。永琪一眼看到小燕子，就兴奋地喊：

"小燕子！你听到好消息没有？东儿没事啦！胡太医说，紫薇衣不解带，尔康也寸步不离，东儿连一个痘疤都没有留下！不过，皇阿玛还是很小心，几个太医，在学士府穿过的衣服，都放火烧掉了，左清洗右清洗，才许进宫！"

"那……"小燕子期盼地问，"紫薇什么时候可以进宫？""恐怕还要等一个月的样子！""还要一个月？"小燕子瞪大眼睛，"那我去看她可不可以？""恐怕也不可以，你还是再等等吧……"

小燕子一怒，说："这个皇宫，简直是监牢嘛！这也不可以，那也不可以！"这时，知画走了过来，对小燕子一笑，就对永琪温柔地说："准备了半天的水，就怕凉了！"她给了永琪一个眼色，俯向他，低低地、飞快地说了句，"跟我进房，有事要告诉你，重要重要！"说完，就转身向自己房间走去。永琪心里狂跳，一定是太后采取了什么行动，他给了小燕子安抚的一瞥，匆匆忙忙地跟着知画而去。小燕子呆呆地站在那儿，她可没有领略永琪眼中的"安抚"，她眼睁睁看着知画对永琪说悄悄话，眼睁睁看着永琪抛下她，跟着她进房。这岂是一个眼光可以安抚的？她已经怄得七荤八素，怄得脸色发青，怄得一口气憋在胸口，几乎憋死。

永琪进了新房，就看到一个好大的洗澡盆，里面热气腾腾，漂着成千上万片花瓣。整个房间里，花香扑鼻。珍儿、翠儿不住拎水进来，注满浴盆。其他宫女，还抱着整篮的花瓣，往盆子里倒。桂嬷嬷不断把干净的帕子、肥皂、刷子等物拿来，放在盆子旁边。这等仗势，好像他洗澡是件天大的事。他看着这场面，实在有些啼笑皆非。知画等一切就绪，就说：

"桂嬷嬷，你们都下去吧！这儿有我就够了！"

"是！珍儿翠儿，走吧！"珍儿、翠儿急忙请安退下，两个宫女还悄悄笑着。室内没人了，永琪就紧张地问：

"你有什么重要的事要告诉我？"知画抬眼，几乎是哀恳地看了他一眼，低低地说：

"老佛爷好像有些怀疑了！今天下午，她把我叫进慈宁宫，审问了我一下午，什么都问……我只好撒谎，可是，老佛爷很精明，问了我许多细节的事，我……我……"她面红耳赤地低下头去，"我又没经验，好像回答得不太对劲，老佛爷连那条白喜帕，都盘问不休，我……我……很害怕……老佛爷说，如果我骗她，我就是犯了欺君大罪！连我爹我娘，都脱不了干系！还说……还说……"

永琪睁大眼睛问："还说什么？""还说，我让她失望，小燕子这样专房，让她生气，你这样轻视我，让她不能忍耐了……我只怕这样下去，她会除掉小燕子！"永琪脸色剧变。知画飞快地看了他一眼，眼里已经盈盈含泪了，她轻声地、怯怯地问了一句：

"我嫁过来，已经有一段日子了，你是不是……拿定主意，不要我？"

永琪心里，翻江倒海，五味杂陈，简直不知如何是好。知画就走了过来，开始给他解衣扣。他一惊，这解纽扣和扣纽扣，已经是小燕子心头大恨，不能再这样了，他想着，就本能地一退。知画呆了呆，往前一步，继续为他解衣，低声说：

"不管你要我还是不要我，今晚，你都要把戏演足！这种事，谁都没有办法勉强，我也不会勉强你……"说着，声音哽咽，眼泪一掉，忍气吞声地说，"你进洗澡盆，让我服侍你洗澡！多少双眼睛，都在注意着我们的闺房生活！我现在有苦说不出，如果你连戏都不演，难道要我全家都被你冤死吗？"

永琪一脸的尴尬、满心的歉疚，站在那儿，动也不动。知画就为他褪下了衣服，他赶紧跳进澡盆，坐在那堆花瓣里。知画拿着帕子，细心地给他擦背，细心地抹皂荚，细心地一洗再洗。在室外，珍儿、翠儿和桂嬷嬷又在窗隙中偷看，三人掩着口偷笑。在回廊另一端，小燕子像个蜡像般杵在那儿，明月、彩霞气呼呼地站在一旁，看到桂嬷嬷等人，笑得暧昧，明月忍不住咬牙切齿地说："这新房里的西洋镜，也成了宫里的一景，是不是？这么好看？"小燕子再也忍受不住，再也按捺不住，什么身份地位、风度气度，她都没有了。她一仰头说："这么好看，我也看看去！"说着，她就冲到窗前来，一把拉开桂嬷嬷，凑在缝隙处，往里一看，一眼看到永琪裸露的身子，和知画忙碌的手……这一下，她真是气到五雷轰顶，七窍生烟，脚一跺，咬牙说："好，好，永琪……还说对我问心无愧！我看到了，我知道了！"

她一转身，对着门外，飞奔而去。明月、彩霞急忙追在后面，大喊："格格！你要去哪里？""不要往外跑了！三更半夜，外面好黑……要去，你也拿个灯笼呀！"

小燕子却充耳不闻，像是被什么野兽追赶着一般，没命地冲出景阳宫，冲过了院子，消失在御花园的黑暗里。在新房里的永琪，听到明月彩霞的呼喊，大惊失色，从水里哗啦一声站了起来。

"不好！小燕子跑了！"永琪抓了衣服，胡乱地穿着，紧张地说，"她会出事！她会闯祸！我得去追她！"说完，就衣冠不整地、气急败坏地向外狂奔而去。剩下知画，带着满脸的惊愕、失意和痛楚，目瞪口呆地面对着满盆的花瓣。

永琪奔进御花园里，早已不见小燕子的踪影。他到处找寻，不敢大声喊，生怕惊动了宫里的人，传到太后和乾隆耳里，小燕子又是大罪一条。他穿花拂柳，过小桥，过月洞门，过假山，过白玉石阶……到处低唤：

"小燕子……小燕子……你在哪里？赶快出来……"

四顾无人，他又是着急，又是担忧，又是后悔，又是无奈。怎样都不该进那个洗澡盆，洗出一身烦恼，洗出一身再也洗不净的误会！小燕子，你在哪儿呢？他一跃，上了树梢，四处观望。但见夜色岑寂，树影参差，哪儿有小燕子？他再跃下地，到处寻找着，心急如焚，真急死人了！半夜三更，她会去哪里？不马上找到她，她一定出事！

找着找着，天空忽然掠过一道闪电，闷雷响起。永琪看看天空，更急，接着，又是一阵雷声，雨点大滴大滴地落下。他一急，施展轻功，四处飞蹿，这样就惊动了巡夜的侍卫，追赶着喊：

"什么人？站住！"永琪一翻身，落到侍卫面前，压低声音说："嘘！别嚷，是我！"

侍卫一抬头，赶紧行礼："怎么是五阿哥？五阿哥吉祥！"
"我在找还珠格格，有没有看到还珠格格？"永琪急问。"没有
呀！什么人都没见！五阿哥，我这儿有雨衣，赶快穿上！""别
管我了！看到还珠格格，想办法绊住她，再到景阳宫去报个
信！知道吗？千万别惊动皇上和老佛爷！""喳！""大家帮忙
找！""喳！"

大雨中，永琪找遍了整个皇宫，就是找不到小燕子，想想，
说不定她去找晴儿了，在宫里，她也只能跟晴儿说说知心话。他
想着，就迫不及待去了慈宁宫，找到一个值夜的太监，让他不要
惊动太后，去通报晴儿。还好，这个太监很识相地去了，片刻以
后，晴儿打了伞，急匆匆跟着宫女奔到门前来。一眼看到永琪狼
狈地、焦灼地、浑身湿透地站在那儿，吓了一跳：

"五阿哥，你怎么淋了一身雨？"急忙用伞遮住他，"赶快进
来躲躲雨！""我不进去，不能惊动老佛爷……"永琪着急地问，
"小燕子有没有来找你？"

晴儿更惊，睁大眼睛："没有呀！你们吵架了吗？""唉！"
他大大地叹口气，焦灼地说，"说来话长！比吵架还糟……简
直不知道从何说起！她的老毛病又犯了，心里不高兴，就往外
跑！我到处找，几乎把整个皇宫都找遍了，连影子都没有！宫门
口戒备森严，她也出不去！现在又下雨了，她一定淋得一身是
雨……"他越说越着急，想到小燕子最近才流产，又被打破头，
还要忍受知画……真是内外夹攻，就算她的身子是铜墙铁壁，也
会吃不消呀！这样想着，心痛的感觉就像海浪般卷来，他急急地

说："我再去找……如果她来找你，你一定要留住她，不要让她乱跑……"

晴儿听得心惊胆战："你让她伤心了吗？""是！我让她伤心了！"永琪咽了口气，"自从知画进了景阳宫，她几乎天天都在伤心！"

晴儿了解了，点头，想了想说：

"她不会来慈宁宫，她虽然很想见到我，跟我说说知心话，可是，这个慈宁宫让她深恶痛绝……她不能出宫，她也不能去找紫薇，她没办法找任何人诉苦，宫里地方再大，没有她容身之地。我想……"

永琪越听越惨，急忙问："你想怎样？赶快帮我分析一下，我现在已经心乱如麻了！""我们派宫女和太监们，大家分头悄悄找！我想，她一定躲在一个不起眼的角落里，在那儿一个人伤心！""这个紫禁城这么大，角落那么多，怎么找？"永琪呆住了。"一个一个去找！"

永琪愣了愣，点头：

"是！只能这样！我去叫小邓子、小卓子、明月、彩霞……全部出动！"永琪就掉头，对着雨雾奔去。晴儿看着雨滴，从宫檐上滴落，心里在自言自语：

"这深宫里的女人，一个比一个惨！小燕子……你去了哪里呢？"

小燕子确实没有地方可去。两个时辰内，她像游魂一般，游荡在宫墙重门处。最后，她累了，淋得浑身湿透，筋疲力尽，脚步蹒跚地走到一个地方，抬眼一看，竟是囚禁皇后的冷宫"静心苑"。这儿好，这儿没有人找得到她！因为，这是一个被全世界遗忘的地方！她跌跌撞撞地进了院子，无力地、无助地喊：

"容嬷嬷……容嬷嬷！皇额娘……"

侍卫一拦，惊喊着："还珠格格！深更半夜，下这么大的雨，你来这个冷宫干什么？"小燕子站在雨雾中，发丝零乱，脸色苍白，对着静心苑的窗子喊："容嬷嬷！容嬷嬷……皇额娘……"容嬷嬷匆匆忙忙，一面拉着刚穿上的衣服，一面冲了出来："什么事？谁在叫我？"看到小燕子，惊喊，"格格！你怎么来了？"她急忙从屋角拿起伞，冲了过来："哎呀！淋得这么湿！这是怎么回事？"小燕子筋疲力尽，几乎倒进容嬷嬷怀里。容嬷嬷赶紧撑着她的身子，用伞遮住她。小燕子抬头看她，无力地说：

"容嬷嬷，我走不动了！宫门都有侍卫守着，我出不去，想找紫薇，也没办法去找……我不能去找晴儿，怕碰到老佛爷；我不能去找令妃娘娘，怕碰到皇阿玛……我在太和殿前的台阶上坐着，想看月亮，偏偏又下雨……我怎么这么倒霉，我好累好累……"

容嬷嬷被她的狼狈惊吓住了。

"不急不急，慢慢说！赶快进去！进去再说！"容嬷嬷就扶着小燕子，走进了房间。片刻以后，小燕子已经换掉了湿衣服，穿着一件容嬷嬷的麻布衣服，又宽又大，身上裹着一条干净的毯子，坐在皇后的房间。容嬷嬷忙忙碌碌，把小燕子的旗头摘下，用干净的帕子，为她擦拭着头发。皇后拿着念珠，坐在一张椅子里，静静地看着她。

"这湿头发一定要马上擦干，要不然，会留下头痛的病根！

你看……又是雨，又是汗，你怎么弄得这么狼狈呢？半夜跑遍了御花园，一定渴了吧？要不要喝水？"容嬷嬷问着，就放下帕子，倒了一杯水过来。

小燕子捧住杯子，如获甘泉，一口气喝得干干净净。"再来一杯吧！你好像从沙漠里跑来的一样！"容嬷嬷看得惊愕极了。小燕子一连喝了三杯水，这才恢复了一些精力，长叹一声，抬眼看皇后，悲哀地说：

"皇额娘！你剃光头发，就把烦恼也剃光了吗？你真的什么都不要了吗？你怎么做到的？我现在，心里难过极了，周围连一个可以说话的人都没有！要逃，逃不掉！要留，又这么痛苦！"她看看二人，说：

"你们知道吗？我现在比你们还惨，我什么都没有了！没有爹娘，没有哥哥，没有五阿哥……没有皇阿玛，我统统都失去了！""不会的，五阿哥待你那么好，你不会失去他的！"容嬷嬷安慰着。"失去了！真的失去了！他娶了知画……"

皇后一震，注意力集中了，惊愕地问："他娶了知画？"

"你们都不知道？"小燕子诧异极了，"宫里那样吹吹打打办喜事，你们都不知道？"

皇后和容嬷嬷双双摇头，凝视小燕子。宫里的任何事，与她们都不相关了。

"是老佛爷做的主，皇阿玛也同意，永琪娶了知画……"小燕子倾诉地说，"我可以不在乎那个名分，福晋给她去当！什么正室侧室，我也不争了！将来的册封，我也不要了！但是，我真的喜欢永琪呀！我实在离不开他呀！为了他，我跟我哥分开；为了他，我把所有的苦，都往肚子里咽；为了他，我笑脸对皇阿玛；为了他，我陷在这个宫里，舍不得走！可是……可是……永琪怎能欺负我呢？怎能这样对我呢？我就是没办法把永琪整个让给她呀！可是……可是……她比我强，什么都好，人缘也好！宫里每个人都爱她，连永琪也一步步偏向她，我斗不过她呀！我怎么办呢？"

皇后和容嬷嬷听得糊里糊涂，但是，也都猜出一个大概。

皇后听到这儿，不禁一叹，诚挚地看着她说：

"如果是以前那个我，或者会教你一些手段，来和知画争夺这个天下！但是，今天的我，绝对不会让你走上我的老路！小燕子，争什么？不争就是争，争就是不争；争也是这样，不争也是这样，到头都是一样！"

皇后的"争与不争论"，好像绕口令，小燕子听得一头雾水。

"皇额娘，你说什么，我听不懂！我只知道，我不争也是输，争也是输，到头都是输！"

皇后微微一笑，说：

"有点味道了！"就收起笑，认真地说，"你在无助的时候，会来找我们，你带给我太深刻的感动！我认为，我已经没有丝毫凡心，可是，依旧被你打动了！你这么不记仇，这么善良，你会得到好报的！不要着急，放宽心！是你的，就是你的！什么人都抢不走！知道了吗？"

皇后说得那么肯定，那么平和，小燕子怔怔地听着，竟然获得极大的安慰。

"那么……不是我的，就不是我的，我也抢不到！"

"正是！你好聪明，我活了一辈子才体会的道理，你一下子就懂了！"

小燕子凝神地想了想，看着二人，再说：

"我真的好苦啊！永琪是这样，皇阿玛是那样！"想到乾隆和家仇，更痛，"你们知道的，我一直都喜欢皇阿玛，我现在还是喜欢皇阿玛，他待我真的太好太好了！但是，我现在看到他，什么都不一样了，我想笑，笑不出来，想跟他说好听的，说不出来……以前，仗着他宠我，常常忘了自己是谁，跟他撒娇耍赖胡说八道，装疯卖傻，什么都来，心里明知道他吃我这一套！现在看到他，我没办法忘了自己是谁，更不要谈撒娇耍赖了！我的情绪好复杂呀，我根本不知道要怎么面对他！要对他好，浑身不对劲；要去恨他，又恨不起来！"

容嬷嬷和皇后听着，两人都听得糊里糊涂，只当是因为乾隆同意了知画的婚事，小燕子在和乾隆怄气。容嬷嬷给她擦干了头发，又用梳子梳着，安慰地说："你那个皇阿玛，你就不用担心了！奴婢看得清清楚楚，他是打心眼里疼着你的！你就是使点小性子，闯下各种祸，他还是你的皇阿玛！"皇后凝视着她，真挚地说："不管为了什么原因，你笑不出来，你无法对他好，这都是一个过渡时期！过了这段时期，你会继续爱他的！""为什么？过了一段时期，他也不会变成另外一个人！""因为……"皇后深刻地说，"你就是这样一个好人……你看，你连我和容嬷嬷，都包容了！还有什么是不能包容的呢？"小燕子不禁呆呆地发怔了。是啊，她一点也不恨皇后和容嬷嬷了，她也会不恨乾隆吗？她也会忘记杀父之仇吗？她陷进沉思里，忽然觉得好疲倦，忍不住打个哈欠。容嬷嬷走上前来，把小燕子一揽，就揽进了她宽大的怀抱里。"来！"她慈祥已极地、像个慈母一般地说，"在这儿睡一睡！你累了！躺下来，奴才抱着你呢！有什么事，都明天再说！"小燕子不由自主，就躺进容嬷嬷的怀里，越躺越舒服，倦意就浓厚地袭来。

"容嬷嬷，你的衣服有一股皂荚的味道，很好闻……好像娘的味道！小时候，我常想，我娘身上，一定有皂荚的味道，干干净净的，香香的……她抱着我的手臂，一定也是这么软软的，她的怀里，也是这么舒服吧……"她的声音越说越小。

容嬷嬷眼里，立刻充满了泪水，双手颤抖地抚摸着她的鬓发：

"格格，以前我一直跟你作对，犯下好多错……可是，今天，你躺在我的怀里，说我有'娘的味道'，格格，你让容嬷嬷怎么受得了？"说着，她的眼角湿了。小燕子没有回答，皇后看了小燕子一眼，发现她睡着了。"她睡着了！"容嬷嬷就不停地抚摸着小燕子的头发，安抚地、温柔地摇着她。"睡吧睡吧！什么都不要想，不要伤心，不要难过，好好地睡！奴婢为你念佛，为你祈福！明天，一定会是有太阳的好天气！"

第二天确实是个有太阳的好天气。

永琪找了小燕子整整一夜，什么地方都找遍了，就忘了还有一个静心苑。早上，宫女、太监们一一回报，谁都没有看到小燕子。永琪背负着手，在房间里走来走去，急得像热锅上的蚂蚁。知画怯怯地站在一旁。

"这个皇宫，我们是上上下下，全部找遍了，连影子都没有！”小邓子说。“我猜，一定出宫去找紫薇格格了！”彩霞说。“不可能！每个宫门，我都问过了，除非格格真的变成燕子，要不然是飞不出去的！”小卓子说。“令妃娘娘那儿，我也问过了！”明月说。

“怎么办嘛？要急死人！”永琪跺脚，垂头丧气。桂嬷嬷看到永琪急成这样子，一肚子的不服气，说：“格格也不是小孩，总会知道分寸，那么大一个人，不会失踪的！五阿哥别着急了，赶紧去吃早餐吧！”永琪一抬头，凶凶地瞪了桂嬷嬷一眼，眼神那么凌厉，吓得桂嬷嬷一退。这时，晴儿急急地跑进了门，嚷着说：

“五阿哥！我找到小燕子了，她在静心苑……你赶快去！她不肯回来，说是要剃光头发，跟着皇后当尼姑去！”“什么？”永琪吓得魂飞魄散，拔腿就跑，急冲出门。晴儿跟着跑去。

两人转眼就跑得无影无踪，剩下了知画，带着一脸的落寞和失意，呆呆地站着。她这才明白，原来，当一个男人心里眷恋着一个女人时，那个女人可以占据他全部的思维，主宰着他全部的喜怒哀乐……这样的感情，中间几乎插不进一根针。自己比一根针大了不知多少倍，怎样站得住脚呢？她的落寞，开始无边无际地蔓延开来。

在静心苑，小燕子换回自己的服装，散着头发，坐在一张椅子里。容嬷嬷拿着梳子、簪子，正在给她梳头，嘴里不停地劝着：“格格，不要孩子气了！这剃头，不是负气的事，出家也要缘分，你缘分还没到！来，听容嬷嬷的，把头梳好！这么乌溜溜的一头好头发，剪了不可惜吗？”

"如果剃光头发，可以没有烦恼，我真的想剃！自从我进宫来，从来没有看到皇额娘生活得这么自在，我也要学学！你们不知道，那个景阳宫，我简直住不下去！我要搬到这儿来住！"

"这儿，只要你住三天，你也住不下去！"皇后淡淡地说，"不是你的地方，就不是你的！"这时，永琪带着晴儿，冲了进来。永琪一进门，就气急败坏地喊："小燕子！不要冲动！千万不能剪头发……"他突然刹住脚步，看着尼姑装束的皇后，惊怔了一下，急忙行礼，"皇额娘吉祥！""我已经不是'皇额娘'了！用不着行礼。小燕子在这儿，毫发无伤，你带她回去，好好跟她谈谈吧！"皇后从容地说。容嬷嬷赶紧跟永琪和晴儿请安："五阿哥吉祥！晴格格吉祥！"小燕子看到永琪，就把身子一转，用背对着他，嘟起了嘴："我剪我的头发，关你什么事？"她虚张声势地喊，"容嬷嬷！剪刀呢？赶快帮我剪呀！"容嬷嬷虽然陪着皇后，过着半修行的生活，但是，机智和聪明仍在。看到五阿哥满脸惶急，看到小燕子色厉内荏，明白两人间的矛盾。她就打开抽屉，找出剪刀说：

"哦哦哦！是！是！格格！这一剪刀下去，就不能后悔，格格是不是铁了心，要剪头发呢？"

"剪！剪！剪……统统剪掉！"小燕子嚷着。容嬷嬷就拿起剪刀，捞起小燕子的长发，作势要剪。永琪吓得一头冷汗，大喊：

"容嬷嬷！住手！"他冲到小燕子身边，一把抢下容嬷嬷手里的剪刀，对小燕子颤声说，"你不要折磨我了，我已经快崩溃了！跟我回去！"小燕子看到他面容憔悴，眼睛都有黑眼圈了，心已经软了，嘴巴仍然强硬："我折磨你，还是你折磨我？你不要在我面前装模作样！你去管知画……少来管我！"想到知画，眼前又浮起洗花瓣澡的一幕，气又来了，跳起身子，去抢剪刀，"剪刀还我！"晴儿急忙走上前来，把小燕子按进椅子里，劝着："不要怄气了！看在五阿哥一夜没睡，淋着大雨，把整个御花园都几乎翻了过来的分上，饶了你的头发吧！皇额娘在这儿修行，我们也不能一直打扰皇额娘，是不是？"晴儿一边说，一边把小燕子的头发梳好，把旗头也给她戴上。小燕子听到"一夜没睡"等字样，心里更加柔软，但是委屈依旧存在，低着头，默默不语。永琪就对她柔声说："我没有负你！"

"我不信！我看到了！""如果我用我的血起誓，你能不能相信我呢？"永琪情急，一半是做戏，一半是真情，就撸起衣袖，举着剪刀，对着手腕扎下去。小燕子大惊失色，飞扑上去，一把握住了他拿剪刀的手，真情流露地喊："你不要吓我！你敢扎下去，我……我……"说着，所有的伤心一齐涌上心头，眼泪立刻夺眶而出，点点滴滴，像断线珍珠般滚落下来。永琪慌忙丢掉剪刀，一把揽住了她，用温柔得像水的声调说：

"你仔细地想一想，如果我根本不在乎你，你要半夜逛御花园，那是你的事！你要得罪皇阿玛，那是你的事！你要大闹皇宫，那是你的事！你要剪头发，那也是你的事！你要干什么就干什么，统统都是你的事！了不起我把你休了，随你去哪里，当尼姑也好，当卖艺的也好，都不关我的事！我何必理你？何必到处找你？何必为你着急担心，弄得自己没有一天好日子过？"

听到永琪这样一番话，小燕子的心绞痛着，痛苦着，又夹着*丝丝*甜蜜，*丝丝*苦涩，*丝丝*酸楚……真是不知该如何是好了。晴儿趁机上前打圆场："小燕子啊！五阿哥无论如何，在你眼前，在你身边，这种福气，我求都求不到！你也要惜福一点呀！"

晴儿一语点醒梦中人，想到箫剑不知流落何方，晴儿忍受的苦，比自己更重，小燕子再也无法任性了，她点点头，擦了擦眼泪："走吧！我们不要再打扰皇额娘了！"晴儿牵起了她。永琪和晴儿，就拥着小燕子，往门外走去。走到门口，永琪回头："皇额娘，保重！"皇后深深看着三人，说："你们也是！"

小燕子又回到了景阳宫，永琪和晴儿，一边一个拥着她。她在容嬷嬷的照顾下，饱睡了一夜，看来神清气爽，倒是景阳宫里的人，个个形容憔悴。知画、桂嬷嬷和宫女们都迎上前去。知画深深看了三人一眼，赶紧对小燕子请安：

"姐姐！总算回来了！还没吃早饭吧！"回头吩咐，"桂嬷嬷，赶快开饭，晴格格也一起吃！""不了！我得赶回慈宁宫去，老佛爷醒来，没人照顾！我走了！"晴儿拍拍小燕子，"小燕子，我有空就过来看你，我们再谈啊！"桂嬷嬷瞪了小燕子一眼，心里有气，提高声音说：

"晴格格大概也一夜没睡吧！吃点东西再走，老佛爷问起来，我桂嬷嬷会去说明原因的……"桂嬷嬷话没说完，永琪忽然爆发了，他指着桂嬷嬷、珍儿、翠儿大声说：

"桂嬷嬷，珍儿，翠儿！你们几个给我听着！这个景阳宫不是你们几个的戏园子！假若你们再偷看我的生活，偷听我说的话，去向老佛爷告密的话，我马上打断你们的腿！我说到做到！看是你们大还是我大！如果你们不相信，我立刻就做！先抽你们几个五十大板再说！"就扬声喊，"小邓子！小卓子……"

小邓子、小卓子冲进门来："五阿哥！小邓子小卓子在！""赶紧叫人来！搬板凳，准备板子！我要打桂嬷嬷和珍儿翠儿！"永琪声色俱厉。

小邓子和小卓子意外之余，不禁感到大快人心，得意地、大声地应着："喳！遵命！"两个太监就飞奔而去准备板凳和板子。桂嬷嬷吓了一跳，从来没有看到五阿哥这样严厉，珍儿翠儿也面无人色。桂嬷嬷仗着自己是太后的人，心想，五阿哥不过在虚张声势，就傲然问："请问五阿哥，奴婢做错了什么？老佛爷要奴婢报告，奴婢能够不遵命吗？""老佛爷的命令，你不能不遵，我的命令，你就可以不遵，是吗？这儿不是慈宁宫，我要用景阳宫的规矩教训你！"永琪大吼，"不许辩嘴！多说一句，多打十大板！"

桂嬷嬷这才觉得情势不对，还在犹豫中，珍儿翠儿已经扑通一跪，喊着："五阿哥开恩！五阿哥饶命！奴婢不敢了！""太晚了！非打不可！"永琪不为所动，咬牙切齿，"我最恨打小报告的人！桂嬷嬷，挨完打，你再去向老佛爷报告小燕子失踪一夜的事情！只要你还走得动！"桂嬷嬷从永琪坚定的神情里，愤怒的眼神里，看出严重性了。毕竟是宫里的老人，知道利害，不禁两脚一软，也跪下了："五阿哥开恩！五阿哥开恩……奴婢知道了，奴婢不去报告，不去……"说着，磕下头去。珍儿、翠儿更是吓得簌簌发抖，不住口地喊："五阿哥饶命！奴婢不敢了！再也不敢了……"知画看着这一切，吓得花容失色，看着永琪急促地说："这样不好吧！打狗也要看主人！传到老佛爷耳朵里，不是会引起一场大风波吗？"就求救地看晴儿，"晴格格知道的，这桂嬷嬷，虽然拨给景阳宫用，还是慈宁宫的老人呀！"晴儿也怕事情闹大，赶紧对永琪说："知画说得有理，五阿哥，你教训了她们就够了！"对桂嬷嬷和珍儿翠儿喊着，"你们几个，也该知道一点分寸，还不赶快向五阿哥认罪！"桂嬷嬷生怕挨打，这面子里子都搁不住，拼命磕头说："奴婢错了！奴婢罪该万死，以后不敢了！"噼里啪啦就给了自己两嘴巴子，"奴婢自己掌嘴！"

"奴婢也错了！不敢不敢了！"珍儿翠儿也哭了，噼里啪啦，也开始掌嘴。明月、彩霞高高地抬着头，看得津津有味。小燕子没想到永琪有这样一手，在一旁看得发愣。和永琪认识以来，他都是和颜悦色的，从来不会仗势欺人。和小燕子认识以后，深受她"平等论"的影响，待太监和宫女都像待家人一样，像现在这样气势汹汹，丫头嬷嬷一概不饶，只有以前对付容嬷嬷，让她见识过。

这时，小邓子兴冲冲奔进房，喊着："五阿哥！凳子板子都准备好了，在院子里，是不是马上执行？"知画急忙往前一迈，哀恳地喊："永琪！手下留情呀！"晴儿也往前一迈，劝解着："五阿哥，你折腾了一夜，也累了，何必再跟她们生气？"转头对小燕子使眼色，"小燕子，陪五阿哥进房，休息休息！"

小燕子这才回过神来，拉了拉永琪的衣服说："算了！算了！进去吧！""算了？你要我算了？"永琪看着小燕子，挑起了眉毛，"这些奴才，对你不恭不敬，整天监视你，你就算了？""不敢了！不监视，不传话，不偷看，不偷听……"桂嬷嬷一面磕头，一面连声地喊着，"什么都不敢了！五阿哥饶命呀……"永琪这才“收兵”，指着三人，声色俱厉地吼着：“看在还珠格格的面子上，暂时饶了你们！现在，给我滚出去！以后，最好不要出现在我面前！我不要看到你们！”

“是是是！遵命！我们滚……滚……”三人就连滚带爬地出去了。知画看得心惊胆战，目瞪口呆。永琪再掉头看着晴儿：

“晴儿，你先回慈宁宫，告诉老佛爷一声，我等一会儿就去请安，我要把所有的问题，一次解决！”晴儿一愣，忽然在永琪身上，看到了一股霸气，不禁肃然起敬了。

“是！晴儿知道了！”她转身出门去。永琪对明月、彩霞等人挥了挥手，宫女太监全部退了出去。大厅里，只剩下了永琪、小燕子、知画三人。小燕子还陷在惊愕里，看着这样的永琪，有些愣住了。知画回过神来，立即恢复了镇定，振作了一下自己，就走上前来，对小燕子福了一福，满脸无奈地说：

“姐姐！昨晚让你生气了，知画跟你认错！这些奴才，确实应该教训，经过了今天的事，大概我们的生活，都可以轻松一点了！事实上，自从进了景阳宫，我天天都在监视底下，所作所为，实在身不由己！希望姐姐不要生我的气！”

知画这样一道歉，小燕子不禁面红耳赤，觉得自己实在太小心眼了。“算了算了，我从来就没有生你的气！你救了我哥，我感激都来不及，哪里敢生气？”她红着脸说。“那么……”知画看了永琪一眼，低声说，“请你也不要生五阿哥的气……”小燕子也看了永琪一眼，噘着嘴低语：“我也……不敢生他的气！”永琪看看小燕子，看看知画，忽然下定决心，就对知画郑重诚恳地说：“知画……我有些话想跟你说，我和小燕子的这份感情，我想，你永远也不会了解！我很感激你这些日子来，配合我演戏，但是，这场戏，我不想再演下去了……"知画惊觉地看着永琪，很快地打断了他的话：

"你要说什么，我已经了解了！但是我想，你也应该了解我一下！我已经大张旗鼓地嫁给你了，我的爹娘在海宁，都是名人，他们还要做人，我也丢不起脸！你尽管和姐姐在一起，我不敢争风吃醋！在我们三个的故事里，你们有牺牲有妥协，我也有牺牲和妥协，你们尽管不在乎我！但是我要清清楚楚地告诉你，"她傲然地一抬头，自有一股高贵的气势，盯着永琪，有力地说：

"我生是你的人，死是你的鬼！"知画说完，再也不看永琪和小燕子，掉头出房去了。房里剩下永琪和小燕子，两人对看，都被知画这种气势震撼了。小燕子想到知画嫁进景阳宫，确实有很多委屈。她服侍永琪洗澡，想必是出自桂嬷嬷她们的安排。她能放下身段，抛开自尊，也算百般迁就了，自己出身江湖，都没办法这么谦卑。想到这儿，小燕子性格里的善良，就战胜了她的醋意，她讷讷地说：

"这个知画……也有她的苦，你……对她也好一点吧！""你未免太矛盾了吧？"永琪愕然地说，拉住她的手，把她拉进了卧房。

终于，又是他们的"两人世界"了。永琪拉着她的手，深刻地凝视她，不明白自己为什么这样喜欢她。连她的霸道，她的不讲理，她的吃醋，她的尖锐……他都喜爱。好怕好怕，有一天会失去她！

他摇摇头，语气温柔而带着命令意味："以后再也不许这样！不许怀疑我，不许半夜跑到御花园去淋雨，不许剪头发，不许闹得我天下大乱，不许出走……"小燕子看着他，看到他的黑眼圈，看到他的憔悴，看到他眼底的深情，看到他那种只有对自己才流露的温柔……她的心，因感动而痛楚，立刻情不自禁，投进了他的怀里，一迭连声地嚷："是！是！是！你不许的事，我都不做！你是'大猫'，我是服侍你的'小人'，我服了，我都听你！""还有一件事！""什么事？"

永琪脸色郑重，语气诚恳：

"自从我知道你的身世之后，我心里也有许多矛盾和痛苦，我必须说服自己，娶你是对的！并不是只有你，在矛盾嫁我对不对？你不能为我设身处地去想，最起码，不能再误会我！不管怎样，你好歹都是我的妻子，是皇阿玛的儿媳妇！这已经是个不能改变的事实！所以，媳妇就是媳妇，不许对皇阿玛不敬，不许记杀父之仇！人前人后，都要尊称一声皇阿玛！不许乱给皇阿玛编绰号，不许动不动就红眉毛、绿眼睛、张牙舞爪！"

小燕子推开了他，看了他好一会儿，终于轻声地、诚挚地、忍痛地说了一个字："是！"永琪这才松了一口气，把她紧紧一抱。吻就像雨点般落在她的头发上、面颊上、眼睛上、眉毛上、唇上。

为了让"花瓣澡"的事不再重演，永琪去了慈宁宫，晴儿早就把话带到了。太后看着有备而来的永琪，心里有点七上八下。晴儿站在太后身后，帮太后扇着扇子。永琪直挺挺地站在太后面前，带着一股正气，毅然决然地说：

"老佛爷！我已经听从了您的命令，娶了知画！现在，宫里上上下下，也都尊称知画一声'福晋'，这对先进门的小燕子，实在是一种侮辱，但是，小燕子无力反驳，我也等于默认了！我和小燕子，能够做到这一步，已经是仁至义尽！希望老佛爷对我们，也睁只眼、闭只眼，不要逼得太紧！关于我房中的事情，就请老佛爷不要再过问了！桂嬷嬷那几个奴才，如果再来向老佛爷报告我的生活，我会把她们痛打一顿，赶出宫门！我说到做到，请老佛爷三思！"

太后大震，目瞪口呆地看着永琪，晴儿也十分震撼地看着他。永琪继续说：

"关于小燕子的身世，如果老佛爷要告诉皇阿玛，也听凭老佛爷自便！我不在乎了！反正，我看，皇阿玛对小燕子已经很失望，知道真相之后，说不定恍然大悟，了解小燕子为什么行为失常，反而谅解了她！"

太后再也没有想到，会被永琪反将了一军，不禁大急，说："如果皇帝知道了，他怎么可能让小燕子留在宫里，死罪就算逃掉，活罪难免！如果皇帝把小燕子废掉，赶出皇宫，或者充军，你要怎么办？""小燕子留，我留！小燕子走，我走！"永琪坚定地说，"如果小燕子有什么闪失，或者，有人要对小燕子不利，那么，皇阿玛也失去了我！抱着这样的信念，我还有什么可害怕的？我要说的话，都说完了！老佛爷去定夺吧！永琪告退！"永琪说完，行礼如仪，太后还没从震惊中恢复，永琪已经掉头而去。太后震住了，动也不动。晴儿看着永琪的背影，眼中闪着佩服的光彩，心中想着：

"好厉害！永琪抓住了老佛爷的弱点，已经有'王者之风'了！"

这晚，永琪没有在新房里度过。自从知画进门，这是第一次，他留在小燕子的卧房里过夜。

室内一灯荧荧，熏炉里飘着袅袅的烟雾。小燕子穿着一身白色绣花的水衣，披泻着一肩长发，眼神中带着梦似的光彩，站在床边。永琪也卸下了厚重繁复的衣服，只穿着白色的里衣，拥着她，用手抚弄着她的头发。他看着她，见她消瘦了好多，心里充满了怜惜，重新拥着她，更让他充满了珍惜。他柔情万缕地说：

"好像有几百年，没有跟你在一起！"

是啊！几百年！几百年的分离，几百年的折磨……她忍不住低问："你每晚跟她在一起，到底做些什么？""什么都没做！看书，写字，谈天……看着帐子顶发呆，然后各睡各的！"

"可是……她每晚都为你解纽扣吧？"她酸酸地问。

他愣了愣，拥着她的胳臂，不自觉地僵了僵："好不容易跟你在一起了，我们一定要谈这个吗？""可是我还是不信耶，这么多日子，你夜夜在她房里，她长得那么美，你们都穿那么一点点，她还帮你洗澡擦背……你说从来没有和她怎样……我不信耶！""是不是要我以血起誓呢？"他故意作态，"我去找刀！""好，好，不谈不谈！管我信不信？信也是信，不信也是信！"她嚷着，把他一把抱住，热情奔放地喊，"这些日子，我过得好辛苦！又气你，又恨你，又想你！""我比你更辛苦，因为我知道你气我、恨我、想我！我天天看着你，想跟你说话都没机会，我真想跟你说……"他咽住了。"想说什么？"她急急追问。"不说了，"他笑着摇头，"说不出口，有点肉麻！"

她腻着他，黏着他，祈求地、央求地拜托："说嘛！说嘛！又没有别人在旁边，桂嬷嬷她们也不敢偷听了……说嘛！好久没听你说肉麻的话了！"他就附在她耳边，一连串地说："爱你，爱你，爱你，爱你，爱你，爱你……"

小燕子听得如痴如醉，什么花瓣澡，什么解纽扣，什么鸳鸯比目鱼都飞到九霄云外去了。她的眼里心里，都只有他！她的"大猫"，她心甘情愿为他受苦，为他牺牲，为他当一辈子的"小人"！她踮着脚尖，主动送上了她的唇。

他被她这样的热情，烧得浑身滚烫，他们紧拥着倒上了床。

第三十四章

学士府里，一门欢欣。

东儿完全恢复了，活活泼泼地满室奔跑，笑得咯咯咯咯的。一会儿扑进福晋怀里，一会儿扑进尔康怀里，一会儿扑进紫薇怀里，一会儿扑进福伦怀里……简直没有片刻的安静，好像要把病中睡掉的动力，全部找回来似的，嘴里大声地嚷着：

"我骑大马，马儿来啰……驾……驾……驾……让路让路……"一头撞在福伦身上，抬头嚷："爷爷！"福伦爱极地抱起他，亲着他光滑的脸蛋："哎，我们家的宝贝，又活蹦乱跳了！瞧，脸上光光的，一个麻子都没留！带出去，谁都不相信他出过天花！""多亏紫薇呀！守在床边那么多日子，自己瘦了一大圈，东儿反而胖了！"福晋笑着说，怜惜而宠爱地看着紫薇。

"不是我一个人的功劳，不要只夸我哟！"紫薇幸福地笑着说，"阿玛、额娘和尔康，都非常辛苦！总算这个天花没有传染到宫里去，家里的人，也没传染！"看着尔康问："不知道北京城里，是不是流行得很厉害?"

"今天去上朝，说是病情已经控制住了! 皇阿玛被东儿吓住了，命令太医学院刘裕铎院使，研究一种'种痘'的办法，想控制天花病! 嘿!"他笑了起来，"人定胜天! 说不定我们东儿这一病，会造福未来的许多人! 将来，天花在人类的生活中绝迹，那才好呢!"

"可能吗? 好像不太可能吧!"福晋不相信地说。

"我觉得人类太聪明了，没有什么不可能的!"尔康说，"以前，家里有一个人害天花，一定个个传染，现在，已经懂得怎么防止传染，这就是一种进步了! 未来的世界，不可限量!"

正说着，外面一阵喧闹。家丁大声通报:

"五阿哥驾到! 还珠格格驾到!"

众人大喜，紫薇尤其兴奋，忍不住喊着说:

"小燕子来了……小燕子耶，几百年没看到她了!"

紫薇就往门前冲去，还没到门口，小燕子和永琪欢笑着奔了进来。紫薇大喊:

"小燕子!"

"紫薇……我想死你了!"小燕子拉住紫薇的手，上看下看，左看右看，"你怎样? 气色很好，就是好瘦啊!""你也是!"紫薇也打量着小燕子。

福伦、福晋赶紧行礼:"五阿哥吉祥! 还珠格格吉祥!""秀珠，冬雪……赶快沏茶!"福晋嚷着，"秋天了，还是这么热，拿几杯酸梅汤来!"

丫头们答应着，忙忙碌碌，奉茶奉水端点心。永琪对福伦福晋点头招呼，眼光就落在尔康脸上，笑着说："恭喜恭喜！总算有惊无险！"福晋心情愉快，看着永琪，想到什么，急忙说："五阿哥！这东儿一病，闹得我们全家大乱，我都来不及进宫，跟你去贺喜，真是恭喜了……"尔康突然"喀喀喀……"地大咳起来，拼命打断福晋的话："喀喀喀！喀喀……额娘，你去看看，厨房有没有点心可吃？"小燕子眼珠一转，走了过来，对尔康嚷着："尔康！你着凉了，还是呛着了？这永琪娶了知画，在宫里是件大事，伯母恭喜他一声，也没说错，要你又咳嗽又打岔的？"尔康看了小燕子一眼，见她神清气爽，若无其事，实在有些纳闷。

"哦？看样子我咳嗽咳错了！"尔康再去看永琪，困惑地问，"五阿哥！看小燕子的神情，你们过得还不错是吗？"不禁肃然起敬起来："我对你佩服得五体投地！看样子，皇阿玛的功夫，你是得到真传了！你到底……"

尔康话没说完，轮到永琪一阵大咳，一面咳，一面说："喀喀喀……喀喀……尔康，你少说两句，那个……酸梅汤，酸梅汤……我很渴，快给我一杯！"紫薇和小燕子交换着眼神，紫薇笑着说："他们两个传染得倒快，一个咳完一个咳！"小燕子瞥了永琪一眼，做了个鬼脸，就走过去抱起东儿，惊叹地喊：

"哇！东儿，你更漂亮了！脸蛋这么光滑……眼睛这么亮，长大了一定是个美男子！还好，不怕你被别人家抢去，我已经预定了！紫薇，尔康……你们不许赖，东儿将来是我的女婿，我们一言为定哦！"

紫薇喜上眉梢，问："小燕子，你有好消息了吗？""哪有好消息？"小燕子脸色一沉，"问问知画有没有好消息倒是真的！"

永琪呆了呆，叹了口气，自言自语："又来了！什么信也是信，不信也是信，明明就不信！"

尔康看看这个，看看那个，忽然拍拍手，说：

"我有一个提议，我们四个，好久没有聚在一起了！我和紫薇，最近天天关在家里照顾东儿，简直闷死了！你们两个，关在宫里出不来，大概也快闷坏了！我们何不到郊外去骑骑马，痛痛快快地狂奔一下？"

"好呀！骑马！我们去幽幽谷！"小燕子喜悦地大嚷。

于是，四个人离开了学士府，骑上了马，在草原上好好地奔驰了一阵。大家好久没有这样放松过了，这一阵策马疾驰，才让大家又"活过来"了。经过了东儿的死里逃生，经过了永琪的盛大娶知画，经过了萧剑的受困和远走，经过了小燕子的身世大白……他们四个，再聚在一起，真有说不完的话。

一段奔驰之后，四人放慢了马，策马徐行，边走边谈着，每个人都又说又听，说得动容，听得也动容。然后，他们到了幽幽谷。紫薇四面一看，无限感慨地惊呼着："幽幽谷！好久没有来了！"尔康凝视着谷中的景致，和紫薇勒马并立。

"紫薇，还记得当年，你失踪了，我在这儿找到你的情形吗？那天的一切，经常在我眼前重演，你坐在那块大石头上扯花瓣，看到了我，你撒掉花瓣向我跑来，我也向你飞跑过去，然后，我抱住了你……没想到，这样一抱，我就再也无法放开你了！"

紫薇回忆前情，脸上不禁涌现甜蜜的微笑。

小燕子和永琪也慢慢地骑马过来。

"幽幽谷！"小燕子回忆着，"还记得那天，找到了紫薇，我们就在这儿定计，决定把紫薇送进宫……那是几年前的事了。"七年了！这七年，我们大家的变化好大，经过了太多的事！""记得我生病快死的时候，做了一个梦，在这儿，我们有个大团圆的聚会！蒙丹、含香、尔泰、塞娅、金琐、柳青、柳红，再加我们四个，全部聚在一起！梦里的含香，还在这儿招蝴蝶，整个山谷，都是蝴蝶！现在，这个梦还要多加两个人，晴儿和箫剑！不过，这个梦越来越遥远，不知道哪一年才会实现了！"紫薇感慨起来。

"让我们抱着希望，总会有实现的一天！"尔康看看大家，"来吧！我们下马，好好地分析一下现在的局面！"

四人就纷纷下马，马儿到草地上去吃草，四人就在石头上一坐。

尔康打量永琪，无法置信地说：

"我简直不能相信！你说，你和知画，到现在都是挂名夫妻，老佛爷说不定心里也有数？"永琪点头。紫薇一脸的不可思议，小燕子嘟着嘴，半信半疑。尔康想了想，越想越担心，盯着永琪，皱皱眉说：

"这样不大好吧？我觉得你在玩火，当心被烧得体无完肤！老佛爷一时之间，可能招架不住，只能忍着。但是，知画不是普通人家的姑娘，是陈邦直的女儿耶！陈邦直今年之内，一定会进宫看女儿，假若他们知道知画这么委屈，他们会沉住气吗？他们一定会气死的，那时候，又是一番惊天动地，所有的秘密，还是保不住！"

"如果我们干脆向皇阿玛招了呢？"永琪忽然发出一句惊人

之语。

"不能招！一定不能招！"尔康严肃地说，"皇阿玛的反应，我们根本不能预估！我们要有一个最后的方案……"他认真地看着小燕子，"小燕子，别让箫剑和晴儿白白分手！万一皇阿玛知道了，我要找出静慧师太，证明你根本不是箫剑的妹妹！到时候，你要跟我们合作！"

"我不要！"小燕子震动地喊。

"你理智一点，为什么不要？"紫薇问，"箫剑说得很有理，说不定你根本不是他妹妹，其实，我和尔康，老早就在怀疑这一点！反正，事情不拆穿，大家都瞒着，万一拆穿了，说法要一致！静慧师太那步棋，是一定要走的！"

"好！就这么办！尔康，你负责去找静慧师太！"永琪说。尔康点点头，严肃地看看永琪："知画这件事，你的做法，我在感情上是佩服的！但是，理智上，我觉得太危险，也太不人道！"

"那你要我怎样？"永琪急了，"和她成为真夫妻吗？"尔康郑重地点头。

"你娶她那一天，就应该这样做！"他再看小燕子，"小燕子，知画嫁给永琪，才换得箫剑的自由，现在，箫剑走了，永琪却不履行承诺，好像有失君子风度！人家知画现在是个有苦说不出的弱女子，这样欺负人家，也不像五阿哥的作风！"

小燕子一听，就跳起身子，烦躁地嚷："我怎么欺负她了？我才被她欺负！一会儿帮永琪解纽扣，一会儿帮他洗澡，一会儿靠在他怀里哭……每晚跟他同床睡觉……我就是生气嘛！要我不吃醋，根本不可能！"尔康听得匪夷所思，看永琪："这么说，知画和你，也有'肌肤之亲'了？你预备让她将来怎么办呢？"

永琪烦恼地一甩头："事情没发生在你身上，你根本不了解我的苦！""我了解！我非常非常了解！"尔康急忙说，"但是，了解是一回事，应该怎么做是另外一回事！你们都没有为知画设身处地地想过吗？"紫薇深思着，忍不住看着永琪，接口说："永琪，我服了你！你和知画结婚那晚，我以为你们已经成其好事，对你还蛮生气的！现在，才知道你居然坐怀不乱，让我刮目相看！"

"不要刮目相看了！"永琪苦笑，坦白地招了，"我本来也想'勉为其难'，结果就是做不到！这才知道，真正的爱，身与心是合而为一的！""我站在小燕子的立场，为你的'做不到'而感动；但是，站在知画的立场……就有点代她悲哀。"紫薇想着，诚实地叹了口气，"她才十七八岁，要应付这种局面，大概也慌了手脚。你也有点残忍啊！""你们怎么回事？为什么都站在知画的立场去说话？"永琪急了。"我不是站在知画的立场，是站在正义的立场！"尔康说，"想想看，她不是在普通的情况下嫁给你的，是在我们大家走投无路的时候，挺身而出，为我们解围的情况下嫁给你的！我们曾经有求于她，不该过河拆桥！这件事不是单纯的感情问题，还包含了责任和道义！"

小燕子听来听去，这时，再也无法沉默了，就去推永琪，嚷着说：

"我知道了！我欠了知画，你也欠了知画，好嘛好嘛，你去跟她圆房！我一定不再吃醋了，我会忍受，忍得了也忍，忍不了也忍！你去你去……尔康和紫薇说得对，我不该这么任性，我应该对知画报恩的，我不报恩，还欺负人家！我忘恩负义！是我错！永琪，你今晚就跟她圆房去！"

永琪差点被小燕子推到水里去，站起身来，烦恼地喊：

"我好不容易把事情摆平了，老佛爷也不追究了，为什么还要圆房呢？""因为，这样太不光明！因为，知画太可怜！"尔康深谋远虑地说，"因为……这事充满了后顾之忧！万一知画想不开，一条绳子上吊了，那怎么办？"永琪吓了一大跳，睁大了眼睛：

"上吊？她会上吊？"尔康不语，紫薇有同感，也不语，小燕子惊悟着，也不语。永琪环视众人，他知道，尔康句句都说到重点，不禁跌脚大叹：

"我怎么会弄成这样？当初怎么会答应这种条件？谁能把我从这个困境里解救出去呢？"

这晚，小燕子又站在窗前看月亮，心事重重地深思着。尔康说的话，句句在她脑海里回响。进宫这么多年，她也成熟了很多，不再是以前那个不用大脑的小燕子。但是，当她用大脑来想这件事的时候，她的心就跟着痛楚起来。

明月、彩霞在铺床，不时偷眼看小燕子，暗中揣测着，今晚的五阿哥，不知是睡"新房"还是"旧房"？正在猜测中，永琪推门进来了。小燕子回头一看，冲口而出："你走错房间了吧？"永琪一怔，苦笑着说：

"难道这不是我的房间吗？"明月、彩霞相对一看，都笑开了，明月就热心地喊着："当然是！当然是！五阿哥！这儿坐！"明月把椅子上的坐垫拍了拍，拉着永琪坐下来。彩霞也嚷着："没走错！没走错！五阿哥！喝茶喝茶！"彩霞急忙倒了一杯茶过来，放在小几上。两个丫头就请了一个安，看了小燕子一眼，双双退下，细心地关好房门。永琪起身，走到小燕子身边，柔声喊："小燕子！怎么不说话？"小燕子转过身子来，凝视着永琪，看了好久好久，然后，就诚挚地、懂事地说：

"今天在幽幽谷，尔康和紫薇的一番话，敲醒了我！我想了很多很多，觉得我真的不应该跟知画吃醋，不应该想单独霸占你！那天，皇阿玛说过，将来，你还会有知梅、知兰、知菊、知竹什么的，我必须接受！如果，我连对我有恩的知画、脾气这么好的知画，都不能接受，我一定会遭到报应……"

"算了吧！"永琪烦恼地打断，"什么知梅、知兰、知菊、知竹……一个知画，我已经弄得乱七八糟了，哪敢再来？没有了！那是不可能的！至于知画……""我不生气了，也不吃醋了……"小燕子抢着说，"今晚，你去她房里，办完你早就该办完的事！去吧！"

永琪瞅着她，问："你不吃醋？你真的不吃醋？""你心里有我，就可以了！"她点头，深深切切地看着他，"我愿意和她共有一个你！我不吃醋了。"永琪怅然若失，怅怅地说："你不吃醋，我反而有些失落……你真的不吃醋了吗？那是不是表示，你不在乎我了？你要把我让给别人了？这样的小燕子，我有点不习惯呢！"

小燕子睁大眼睛，惊喊："永琪！你不要得了便宜还卖乖啊！""不要赶我走！"他揽住她的腰，凝视着她，充满感性地说，"我答应你，会对知画负责任，可是，我今晚还没准备好！明天再说！""什么没有准备好？你要准备什么？这事还要准备吗？"

小燕子越听越奇怪。"是！尔康他们虽然说服了你，我还没有说服自己！让我再想一想！"

小燕子坚定地看着他："不要想了！你今晚就过去！什么明天再说？明天之后还有明天，你要拖到哪一天？我只要想到前些日子，我所受的苦，就觉得，我没有权利让知画也受这种苦！"她定定地看着他，"尔康说得对，我们不能无情无义！你去吧！"小燕子说着，就把他往门口推去。他着急起来，一个劲儿地说："我真的还没准备好……真的没准备……"她踮起脚尖，捧住他的脸，用力地吻了他一下。她的眼睛湿漉漉而亮晶晶，美得让人目眩神驰，她的声音里，没有暴躁，没有懊恼，只有无比无比的温柔。

"我知道你的心，感激你对我这么好，想起前些日子，一直冤枉你，一直跟你生气，就觉得自己太没风度了！我现在，诚心诚意地希望，你帮我了了这个责任，我欠了知画，请你帮我还债！请你'勉为其难'，谢谢你！"

小燕子说完，就把他推出房门，把房门关上了。

剩下永琪，怔忡地走到回廊上，站在那儿发呆，心里像烧滚的油，又热又烫又煎熬。他的理智告诉他，小燕子想明白了，尔康紫薇分析得都对，为了大局，为了小燕子，为了仁义，为了无辜的知画，自己确实应该去完成丈夫应尽的责任。想着，他就往新房走去，走到门口，又站住了。但是，但是，但是……心里就有好多个"但是"，眼前闪耀着的，依旧是小燕子湿漉漉亮晶晶的眸子。他正思前想后，举棋不定，桂嬷嬷从新房出来，一眼看到永琪，就惊喜地喊着：

"五阿哥！怎么在这儿发呆，不进房呢？"突然想起那个要打她的五阿哥，马上害怕地退开，"奴牌走了！走了！"就急急忙忙地逃走了。

桂嬷嬷这样一喊，就惊动了在房里看书的知画，她的眼睛蓦然闪亮了。房门一开，她翩然出房来，抬眼热烈地看着永琪，她幽幽地说："你来得正好，我看到一首诗，有些不明白，你讲解给我听，好不好？""什么诗？谁的诗？"永琪心不在焉地问，心里还在抗拒着。"在这儿，我正在看……"知画就挽着永琪进房来。

知画关上房门，就去把书拿来，递给永琪看。她站在他身边，离他好近好近，头发几乎拂着他的面颊，身上带着淡淡的清香。她指着书上的文字，说："就是这首！"永琪目不斜视地看书，念着书上的句子："谁伴明窗独坐，我共影儿俩个。灯尽欲眠时，影也把人抛躲。无那，无那，好个凄凉的我！"他颇为震动，怜悯地看知画，喃喃说："这不是诗，这是词。"知画眼里，漾起一层泪雾，她轻柔地说：

"不管是诗还是词，念了几百次，就有些犯糊涂！"她抬眼看他，带泪的眸子里，盛满了哀恳。她的声音，凄婉而幽怨："永琪，我知道你心里没有我，我也知道，我以后的生命，就是这样：'谁伴明窗独坐，我共影儿俩个！'我不敢怨，不敢奢求，更不敢和姐姐争宠。你尽管去爱她……但是……请你让我也能有一点期待，将来，也能有一些回忆好不好？"

永琪呆呆地看着知画，对这样的知画，不能不充满了怜悯，犯罪感就像海浪一样，对他席卷而来。

"知画，对不起……""不是你的错，你不用说对不起！我明知道这是一个虎穴，我还是进来了！""你应该拒绝的！"他无力地说。"是！我知道……但是，我进来了！"她就拉着他的手，把他拉到床边，开始帮他解纽扣，一面解，一面低低说："你说，每天演戏，你不想演了，我也不想演了！我们不要再演戏，我请求你，让我有个孩子！这样，就算我要每晚独守空闺，最起码，不是'谁伴明窗独坐'，而是'我共孩子俩个'！"

永琪呆呆地、被动地站着，心中，充满恻然的情绪。知画细腻地、温柔地为他脱下衣服，就开始解自己的纽扣，一面解，一面不胜娇羞地看永琪。她的脸庞涌上了红潮，她的声音，带着深深的渴盼，和怯怯的哀愁。

"只要给我一个孩子，我就满足了，我不会纠缠你！我谢谢你，感激你……"永琪眩惑着，凝视着她那美丽、哀愁、娇羞、渴望的脸庞，在强大的犯罪感中，无法动弹。知画褪下了衣服，就弯腰一口吹灭了桌上的灯，她拉着永琪倒上床。

那夜，永琪终于"勉为其难"，让知画成了他的新娘。

第三十五章

两个月后。这天，太后要去碧云寺上香，尔康、福伦、永琪带着卫队护送，小燕子、紫薇、晴儿、知画和令妃都陪同着来了。整个队伍，浩浩荡荡。到了庙前，民众夹道，争先恐后地伸长脑袋观看。福伦不断喊着：

"大家让一让，老佛爷的轿子到了！"几乘华丽的大轿和马车，陆续停下。尔康维持着秩序，下马，对民众嚷着：

"大家后退！老佛爷来上香，没有什么好看的，不要挡着路！退后，退后！"

民众就是不退，更加向前挤。官兵用棍子拦着老百姓，老百姓兴致高昂，争先恐后地叫嚷着。研究着谁是老佛爷，谁是还珠格格，谁是紫薇格格。在大家的叫嚷声中，从马车内，轿子内，陆续走下太后、晴儿、知画、小燕子、紫薇、令妃和嬷嬷宫女们。一干女眷，簇拥着太后，向庙宇走去。嬷嬷们、宫女们、太监们前呼后拥。早有庙内的师父们，夹道迎接。"贫僧智明恭迎老佛爷！老佛爷千岁千岁千千岁！"再一一招呼，"五阿哥吉祥！额驸吉祥！福大人吉祥！""师父！香烛都准备了吗？民众太多了，老佛爷上完香就要回去！不能停留！""准备了！准备了！这边走！"

知画和令妃，一边一个，扶着太后。桂嬷嬷和宫女嬷嬷们提着供篮，跟随在后。小燕子、晴儿、紫薇三个，落在后面。小燕子最爱热闹，看到这么多人，忍不住叹气，说："好不容易出来一趟，只是上香！这么多人看热闹，使我想起南巡那一路，真是精彩呀！最近，我快闷出病来了！最好再来一次南巡，宫里好无聊！""你少说两句吧！当心老佛爷听见，你看，知画就不觉得无聊，陪着老佛爷，也笑得很开心！你应该跟她学学！"紫薇说。"哼！她那一套我学不会！"小燕子叽咕着，"她当然不无聊，平时在宫里，她也很忙！念书，背诗，出口成章！画画，写字，好厉害！""小燕子！"晴儿看着小燕子，由衷说，"你实在不容易，以前看你打打闹闹，对什么事都大而化之。这次的知画事件，让我看到另外一个你，你的爱心和忍让，我自叹不如！"

"我也自叹不如！"紫薇接口。小燕子眼眶一红，酸酸地看两人："你们多叹几次气，多说几个'不如'，让我心里舒服一点吧！我怎么会这么做？到现在都还有点糊里糊涂！"三人边走边聊，尔康和永琪就绕到后面来，默默地保护着。尔康低问永琪："你这个'齐人之福'享受得怎么样？"永琪瞪他一眼："都是你！大道理一大堆，我准会被你陷害！不知道为什么，每天都觉得胆战心惊，好像要出事！""别自己吓自己了！一路走来，都是情势所迫，相信我，你没做错！""是吗？我就是不大相信你……"

这时，人群中，有个衣衫褴褛的老人，也在伸头看热闹。老人拄着拐杖，白头发披散在脸上，遮住了半张脸，白胡须长长地垂着，被拥挤的人群，挤得东倒西歪，忽然间，群众一仆，老人站立不稳，从人群中摔了过来，正好跌倒在晴儿、小燕子和紫薇面前。老人呻吟着：

"哎哟……哎哟……哎哟……"老人在地上爬着，无法起身。

"不要吓着格格！"官兵们大喊。

许多官兵就去抓老人，老人刚刚摇摇晃晃站起来，被官兵一冲，又摔倒在地。手中拐杖，滚到晴儿脚前。老人呻吟不止，大叫："哎哟！撞死人了！哎哟……哎哟……"人群都挤过来看。小燕子忍不住对官兵大嚷："你们不要那么凶，没看到他走路都走不稳吗？"晴儿睁大眼睛，瞪着老人，不知怎的，心脏就是怦怦跳，整个人都紧绷起来。她慌忙捡起拐杖，去递给老人，声音颤抖着："老先生！你的拐杖！""阿弥陀佛！姑娘好心！祝福姑娘，事事如意……"

老人一边说着，一边接拐杖，眼光和晴儿一接，手已经闪电般迅速，塞了一张纸条到晴儿手里。晴儿大震，紧紧地握着那张纸条，眼光定定地看着老人。两人电光石火间，交换了柔肠寸断的一瞥。原来，那个老人，竟是箫剑乔装的！

永琪和尔康没认出箫剑，生怕有闪失，急忙飞蹿过来，一边一个，去搀扶老人。"老伯伯，摔了哪里？站得起来吗？"永琪关心地问。老人颤巍巍地站了起来，对永琪、尔康、紫薇、小燕子、晴儿等人，眼光一扫："各位阿哥格格心肠好，菩萨保佑，大家长命百岁，阿弥陀佛！"几个人个个大震，目瞪口呆，这才发现老人是箫剑伪装，大家都吓得变色了。尔康第一个恢复镇定，一把抓住箫剑，低吼着："快让开！走那边……那边……"拉住箫剑的胳臂，把他一直拉进人群里，对他低低说了一句，"你疯了！好大的胆子！快走！""是！是！是！"箫剑一迭连声地应着，一钻，就钻进人潮中，消失了。晴儿、紫薇、小燕子三人对看，个个惊忙着。紫薇低声说："不要露出破绽，大家笑笑吧！一边笑，一边谈，自然一点！"小燕子就笑了起来，笑得有点夸张，声音颤抖着："哈哈，哈哈……紫薇，好紫薇，亲亲紫薇，你今晚一定要进宫，我们一起睡！我的心现在跳到喉咙口，快要从嘴里跳出来了！"晴儿惊魂未定，神志不清地低语："我……我……我的心已经跳得不见了……我要去烧香！我要去拜菩萨……我要去给菩萨磕头……"她语无伦次地说着，一面把纸条塞进衣服口袋里。这样一场小骚动，一点都没有惊扰到太后，大家鱼贯地进了庙，开始烧香祈福。太后虔诚地上香，虔诚地祝祷："但愿菩萨保佑我大清，国泰民安，风调雨顺！谢菩萨保佑东儿，渡过难关，保佑北京城，没有被天花夺走太多人命！阿弥陀佛！"

令妃跟着上香，也低低祝祷。然后，知画、小燕子、紫薇、晴儿一起上香，默默祝祷。各有各的心事，脸色都怪怪的。永琪和尔康在后面看，两人不时交换着紧张的眼神，生怕箫剑再出现。厅内香烟缭绕，檀香的味道，弥漫在空气里。知画虔诚地默默祝祷着，忽然间，一阵晕眩袭来，胃里顿时冒着酸水，要吐，急忙用手蒙住嘴，喃喃地说了一句："菩萨，对不起……"

知画就奔出上香行列，急往厅外冲去。太后一惊，问："怎么了，知画？""老佛爷别着急，我去照顾她！"令妃说，追了过去。

　　知画一直冲到厅外，站在庙宇那大大的天井中，呼吸了几口新鲜空气，终于把那反胃的不适克服了，她扶着柱子站着，脸色有些苍白。令妃关心地扶住她，急问："不舒服吗？""对不起！让娘娘操心了！"知画歉然地说，"这两天一直这样，胃不舒服！刚刚是香味太重了，给烟一熏，就想吐！"令妃眼睛一亮，仔细看她，问："知画，你是不是有好消息了？多久了？"

　　知画脸一红，头低了下去，无法掩饰那份喜悦，低低地说："还不知道……是不是呢？别说！"就凑在令妃耳边，说了两句悄悄话。令妃顿时眉开眼笑，惊喜莫名，喊着："那就是了！怎么不说呢？老佛爷到这儿来烧香，也是为了你呀！这可是天大的好消息！"令妃就牵着知画回到大厅。众人早已烧香完毕，都看着知画。只见知画笑吟吟，羞答答。令妃满脸的笑。

　　"知画，还好吧？"太后关心地问。"没事没事！"知画羞涩地笑着，眼睛亮晶晶的。令妃忍不住报喜："老佛爷！好消息好消息！老佛爷大喜了！"说着，就回头看永琪，再说，"五阿哥！好不容易，这次一定不会出问题了，恭喜恭喜！你要做阿玛了！"永琪一震，看知画，知画也看过来，对他悄悄地点了点头，垂下眼睑，抿着嘴角，绽开一个幸福的微笑。

　　太后大喜过望："哎呀！哎呀！太好了！赶快……"素斋也不吃了，茶也不喝了，急急地吩咐，"备车回宫！让知画好好休息！可别动了胎气！给知画准备一辆小轿子，她不能乘马车，马车颠得厉害！"

　　太监们大声应着：

"喳！奴才遵命！"一群人都奔出去备轿。小燕子听着看着，目瞪口呆了。紫薇和晴儿，看着小燕子，脸色都黯淡下来。永琪赶紧回头，搜寻着小燕子的眼光。两人的眼光一接，小燕子眼睛里盛满了失意。

他只能用自己的眼神，祈谅地、哀恳地、无奈地注视她，想把自己那矛盾的歉意和不变的爱意，传达到她的心里。小燕子没有接到这份"传达"，因为，她的心不管用了，在一阵撕裂般的痛楚之后，还噼里啪啦地裂成许多碎片，原来，心碎是有声音的！事实上，那阵噼里啪啦是庙祝在放鞭炮，讨好老佛爷、五阿哥和知画福晋。

从碧云寺回宫，已经是晚上了。太后迫不及待，就把知画带进了慈宁宫。

永琪、尔康、紫薇、小燕子、晴儿五个人，都回到景阳宫，进了小燕子的卧室，大家急急忙忙，把一扇扇的窗子全部关上，再把房门紧紧合上，他们有太多的话要谈。尔康看看四周，不放心地问：

"五阿哥，你这个景阳宫到底可靠不可靠？我们说话，会不会有人偷听？""这个……我可没把握，大家声音低一点！"永琪说，眼光还是注视着小燕子。晴儿还陷在和箫剑见面的紧张和兴奋里，说："我想，宫里任何地方都不可靠，但是，景阳宫还比较好！上次五阿哥对桂嬷嬷她们发了一顿大脾气，非常管用，现在，她们都不敢偷听了！"

紫薇看看晴儿说："你不回慈宁宫，老佛爷会不会起疑心？"

"她现在高兴得昏了头，知画又陪在那儿，她来不及要告诉知画各种要小心的事，又知道你在这儿，我一定会来，反正她没什么害怕的事，乐得去管知画，不管我了！"晴儿说。小燕子听了，心中真是五味杂陈，哀怨地看了永琪一眼。"哼！要当阿玛了！"她酸酸地说，对永琪双手抱拳，一揖到地，"恭喜恭喜！我做不到的事，总算有人帮你完成了！"永琪看着小燕子，眼里除了歉意和凄凉，还有温柔和无奈。他低声地、求饶地说："小燕子……我……"小燕子眼眶一红，打断他："不要说了，我……不想听！"就转开身子。永琪一急，拦住小燕子，激动起来：

"不想听也得听！"他看大家说，"你们大家，说我忘恩负义，说我残忍，说我不负责任……把我一步一步逼上梁山，你们如果再跟我生气，我算什么？我看，我现在就出宫，去把箫剑揪出来！都是为了他，才把我陷进这种困境，他居然没有离开北京，还胆敢公然出现，简直气死我了！"

"嘘！嘘！声音低一点！"紫薇上前，拉住小燕子，说，"现在，别忙着吃醋，好不好？箫剑没走，这个震撼实在太大了！""就是就是！不过，我现在想一想，这还真是箫剑的作风，他说过，最危险的地方，就是最安全的地方！"尔康说。晴儿就奔过去，拥抱了小燕子一下，兴奋地，喘息着喊："小燕了！不要生气嘛！等会儿关了房门，你再单独地审五阿哥，让他跪算盘，让他罚站……什么都可以，现在，先看看这个！"晴儿说着，就从口袋里掏出那张纸条，摊开来看。小燕子眼睛一亮，惊喊：

"他给了你一张纸条？"大家全部围拢，尔康移过来一盏灯，一齐读箫剑的信。只见信上写着：

晴儿，自从别后，魂牵梦萦，一日三秋，苦不堪言。可叹咫尺天涯，竟难以飞渡！尽管漫长等待，耗尽心力，却日日夜夜，从未放弃希望！宫中一切皆知，小燕子永琪等之付出，痛彻我心！紫薇尔康等之友谊，念念难忘！相逢有日，再见可期，务必坚持信念，守得云开见月明！纸短情长，言不尽意！珍重珍重，知名不具。

众人看完，大家抬起头来，个个情绪激动。晴儿含泪，更是一读再读。她震动已极，眼中闪亮，自言自语："务必坚持信念，守得云开见月明！还会有云开的时候吗？还会有月明的时候吗？我还能坚持信念吗？还能抱着希望吗？"小燕子眼中充泪，兴奋地说：

"能能能！晴儿！为了我哥，你一定要坚持！"再看看信笺，大骂，"什么哥哥嘛！明知道我也会看的信，四个字四个字地写，看得我头昏脑涨，累死我了！不过，我也看明白了，原来，他还没有死心，他还在等机会！"她拉着晴儿的手，热烈地嚷："晴儿，我哥哥真好，是不是？他才是最懂感情、最坚定的男人！"说着，又看看尔康，"尔康，你也是，你对紫薇，也是好得不能再好！"

晴儿把信纸压在胸前，又喜又悲地喊："他一定等这个机会，等了几百年！才等到我们去上香……"忽然脸色骤变，惊喊：

"糟糕！不行呀！不行！""什么东西不行？"紫薇紧张地问。

"我发过重誓，我对老佛爷发过毒誓，如果我再和萧剑来往，萧剑会……会……会……"

她说不下去，颤抖起来。"哎呀！你不要傻了！"小燕子喊，"那种毒誓，根本不会应验的！我发过好多誓，什么毒誓都有！最常说的是，如果我再撒谎，我就变成乌龟王八蛋！你看，我有没有变？""可是……我还是很害怕，真的很害怕！我发誓的时候，是诚心诚意的！"尔康看看晴儿，有力地说：

"晴儿，不要怕！你发誓是不得已的事！老天不会跟你认真的！"他看着众人，分析着，"萧剑藏在北京，我们已经知道了！但是，他没有跟我们任何一个联系，连柳青都不知道他的下落，可见他也非常小心！他这人，到处有朋友，老欧好像也在北京附近！只要他不被监禁，他有的是办法！我们可以不必担心他！他既然没有放弃希望，他一定还会有举动，我们只有处处提防，静观其变！"

"这不是很危险吗？"永琪说，"下次，他不知道又用什么身份冒出来！今天，他的化装非常好，把我都唬住了，没有近看，真的看不出来！不过，在这么多人面前出现，他实在太大胆了！"

"虽然大胆，也是仔细计划过的，我想，很多帮手，都藏在人群里！"尔康说着，看晴儿，"倒是晴儿，你在老佛爷面前，千万不要露出痕迹，这封信，我相信你已经会背了！给我！我要把它烧掉！免得小燕子又要吃信纸！"

尔康伸手给晴儿，晴儿不舍，终究还是理智地递给他。尔康把信笺放在灯上，信笺转瞬就烧掉了。晴儿看着那封信变成灰烬，眼中泪汪汪，惋惜地说："他冒了这么大的危险，只为了要见我一面！好不容易送张字条给我，又被烧掉了！"

"不只要见你一面，他还送来一个信息，就是要我们大家知道，他仍然和我们在一起，不管是他的心，还是他的人！字条烧掉有什么关系？这份心烧不掉！"紫薇安慰着她。小燕子吸了吸鼻子，眼中也是泪汪汪，说：

"晴儿！你掉什么眼泪？你太幸福了！虽然我哥不在你身边，可是，他的心是你的，他的人也是你的！哪像我，熬了这么多年，熬到半个人！"她再看永琪一眼，想到知画已经怀孕了，更是酸楚，"我这儿只有一半，人家那儿，快要变成一个半了！"

小燕子左一句，右一句，句句刺向永琪。永琪被深深地刺痛了，忍不住说："反正我里外不是人！如果你一直这样夹枪带棒地骂我，我还是走开算了！"尔康一把拉住了永琪，说："你走到哪儿去？不是你走！是我们该走了！晴儿，你回慈宁宫，我和紫薇，也要回家了！"他拍拍永琪的肩，示意要他安慰小燕子，"你和小燕子，大概也有话要谈吧！""紫薇！说好的，你要在我这儿过夜的！"小燕子喊。紫薇笑着，歉然地说："不行呀！东儿自从生了一场大病，就离不开我，每晚，一定要我亲亲抱抱，才肯去睡，现在已经不早了，我得赶回去跟他亲亲抱抱！"小燕子一听，心中的酸楚就决了堤，顿时泪盈于睫，颤声地说："亲亲抱抱，有儿子真好！我就没这个福分……"

小燕子说得心酸，大家都呆住了，感染着她的伤心。永琪凝视着她，立即觉得，自己简直是"罪该万死"，犯罪感又排山倒海般涌上心头。

尔康一招手，紫薇和晴儿，就都跟着尔康出门去。

"小燕子！我走了！你要好好的，知道吗？"紫薇叮嘱。

"小燕子！我明天再来看你，保持好心情！知道吗？"晴儿也叮嘱。

尔康开门，三人出门去了。永琪看到大家都走了，就奔上前来，把小燕子一把抱住，激动地、热情奔放地、坦诚地喊：

"我知道你现在有多恨我，我知道你心里的矛盾和痛苦，要你假装快乐，那是不可能的！我不能为自己说什么，过去的事，都已经成了事实，我无从改变，但是，我发誓，我再也不会跟她上床了！她问我要一个孩子，我给了她！算是我还了债！以后，我的生命里，只有你！只有你！"

小燕子睁着带泪的眸子，看着真挚而着急的永琪，心中绞痛，哑声地说："我知道我不应该这样，可是……我嫉妒！我发疯一样地嫉妒！我没办法再说好听的话，我没办法控制自己了！我吃醋，发疯一样地吃醋！""我明白！我都明白……我后悔，发疯一样地后悔！不过……"永琪吻着她的鬓角，她的面颊。

"我们还有那么多的时间，我们也可以有很多孩子！以后……我只跟你生孩子！我发誓！"

小燕子不说话，柔肠百转，深深地看了他一眼，就依偎在他怀里。再多的怨，再多的恨，再多的嫉妒……都抵不过那份不舍和爱恋。她的头，情不自禁地靠在他肩上。他用下巴贴着她的鬓角，双手紧紧地、紧紧地揽着她的腰。此时此刻，任何语言都是多余的。她的心，依旧痛楚迸裂，但是，她已经可以听到他的心声了。他的心，在反复地低喊着她的名字！

晚膳之后，知画才从慈宁宫回来。桂嬷嬷、珍儿、翠儿和几个嬷嬷宫女，簇拥着她走进大厅，后面跟着一排太监，捧着各种赏赐，鱼贯进房。桂嬷嬷像捧着一件珍贵的瓷器一般，呵护备至，小心翼翼地说：

"福晋小心，这儿有门槛，别绊着了！"珍儿翠儿就奔过去，把椅子放在正中，扶着知画坐下。后面的一排太监，纷纷站定，就有一个太监，大声报着："皇上有旨！景阳宫接赏！"永琪和小燕子，听到声音，诧异地走进大厅来。明月、彩霞、小邓子、小卓子也惊奇地进房，站在一角观看。只见太监们，把一件件东西呈上，放在大厅的桌子上，每呈一件，报一件："皇上有旨，赐燕窝十二盒给福晋进补！""皇上有旨，赐灵芝十二株给福晋进补！""皇上有旨，赐人参十盒，给福晋进补！""皇上有旨，赐海参十盒，给福晋进补！""皇上有旨，赐珍珠十二串，给福晋赏玩！""皇上有旨，赐观音玉佛一尊，保福晋平安！""皇上有旨，赐吉祥如意锁一片，保福晋平安！""皇上有旨，赐百子被一条，保福晋母子安康！"

太监报告完毕，赏赐物已经堆满一桌。知画站起身来，在桂嬷嬷和珍儿扶持下，要跪拜，说："知画谢皇阿玛赏赐……"太监疾呼："皇上有旨，福晋身子重要，免礼！"桂嬷嬷和珍儿，赶紧扶着知画站起身。太监此时才对永琪、小燕子行礼："五阿哥吉祥！福晋吉祥！还珠格格吉祥！奴才告退！"太监们行礼完毕，全部鱼贯退出。

永琪看得发怔。这番排场，把宫廷里的势力表露无遗，赏赐中一句也没提到小燕子，太监退出时，把"福晋"说在"还珠格格"前面，一些小小的地方，都可以看出太后和乾隆的心意。永琪实在代小燕子难过，眼光就不由自主地转向小燕子。

小燕子却强忍着伤痛的情绪，走到知画面前，说："知画！恭喜恭喜！总算心想事成了！"知画急忙给小燕子行礼，脸红红地、羞涩地说：

"真不好意思，不知道皇阿玛为什么要赏赐这么多？只是一件小事嘛，闹得整个皇宫都惊动了，弄得我好紧张。姐姐两个孩子都没保住，我现在是大步都不敢跨，大气都不敢出，什么叫作'身负重任'，这下才明白了！"

知画说得谦虚，却难掩得意之色，小燕子更是"情何以堪"了，张着嘴，还想说几句漂漂亮亮、潇潇洒洒的祝福话，谁知，一句都说不出口。要她诚诚恳恳去"恭喜"另一个女人——因为她怀了自己丈夫的孩子，她怎么也做不到。她忽然醒悟，那个乐观的、没心机的、快乐的小燕子，已经不知去向了。

永琪看看小燕子，看看知画。在小燕子脸上，看到了无尽的落寞；在知画脸上，看到了深深的幸福。他深吸了一口气，觉得必须了断，就神色严肃地对知画说："知画，我们回房间去，我有话要跟你说！"知画似乎吓了一跳。她抬眼看永琪，看到他神色凝重，她的心就狂跳起来。眼神里，顿时充满了戒备和恐惧。她顺从地跟着他，走进了房间。永琪细心地关上房门，就回过身子，面对着她。他正视着她，柔声地说："知画，首先，我要恭喜你，你想要一个孩子，总算让你称心如意了！"知画睁着一对黑白分明的眸子，一眨也不眨地凝视着他。

"我下面要说的话，很难启齿，但是，我却不能不说！"他顿了顿，叹口气再说，"你是一个很好的姑娘，嫁给我，你太委屈！从一开始，我就没有骗过你，我和小燕子，是患难知己，我对她，一直都是心无二志的，这些，你早就明白了，我也不多说了！现在，你有了孩子，我希望是个儿子，那么，你以后也有了依靠！万一是个女儿，一定像你一样，冰雪聪明，可以跟你做伴！我想，我对你只能付出这么多，请你谅解以后，如果没有事情，我大概就不会再到这儿来……"

知画听到这儿，脸色唰地就变白了，她往前一迈步，急急打断："别说了！我明白了！"永琪住口，看着她。只见她眉毛一抬，眼神变得非常凄厉。她沉重地吸口气，紧盯着他，清清楚楚地说：

"让我告诉你，今天，在慈宁宫，太医证实我确实有了身孕，老佛爷高兴得不得了，皇阿玛也赏赐多多，我晕陶陶像做梦一样，觉得我是天下最幸福的女子！以为回到景阳宫，你会多么开心，毕竟，这也是你的孩子呀！我一直想，你会怎样？会不会对我特别好？会不会说些好听的话？会不会期待这个孩子？会不会急着给孩子取名字？会不会这样，会不会那样，我想了几千几万种！我心里这样想着，就急得不得了，只想赶快回来！结果，我回来了，你却来告诉我，你要把我打进冷宫，让我以后，靠着这个孩子度日！这话，是你说得出口的吗？人间怎有像你这样绝情的人？你这一盆冷水，真浇得我透心彻骨地冷！你太狠了！"

永琪踉跄一退，被知画的话，逼得冷汗涔涔了。他讷讷地说：

"对不起……我很惭愧！你有了身孕，我当然是高兴的！我已经不小了，早就该做阿玛了。不过……我想让你明白的，是我的感情！我抱歉，我不是那种可以把自己的感情，分成好多份，一人给一份的那种人……"

知画冷冷地打断，有力地说：

"你这么爱姐姐，当初为什么要答应娶我？只为了要我救箫剑吗？救完了人，就可以把我一脚端开了吗？"她重重地点头，语气里尽是悲愤，"飞鸟尽，良弓藏；狡兔死，走狗烹！这就是你五阿哥的作风！你不怕传出江湖，被天下人耻笑吗？我没有做错任何事，自认对得起你，对得起皇阿玛，对得起老佛爷，对得起你们爱新觉罗的列祖列宗！你这样待我，你对得起自己的良心吗？对得起我的爹娘吗？对得起我吗？你心里只有一个小燕子，还有没有天理呢？"

知画字字句句，铿锵有力，永琪从来没有看过她这种神态，惊得怔住了。

"我以为你了解……我以为我给你的，已经够了，你不是要个孩子吗？你不是要福晋的身份地位吗？这些都给你，不能给的，只是我这个人而已……"知画脸色一变，忽然变得非常温柔了，幽幽一叹，她凄凉地说：

"永琪……不要傻了，没有你，身份、地位、孩子、金钱、皇宫……这一切的一切，对我都是空的！让我义无反顾地嫁给你的，就是你这个人呀！让我跟着老佛爷进宫，远离爹娘和家人的，也是你这个人呀！让我心甘情愿怀你的孩子，要给你生儿育女的，也是你这个人呀！你难道一点体会都没有吗？你怎么忍心这样对我呢？"说着说着，泪珠就涌出了眼眶，她走上前去，拉住了他的手，"你的话，实在让我万箭穿心，痛不欲生！就算你不喜欢我，也可以虚情假意，敷衍敷衍我，为什么要对我这么冷酷呢？我到底做错了什么呢？"

永琪又惊又痛地瞪着她，毫无招架之力，只觉得自己差劲透了。

知画看了他好一会儿，忍辱负重地、委曲求全地说：

"不要再说了！我们还有一生一世要过。我会忘掉你今晚讲的话，这间房间，你愿意进来就进来，不愿意进来，我也无法勉强！但是，我会期盼着你，即使不做夫妻，我们也可以谈谈诗词，谈谈戏曲，画画写字……无论如何，你是我孩子的阿玛！是我生命里最重要的人！"

知画时而凌厉，时而温柔，每句话都说得掷地有声，言之成理。永琪不知该如何应对，只能被动地看着她。他觉得自己被困住了，一种无助的感觉兜心而来，不知道怎么会弄成这样？她不是什么都不要吗？怎么又要起他这个人来了？她那句"我们还有一生一世要过"，简直让他不寒而栗！这"一生一世"，夹在她和小燕子之间，他怎么过？他掉进陷阱里去了，这个陷阱，深不见底，他可能要付出一生来挣扎，这一生里，跟着他一起沉沦的，还有眼前这两个女人！她们一个也逃不掉，他怎么办？

就在他左右为难、不知所措的时候，一件大事发生了。这件事，改变了所有人的命运，也改变了永琪的命运。这件事就是，清缅战争爆发了！

第三十六章

这天，一队快马，来到宫门前。傅恒滚鞍下马，跟着尔康，直奔乾隆的书房。乾隆正在写字，福伦和数十位大臣在旁观，永琪也侍立在侧。外面传来太监大声的通报：

"傅大人到！额驸大人到！李大人到！纪大人到……"这么多大臣突然来到，必有大事！乾隆一惊起身，只见傅恒、尔康带着众大臣，急急忙忙走进，全部行礼如仪。乾隆看到个个大臣，都是一脸的严肃，赶紧搁笔起身，说："傅恒，你们这么多人急匆匆赶来，希望没有坏消息！""皇上圣明！"傅恒拱手说，"消息确实不好，缅甸国王猛白带着大军，分东西两路进攻，打进云南！西路已经攻占了打乐、猛遮、九龙江一带！东路也打进橄榄坝、整欠、猛阿一带！"乾隆大惊，急问：

"怎会这样？刘藻在干什么？他前一阵子不是还有捷报传来吗？"永琪再也忍不住，往前一步，急急说："皇阿玛！儿臣在几个月前，就分析过，刘藻是儒将，不能带兵！上次的捷报，多半是假的！不可相信！""五阿哥说的，就是臣要禀报的！"傅恒点头说，"刘藻实际是打了败仗，却以败报大捷！"乾隆怒不可遏，一拍桌子说："岂有此理！刘藻不想活了吗？"就急切地看着傅恒，"那么，现在那儿的情况怎样？照你这么说，不是边境许多城市都丢掉了吗？"尔康一步上前，急忙禀告："皇阿玛不要着急，在普洱，我们还有一员大将守着呢！总兵刘德成很会带兵打仗，一定会死守普洱！我们赶快调兵救援，和缅甸宣战！势必把他们赶出云南！"

乾隆被提醒了："是啊！还有刘德成呢！普洱情况如何？""好像刘藻和刘德成意见不合，自己就闹了一个势不两立！"傅恒说："刘德成提出的许多建议，刘藻全部不听！刘德成拿刘藻没办法……"他双手一拱，着急地说，"皇上，臣请旨，带兵去云南！"

"傅六叔！"永琪开口了，最近几个月，他都在研究云南问题，对清缅边境的情况，相当了解，"只怕刘藻也不会听你的！必须要有一个身份不同的人去制他！你知道，将在外，君命有所不受！"

"儿臣福尔康请旨，带兵去云南！"尔康就急急接口。

福伦也疾步而出，说：

"福伦也请旨，和尔康一起去！"

"皇阿玛！"永琪慷慨激昂地说，"恐怕尔康的身份也不够，还是儿臣去，最为理想！我从小就练武，这两年，对边疆问题也研究了很多，尤其缅甸的问题！请允许儿臣走一趟！这是我应该做的！"尔康急忙接口："五阿哥去，我也去！我和五阿哥情同手足，这些年，也一起面对过许多大事，我可以保护五阿哥！至于我阿玛，年事已高，还是留在京里伺候皇阿玛比较好！"

乾隆看看永琪，看看尔康，也觉得他们两个，是最佳人选，却有担忧和不舍。但是，如果要立永琪为太子，先让他上战场历练一番，也是件好事。就怕战场上，有所闪失。尔康这个女婿，更是宠爱有加，上战场和护驾不一样，他能带兵遣将吗？乾隆还在犹豫，永琪再上前一步，积极地说：

"如果要带兵去打，事不宜迟！从这儿到云南，大军开拔过去，到了云南，恐怕就是冬天了！皇阿玛！您没有多少时间来考虑！我知道您对我和尔康，还有很多不放心，也有很多舍不得。但是，没有经过烈火的锻炼，怎么会成大器呢？儿臣有信心，一定会打赢这一仗！"

乾隆沉吟再三，终于点头了，说："傅恒，你陪着他们两个去！你经验多，还是主将，朕命你为征南大将军！永琪和尔康是你的左副将和右副将！至于福伦，你两个儿子，都不在身边，你就留在京里吧！"永琪、尔康、傅恒、福伦全部行礼，大声应道："儿臣／臣遵旨！"

尔康要和五阿哥一起上战场！学士府里，顿时乱成一团。福晋完全无法接受这件事，紧张地对福伦说："要去云南打仗？三天以后就开拔？怎么这么突然？准备东西都来不及……你怎么不禀告皇上，尔泰在西藏，家里就一个尔康，我们需要他呀！"

"别说傻话了，这是尔康自己请旨的！"福伦义无反顾地说，"我们福家，世代武将，尔康被皇上选中，封为右将军，带兵打仗，这是件光彩的大事！不要婆婆妈妈，赶紧帮他准备行李吧！"

紫薇赶紧把东儿交给奶娘，急急地说：

"额娘，我来准备！上次南巡，也是我在准备行装，我知道
要准备些什么！"尔康看着紫薇，已经离愁万斛了，说："紫薇，
这次跟南巡不一样！南巡还有游山玩水的性质，这次是打仗！平
时都穿盔甲和官服，那些平日的服装，能省就省了，轻骑简装为
原则！""是！"紫薇应着，眼里顿时充满了泪水，对两老匆匆请
安，"那……我进房去准备！"紫薇就转身奔进房去。尔康看她这
种样子，心里一抽，也跟进房去。到了房里，就看到紫薇用手蒙
着脸在哭，双肩抽动着。他冲上前来，一把握住她的双肩："紫
薇，不要这样子……不要哭！"紫薇急忙拭去了泪，抬头，笑着说：

"我没哭，没哭……就是有点措手不及……和你成婚以来，
从来没有分开过，上次南巡，也跟你在一起，现在，突然之间，
听说你要去打仗，就有些手忙脚乱了！你一定会打个胜仗回来，
一定会所向披靡，把敌人打得落花流水！我哭什么？傻里傻气！"

尔康深深地凝视她，柔声说：

"我知道你很担心，很害怕，又很舍不得！你心里的千言万
语，我早已听得清清楚楚！紫薇，你放心！我会平安地去，平安
地回来！自从和你共同面对东儿的病，和几乎失去东儿的恐惧，
我就知道，活着是多么重要，在有人爱你的时候，生命是最宝
贵的东西，人，要为那些爱你的人而活着！紫薇，你不要害怕，
不要担心，我会为你，为东儿，为阿玛和额娘……好好地爱护
自己！"

尔康说完，紫薇就抓住他的手，热烈地瞅着他：

"这是你的承诺！你一定要记住！战场上危机四伏，你不要太神勇，什么都不怕！刀枪都不长眼睛，你一定、一定、一定要为我和东儿，安全回家，如果你失信了，我一生一世都不会原谅你！"她顿了顿，又郑重地、加强语气地说，"不只一生一世，我来生来世，也不会原谅你！"

"是！"尔康郑重地承诺，"我知道了，我会时时刻刻提醒自己，我会遵守我对你的承诺！我一定、一定、一定安全回家！"他抱住她，凝视她，低声地、缠绵地说："紫薇，自从认识你到今天，这么多年以来，你在我心里已经根深蒂固，我们也没有远别过，我也……实在舍不得离开你！我想，我不在你身边的日子，我的魂魄也会飘到你身边来！"

紫薇听到"魂魄"字样，忽然背脊发冷，激灵灵地打了一个冷战。尔康警觉到自己用词不当，赶紧说："不要胡思乱想！我的意思是说，我在梦里也会和你相会！我一直很喜欢你写的那首歌，梦里！"紫薇就把他紧紧一抱，热烈地嚷："不管是醒着睡着，不管是梦里梦外，不管是白天黑夜……我都记着你的承诺！我在家里照顾东儿，照顾阿玛和额娘，等你回来！"

尔康眼里湿湿的，把她紧紧紧紧地抱着。此时此刻，真是聚也依依，别也依依！

学士府里，是一片离愁别绪；景阳宫里，也是一团纷乱。

乍然得到消息，知画吓得手里的茶杯，都掉在地上打碎了。"打仗？去云南打仗？要去多久？什么时候回来？"她心慌意乱地问。"打仗的事，谁也说不定！"永琪说，"不过，从北京到云南，路上就要走一个月……战事顺利，说不定几个月内就回来了；如果不顺利，打上三年五载也有可能！"

小燕子满脸惊怔地站在那儿，听到永琪这样说，就想也不想地大喊："明月，彩霞！赶快去收拾行李，我的衣服也要装箱！""是！"明月、彩霞应着，立刻出房去。"还有我的箫，我的剑，和我的鞭子……算了，我自己来收！"

小燕子向外就走，永琪一把拉住了她："你要做什么？""我跟你一起去！我也学了一身功夫，以前的技术不好，现在已经好多了！骑马打仗都难不住我！你去云南打仗，要我在宫里等你三年五年，我才不要！而且，那个云南，不是有个大理吗？说不定还可以去大理看看！""不行！你不能去！"

"为什么我不能去？"

"你用用思想，用用脑筋！"永琪着急地说，"皇阿玛让我当左将军，是将军呀！我的身份又是阿哥，怎么说，都是带头的人，如果我打仗，还把老婆带在身边，那所有的军官、士兵都要跟着学，人人带老婆，还打什么仗？不可以！这是绝对不行的！"

"那……"小燕子怔了怔，说，"我悄悄跟在你后面。我女扮男装，不会让人注意，这总可以了吧？""也不许！"永琪凝视她，认真地说，"小燕子，你让我去打一场轰轰烈烈的仗，这是我期待已久的事，是我义不容辞的事，你不要破坏我，好不好？不要让我有后顾之忧！"小燕子待着，不说话了。知画一直看着永琪，听说这一去，可能三年五载，心里已经乱成一团。本来，和小燕子争宠，已经处于下风，还想慢慢培养感情，现在，他居然要去打仗！他走了，她要怎么办？想着，就一脸凄惨无助的神色，走了过来问："永琪，我可以帮什么忙？"永琪惊觉过来，看了知画一眼，体会到她的茫然失措，也有些感动、有些不忍。"不用了，军中人手很多，什么事都有人做！你们真的不用忙。"他凝视知画，"你是有身孕的人，以后，好好照顾自己，照顾那个孩子吧！""你放心！我会的！"

知画就走到小燕子身边，说："姐姐，我来帮你，一起给五阿哥准备行装！""不需要了，你现在是很重要、很尊贵的人！"小燕子拼命摇头，"收箱子，搬行李……万一动了胎气怎么办？"

永琪看看小燕子，看看知画，忽然觉得隐忧重重。自己一走，留下这样两个女人在宫里，谁知道会发生什么事？小燕子有身世的秘密，又心无城府，个性冲动。偏偏知画知道这个秘密，却很有城府，深藏不露。她们相处得好，或者还能维持表面的平静，万一相处不好，说不定会有大祸！这样想着，他一个激动，就一步上前，一手拉住知画，一手拉住小燕子，诚挚地说：

"你们两个，听我说几句话！你们虽然都住在景阳宫，虽然都跟我成了亲，但是，你们是友是敌，我弄不清楚，说不定，你们自己也弄不清楚！如果我在这儿，无论如何，可以缓冲你们的战争，化解你们内心的不平。但是，我要走了，剩下你们两个，要面对老佛爷，面对皇阿玛，还要面对你们彼此……我，还真不放心！"他转向知画，深刻地说，"知画，小燕子粗心大意，但是，对谁都没有坏心眼！她不像你这么细心周到，也不像你能够讨老佛爷和皇阿玛的欢心，你，要照顾她！"

永琪说完，两个女人都变色了。小燕子背脊一挺，冲口而出："不用了！我哪里需要知画照顾，我又不是小孩子！"

知画听出永琪言下之意，是她比小燕子厉害，比小燕子有心机，他还是口口声声，护着小燕子。她心有不平，却按捺住自己的不满，凝视永琪，柔声说：

　　"永琪，你的意思我明白了！你放心，我不会和姐姐变成敌人，我们是姊妹！至于姐姐和皇阿玛之间的矛盾，和老佛爷之间的矛盾，我都会尽我的力量去化解！你安心地打仗去！需要你担心的，是前线的敌人，是缅甸人，不是我们！"

　　知画说得诚恳，永琪就如释重负地松了口气，又十分不放心地看着小燕子："小燕子……答应我，要跟知画和平相处！""我们不是一直很和平吗？干吗要这么严肃地叮嘱我？难道你怕我欺负她？"小燕子早就被离愁弄得心烦意乱，又被他们这番话弄得更加难过，见永琪一直盯着她，就飞快地说："好嘛好嘛！我答应就是了！"她心中一酸，转身就冲出房，"我去收拾东西！"小燕子一跑，永琪丢下知画，也跟着冲出房。剩下知画，怅然地站着。明月、彩霞正在房里收一口大箱子，春夏秋冬的衣服都往里放，看到小燕子和永琪进房，明月就急急问："格格！春夏秋冬的衣服是不是都得准备？转眼就是冬天了，皮袄皮帽都得带着！""是呀！万一真要在外面过三年五载，衣裳必须带够才行……那，这一口箱子不够，要再去搬几口箱子来！"小燕子听到这话，眼眶就湿了。永琪对两个丫头挥挥手，说：

　　"你们先出去，让我跟格格说说话！"

　　"我们再去找箱子……"

　　"不要再找箱子了，这口箱子我也不带！我带着大队人马行军，是准备去吃苦的，不是去当皇子的，打仗的时候，谁帮我扛箱子？不要乱忙了，军队里有军衣军氅，什么都有！”

明月、彩霞应着，赶紧出房去。

小燕子蓦然转身，奔过来拉着永琪的手，热烈地喊：

“让我陪你一起去，求求你！我一定不会闯祸，我现在不是以前的小燕子，我懂事了，长大了，知道分寸了！我打扮成一个小兵，跟在你身边，帮你打杂服侍你！我发誓会遵守所有的纪律，绝对绝对不闯祸！”

“小燕子啊！”永琪诚挚地说，“我也想带着你，我也舍不得跟你分开！可是，这次真的不行！这是我有生以来，第一次去前线打仗，第一次担负这么重的责任，第一次被皇阿玛重用，我全心全意想打赢这一仗。你跟在我身边，别说有多少的不妥，最重要的是，你会让我分心，让我无法专心作战！你想想，这么多年以来，只要你跟着我，我的一颗心，就悬在你身上，怕你闯祸，怕你冲动，怕你被人打死！这样，我怎么有力气去打仗？如果你真的长大了、懂事了，你就会了解我的苦衷，留在宫里，等我回来！”

小燕子凝视着他，听他说得这么诚恳，知道他说的都是实情，怪只怪自己的个性，老是闯祸，才让他对她失去信心。但是，身为将军，带着她确实不妥吧！她愁肠百转，却懂得他的意思了。

“那你要早点回来，顶多半年，假若真的要等三年五载，等你回来，我一定早就断气了！”“你能不能讲一点好听的呢？”他依依不舍地盯着她。“是！”她的眼睛湿湿的，“可是我想不出来什么好听的！我心里乱七八糟！”

他深深看着她，真是千不放心，万不放心。他叮嘱地说：

"我还是对你不放心！在我离开的日子里，你千万不要和老佛爷、皇阿玛起冲突，到时候没有人救你，我不在你身边，金牌令箭又被皇阿玛收回了……你要为我，保护好自己……"他捧起她的脸，拍了拍她的头，"你这颗脑袋，我喜欢得不得了，你千万要留着它！"

小燕子感动极了，眼里泪汪汪的。

"我知道了，我答应你，我会放下和皇阿玛的仇恨，专心等你回来！我也会和知画和平相处，帮你照顾你那个没出世的孩子！"她的眼神坚定起来，勇敢起来，"你去把那些'面店'收服，打他一个落花流水！我不让你操心，我会表现得很好，绝对不会让你丢脸！"她摸摸永琪的脸，也拍了拍他的头，"你这颗脑袋，我也喜欢得不得了，你也要为我，保护好这颗脑袋！"

永琪微笑起来，重重地点头说：

"我们一言为定！"

两人手握着手，眼睛对着眼睛，长长久久地互视着。

第二天晚上，乾隆在宫里，为三位将军饯行。戏台上，一队穿着盔甲的武士，正在表演一支"英雄出征舞"。武士们舞动旗帜，随着雄壮的节奏，舞蹈得雄赳赳、气昂昂。

舞台下，一桌一桌的酒席。乾隆和永琪、尔康、紫薇、小燕子、知画、晴儿、太后、令妃、傅恒、福伦、福晋一桌。其他妃嫔贵妇和皇室贵族等人，坐满了台下的桌子。出征舞告一段落，众人疯狂鼓掌。乾隆起身，举杯大声说：

"后天，傅恒、永琪和尔康就要出发，为我们大清去打一场很辛苦的仗！让我们大家干一杯，预祝他们胜利归来！"全部的人，都早已起立，众人举杯，全部干了杯，齐声祝贺："皇上洪福齐天，预祝傅将军、五阿哥、福额驸，马到成功，胜利归来！"傅恒、尔康、永琪赶紧举杯，一饮而尽。永琪说：

"谢谢皇阿玛！谢谢大家，希望我们不负众望！"大家坐下，宫女们像穿花蝴蝶般上菜上酒。太后不舍地看看永琪，看看尔康，埋怨地说：

"皇帝！朝里那么多大臣，你谁不好派去打仗，偏偏派了永琪和尔康，他们两个这么年轻，跑到那么远的地方去，这一去，不知道要走多久！人家小夫妻，也在热头上，就让人家分离，你怎么舍得呢？"太后这样一说，知画、紫薇都不好意思地垂下头，只有小燕子睁大眼睛，神思恍惚。乾隆看着紫薇等女眷，颔首沉吟："老佛爷说得也是！好像有些残忍啊！"尔康就笑着说：

"老佛爷，你不要心疼，我们这些年，也玩够了！是该磨炼我们、考验我们的时候了！我们不去，别人也要去，几万大军，个个家里都有妻子，也一样要忍受别离之苦！如果我们受不了，他们又怎么受得了？"

乾隆赞赏地看着尔康，说："尔康，说得好！希望紫薇也跟你一样潇洒，没有在心里骂我这个皇阿玛！"紫薇脸一红，赶紧强笑着接口："皇阿玛！别嘲笑我了！尔康去打仗，是义不容辞的事，皇阿玛重用他，我只为他感到骄傲！""好！"乾隆看向知画，"知画！你呢？"知画凝视乾隆，半带忧虑半带愁，沉吟地说："皇阿玛！这两天，我确实寝食不安！如果我说我没有离愁，皇阿玛也不会相信的！我一直在想，以前不了解岑参的诗，'将军金甲夜不脱，半夜军行戈相拨，风头如刀面如割'是什么情景，现在可以想象了！"永琪生怕太后听了更加心痛，赶紧接口："但是，我们应该是这首诗的最后三句'虏骑闻之应胆慑，料知短兵不敢接，车师西门伫献捷'！皇阿玛，老佛爷，不要担心了，我们一定会打一个胜仗回来！"乾隆大笑，由衷地赞美："好！好！好！真是朕的好儿女！真是文有文才，武有武才！"就喊，"永璇！你代表弟弟妹妹们，敬两位要出征的哥哥一杯！"隔壁一桌的永璇就站起身，恭恭敬敬地举杯说："永璇代表其他的阿哥和格格，敬两位哥哥，祝你们攻无不克，战无不胜！胜利归来！"永琪和尔康，都一口饮干了杯子，然后，令妃举起了酒杯，说："来来来！让我代表宫里的娘娘们，也敬三位英雄一杯！"傅恒、永琪、尔康都惶恐地举杯，连说不敢，干了杯。令妃才坐下，晴儿就接着举杯说："我也要祝傅将军和两位英雄，把敌人打败就好，穷寇莫追！要早去早回！记住这儿有好多的人，在等你们回家，要写信报平安哟！""晴格格说的，就是我想说的！希望你们每到一站，都派快马回家，一定要让家人知道你们的情形呀！"福晋含泪说。福伦笑了，不好意思地说："皇上别见笑，她们女人的心思，就和男人不一样！"回头看福晋，"前线打仗都来不及，哪有时间写家书呢？别为难他们了，让他们安心地打仗吧！"尔康看看两老，看看紫薇："我会写信的！放心，只要有时间，我会随时写信报平安！"

乾隆笑着说："福学士，你不要操心了，有紫薇在家，要他不写信都难！""皇阿玛，怎么总是取笑我呢？"紫薇羞红了脸，低声地说。"哈哈！小两口感情好，是件好事！朕说的是实情，哪有取笑？"

众人见乾隆兴致高昂，也附和地笑。永琪一直心事重重，若有所思。此时，就很担心地看着太后，委婉地开口说：

"老佛爷，知画有了身孕，拜托老佛爷照顾！还有……小燕子的一切，一切的一切，请老佛爷看在我出门在外的分上，多多包涵她一点……"他暗示太后，对小燕子的身世，千万要保密。

太后一叹，认真地、诚恳地看着这个心爱的孙儿："永琪，你安心地去打仗吧！你的意思我明白了！其实，我也很疼小燕子的！"

小燕子看到永琪这样放心不下她，已经叮嘱了知画，叮嘱了自己，现在又叮嘱太后。真是心心念念都是她！他担心的，不是自己在战场上的安危，而是她在宫里的安危。这份爱，还能怀疑吗？体会到这点，她那颗炽热的心，就更加沸沸腾腾了。一个激动之下，她突然起身，对乾隆诚挚地说：

"皇阿玛！我要敬您一杯酒，请您原谅我这些日子以来，对您不礼貌的地方！永琪要去打仗了，我不能再让他操心我，我会约束自己，不再让您生气！"她咽了口气，强忍内心的挣扎，一咬牙说，"皇阿玛，请记住我的好，忘掉我的错，至于上辈子的债，我也不算了！"

小燕子说得委婉谦卑，永琪、尔康、紫薇、太后都听得十分动容。但是，听到最后一句，大家都吓了一跳。乾隆见小燕子低声下气地认错，又是意外，又是感动，听到最后一句，也是一脸的错愕。

"太难得了！小燕子也会认错！"乾隆纳闷地说，"可是朕听得有点糊里糊涂，什么叫作'上辈子的债'？"太后和知画交换眼神，永琪睁大眼睛，好着急。不料小燕子眼珠一转，解释着：

"我常常听人说，儿女都是父母的债，我被皇阿玛认作女儿，发生好多稀奇古怪的事，又常惹皇阿玛生气，不知道是不是来讨债？如果我是，这笔债我就……我就……不讨了！"乾隆愣了愣，大笑起来。

"哈哈哈哈，原来是这样，你放了朕一马！稀奇呀，稀奇！"他皱皱眉头，想了想，再说，"朕觉得，朕常常被你弄得团团转，确实欠了你的！好吧！这个债咱们都不要算了！希望你快点变回原来那个小燕子！"

"是！"小燕子顺从地说，坐了下来。永琪和尔康等人，听得提心吊胆，此时，才松了一口气。大家坐下，喝酒吃饭。台上音乐一变，节奏强烈雄壮，武士们长剑挥舞，虎虎生风。众人都被舞台上威武的表演吸引了。舞蹈者边舞边歌，歌声慷慨激昂：

旗正飘飘，马正萧萧，征人远去，就在今朝！莫为离别苦，当为英雄笑！长戈直指向匈奴，铁骑如风意气高！

旗正飘飘，马正萧萧，胜利归来，就在明朝！男儿征战去，女儿缝征袍！一身转战三千里，赢得千秋万世豪！

转眼间，就到了离别前一晚。在学士府，尔康初试武装。他穿着一身镶红旗的盔甲，站在室内，看来英姿焕发。紫薇、福伦、福晋围绕着他，上上下下地看着。福晋问："不错！蛮合身的！这样穿，真是帅气得不得了！明天出发，就穿这样吗？""是！这次有三旗的队伍一起出发，都要穿三旗的军服！"

紫薇摸摸盔甲的这儿，又摸摸那儿，强忍离愁，关心地问：

"这胳臂举得起来吗？领子会不会太紧？盔甲是特制的，我不会做，没办法为你缝征袍，可是，哪儿不合身，我还来得及把铁片拆下来改……到了战场，可不能因为盔甲不舒服，打得不顺手。"

"都好都好！每个地方都合身！"福伦拿了一把剑，郑重地走了过来："尔康！这是你第一次带兵出征，我有信心，你会胜利归来！这把剑，是我随身的佩剑，跟着我二十几年，我在京里用不着它，我就把它移交给你了！"尔康神情一怔，双手接过了剑，抚摸剑柄上的"福"字，说："这是福家的剑！我知道这把剑对阿玛的意义，我会用这把剑誓死杀敌，绝不让福家这把宝剑蒙羞！"他坚定地、有力地说，"剑在，我在！剑亡，我亡！"

尔康话一出口，紫薇和福晋都有些变色，尔康却浑然不觉，意气风发地抽出剑来，寒光一闪，唰的一声，剑已入鞘。尔康便把剑佩戴在身上，更显威风凛凛。福晋忍不住眼中充泪了，奔上前来，握住尔康的手："我知道你满心想杀敌，我知道你要报效国家，保护国土……可是，尔康……为了我们，为了紫薇，为了东儿，千万千万要保重！""额娘！您放心！我会的！一定会的！"

福伦就拉了福晋一把："我们出去吧！小两口就要分离了，也给他们一点时间去话别呀！""是！是！"福晋含着泪，跟着福伦出房去了。

福伦、福晋一走，尔康就把紫薇一揽："紫薇，我们说好的，今晚不许掉眼泪！""是！我没掉眼泪！来，先把这件盔甲脱下来……"她对尔康笑着，神秘地说，"你这件盔甲不要给别人穿，我在盔甲里，缝了一个平安符！还有一个小秘密！"尔康脱下盔甲，换回便装，惊奇地问："是吗？在哪儿？我一点感觉都没有！什么小秘密？"紫薇拿起盔甲，翻开衣领，给尔康看。原来，在衣领内侧，绣着一朵紫薇花。"一朵紫薇花！在紫薇花里面，是我从观音庙里求来的平安符！我虽然不能和你一起去，但是，这朵紫薇就是我，会天天陪伴着你，我的平安符，会天天保佑着你！这还不够，还有这个！"说着，就从自己脖子上，取下用红绳绑着的吉祥制钱，"这是皇阿玛给我的吉祥制钱，我在上面，用彩色的丝线，缠了好多层，做了一个同心结！我叫它'同心护身符'，请你一定要贴身戴着，连洗澡都不可以取下来！"

紫薇一面说，一面把那个吉祥制钱，套上了尔康的脖子。

尔康拿起那个制钱看了看，珍惜地、郑重地把它塞进衣领里。

"我一定随身戴着，绝不取下来！这样，你是不是比较安心了呢？"

紫薇把他拦腰一抱，把头埋进他的肩窝里，热情澎湃地喊：

"我不会安心的，我绝对没办法安心的！从现在，到你回家，我会时时刻刻记着你，惦着你，想着你……我恨不得化成那个制钱，那么我就可以让你贴身戴着，和你一起上战场，保佑你平安！哦！尔康……你记住记住，一定要平安回来！"

尔康被她的热情感染着，激动地说：

"有你的紫薇花，有你的平安符，还有你的吉祥制钱，我全身都包裹在你的期待和热情里，我怎么可能不平安呢？放心，我会非常非常小心！我对你和东儿，还有未了的责任，我一直是个负责任的人，我会负责到底的！放心，放心……我绝对不会辜负你！放心，放心……我会毫发无伤地回到你身边！"

两人对看，离愁依依，深深注视，再紧紧拥吻。

终于到了出发这一天，在太和殿前，黑压压地站着送行的
人潮。乾隆带着众多的大臣、亲王、阿哥、嫔妃……全部站在
殿前。

永琪、尔康和傅恒，都穿着全副戎装，带着三旗将领，骑在
马背上。大殿前，马队、仪队、军乐队、士兵队……阵容壮大地
罗列着。本来，由北京到云南还有漫漫长路，将军是不必穿全副
戎装出发的，但是，为了让军容整齐，也为了乾隆的亲自送行，
大家都披挂上场。永琪的一身镶白旗，像白云般潇洒。尔康的一
身镶红旗，像火焰般明亮。傅恒带着镶蓝旗，以主帅身份，站在
正中。三人站在大军前，真是雄姿英发，壮怀激烈！

乾隆走到三人面前，声如洪钟地喊道：

"傅恒！永琪！尔康！"三人朗声回答："臣在！"

"永琪在！""尔康在！""朕封傅恒为征南大将军，是这次出
征的主帅！带领镶蓝旗一万大军，出征云南！五阿哥是左将军，

带领镶白旗一万大军！福尔康是右将军，带领镶红旗一万大军！
虽然左右将军，是皇子驸马，但是，仍然要以傅将军为主！军令
如山，服从第一！傅恒身经多战，经验丰富，左右将军，初次出
征，切忌轻举妄动！"

永琪和尔康就齐声回答："永琪／尔康谨记在心！""等你们
胜利回来，朕一定亲自到城外去迎接你们！"乾隆豪气干云地说，
一挥手：

"去吧！"号角齐鸣，鼓声震天，傅恒、尔康、永琪都向乾隆
行军礼，然后，傅恒手一挥：

"出发！"壮大的队伍，就开拔向前。文武百官，全部弯腰恭
送，喊声震天：

"祝三位将军，百战百胜，胜利归来！"小燕子和紫薇，站在
女眷之中，拼命挥手，眼看永琪和尔康，带着队伍浩浩荡荡出门
去。她们两个，泪眼相对一看，小燕子就拉着紫薇的手一奔。

旗帜飘飘，马蹄杂沓。壮大的军队，在永琪、尔康、傅恒的
引领下，迤逦向前，蜿蜒数里，转眼间就出了北京城。队伍到了
荒野，忽然有两匹快马，从后面飞奔而来。隐隐约约的喊声，跟
着快马传了过来："永琪！永琪！等一等……"永琪大惊，勒马
回头。尔康跟着回头，看着那两匹快马，狂奔而来，马背上，赫
然是小燕子和紫薇！"是小燕子！"永琪惊喊。"还有紫薇！"尔
康更惊。

傅恒赶紧举起手来，停止队伍，对永琪和尔康说：

"左右两位将军，去跟夫人话别吧！队伍可以暂停一下！"永

琪和尔康，双双一夹马腹，疾奔上前，去迎接小燕子和紫薇。四匹马在山边相遇，大家勒住马互视。尔康惊愕地说：

"紫薇，你们怎么跑到城外来了？"永琪更是担心，看着小燕子，急切地说："小燕子，你出宫有没有得到批准？你就这样溜出来了？"

小燕子奔得上气不接下气，喘着气嚷："你们不要紧张，我是问过皇阿玛的，他特地答应我们，到城外来送你们一程！你看，傅云带着一队人马，在远远地保护我们！"果然，远处有一队骑着马的官兵，站在那儿遥望着。紫薇对尔康歉然地笑着说：

"没办法，我被小燕子说服了，想再见你一面的念头，把所有的理智都赶走了！还是跟着她来了！"尔康看着这样的紫薇，真是千般不舍。四人就下了马背，走到山壁旁。小燕子急急地，把自己脖子上的吉祥如意锁，套在永琪脖子上。

"紫薇说，她给了尔康好多保佑的东西，又是平安符，又是吉祥制钱！我傻傻的，什么都没帮你准备，所以赶了过来，把皇阿玛给我的吉祥如意锁给你，让它保佑你！""永琪，尔康！"紫薇接口，"你们两个，在战场上要彼此帮忙，最好不要分开……千万不能落单……"

"就是就是！你们要发挥所有的作战能力，把敌人打得天翻地覆，落花流水……"小燕子喊着喊着，忽然说，"哎呀！紫薇，我不回宫了，我就这样跟着他们一起去！你一个人回去吧！"

"不可以！"永琪惊呼，"绝对不可以！小燕子，每次，我都听你的，这次，你一定要听我的！"尔康看看在等待的大军，着急地说：

"紫薇，小燕子，你们珍重！五阿哥，我们不能再这样拖拖拉拉了，今天是第一天出发，我们就延误进度，实在不好！"他伸出手去，紧紧地握住了紫薇的手，"紫薇，代我亲亲东儿！告诉他，我已经开始想他了！紫薇……珍重珍重，保重保重！"

"你也是，你也是！要写信给我……要注意安全……要小心身体……"紫薇急切地叮嘱，还有没说的千言万语，全部卡在喉咙口。"我知道，我知道，我都知道！你也要小心身体，自己身子不是很好，万事不要逞强！"小燕子和永琪，也是两手相握，四目相对。小燕子忽然想到什么，赶紧把马背上一个大袋子，拿了起来，翻开袋子，急急地搬出里面的东西，一件一件地往永琪手里塞去。

"我给你们准备了一些吃的，这是宫里醃制的陈皮梅，给你路上吃！这是牛肉干，也给你路上吃！这是金橘干，很甜的，吃了就不渴！这是炸锅巴，好好吃！路上饿了可以吃……这是柿饼，这是苹果干，这是核桃酥，这是雪片糕，这是瓜子，晚上聊天可以吃……"

永琪用手捧着，转眼间，食物已经堆到他的下巴。他目瞪口呆，喊："帮帮忙，小燕子！我不是去游山玩水耶！一路上，都有伙夫烧饭，我要跟大家一起吃大锅饭……哪有一个将军，一路吃零食的呢？"小燕子的眼眶蓦然红了，泪珠在眼眶中打转，她哽声地说：

"你带着你带着嘛！路上总会饿的嘛……饿着肚子怎么打仗嘛……"

永琪凝视着小燕子，她一个劲儿把东西继续往他手里堆，还在那儿絮絮叨叨地说着，这是什么，那是什么……永琪什么都听不见了，只看到那对含泪的眸子，那两瓣动来动去的嘴唇，还有那无穷无尽的不舍……他的手一张，所有大包小包都掉到地上去了，他一奔上前，用手臂紧紧地抱了她一下。如果不是那头上的帽子太碍事，如果不是傅云在远远随侍，他真想对她吻下去。

尔康和紫薇，也是难舍难分的，尔康知道，必须上马了，但是，紫薇握住他的手，就是不放。他用双手，把她的双手合在手中，紧紧一握，说："我必须去了！""是！"紫薇应着，慢慢地、不舍地松了手。

永琪和小燕子，正在捡地上的大包小包，紫薇和尔康赶快帮忙，七手八脚，把那些东西都装回大袋子里，永琪把它挂上马背，不能再耽搁，让整个军队看笑话，他一跃上马，喊着：

"紫薇，请你时时进宫，帮我照顾小燕子！""是！我会带着东儿，随时去景阳宫小住！"尔康也一跃上马，忽然觉得衣服下摆被人攥着，低头一看，紫薇攥着他的衣角。他伸手过去，紫薇立即放开衣角而重新抓住他的手。

"紫薇，"他深深地凝视她，"我会信守对你的承诺，我会言而有信！让我走吧！"永琪看再这样耽误，未免太儿女情长了，一咬牙，举起马鞭，一鞭抽在马背上，马儿一声长嘶，撒开四蹄，疾驰而去，永琪的声音，随风而至："小燕子……再见！尔康，快走！"尔康再深深看了紫薇一眼，忍心地用力一抽手。紫薇握不住，两手乍然松脱，尔康就一挥马缰，疾驰而去，不住口地喊着："珍重！珍重！珍重……"

小燕子和紫薇，站在那儿，忍不住疯狂地挥着帕子，喊着：

"胜利！胜利！一路胜利！""平安！平安！一路平安！"

永琪和尔康奔回队伍，大队人马，立刻出动。仪队、马队、辎重队……浩浩荡荡向前行去。尔康和永琪回首，但见紫薇和小燕子，兀自站在那儿，不断地挥着帕子。队伍走了好远，他们再回首，还看到那两个身穿红衣的女子，像两个小小的红点，嵌在山头。

小燕子和紫薇，是一直等到大队人马都看不见了，才黯然回宫去。后来，紫薇写了一首歌，常常坐在窗前，弹着琴唱着：

　　人儿远去，山山水水路几重？

　　送君千里，也只有一声珍重！多少叮咛，耳边声声在飘送，想必今后，呼唤都在梦魂中！

　　最怕离别，千丝万缕情切切！马蹄翻飞，只怕铁衣冷如雪！号角声里，英雄壮志当激烈，莫忘深闺，有人望穿云和月！

永琪和尔康，开始了一份和以前截然不同的生活。

行行复行行。为了赶时间，队伍几乎没日没夜地赶路。再也没有锦衣玉食，再也没有诗情画意，生活是紧张的、忙碌的。前线的状况，不断传来，都是一些不利的消息。三位主将，越来越着急。走着走着，秋意渐浓，常常一阵大雨，淋得大家浑身湿透。雨后，气温也骤然降低。紫薇的歌唱对了："马蹄翻飞，只怕铁衣冷如雪！号角声里，英雄壮志当激烈！"这样走着，赶着，日夜不停，总算在一个月后，走到了云南境内。云南的气候并不冷，但是很潮湿。这对在北京长大的尔康和永琪来说，又有许多不适应。对军人来说，仗还没打，已经人困马乏、水土不服了。

这天，大军在离边境一百里的郊外扎营，傅恒就带着一队精锐部队，去探听战事情况。

永琪和尔康，留守在营地。黄昏时分，落日悬在天边。在一个帐篷中，尔康、永琪正在吃饭，一些勤务兵在伺候。两人一面吃，一面研究地图，分析战事情况。"总算走到云南了，还好，云南一点都不冷！不过，怎么没有看到刘藻的军队来迎接呢？大军这样入境，先头部队也已经到了云南，他老先生总不会不知道吧？"尔康说。"我觉得，这事不妙！刘藻这个人，年纪大了，难免贪生怕死，说不定带着大军潜逃了！"永琪说。"不至于吧！他好歹是个云贵总督！手下的人马，有两万人呢！就算打了败仗，也不可能全军覆没！""等到傅六叔回来，就可以知道一个大概！我想，我们不可能期望刘藻能帮什么忙，都要靠自己了！"尔康沉吟着，点了点头。

"我们先让士兵们休息够，这一路够辛苦了，再来计划怎么打这一仗！看这地图，越到边境，路越难走，山上好像根本没有路，马和辎重，能不能过去，粮食够不够，如何运输到前线，都要计划！军队要打仗，绝对不能饿肚子！"

两人正讨论着，有个士兵进来，大声报告："报告两位将军，外面有个百夷人求见！""百夷人？"永琪一怔，"那是云南的土著！云南地区，主要的民族就是百夷人！"说着，就狐疑起来，"百夷人来军营干什么？恐怕有诈，不得不防！""他一个人来？还是有人一起来？"尔康问士兵。"报告将军，只有一个人！""他一个人来，会有什么作为?"尔康艺高人胆大。"我们两个在这儿，还怕什么百夷人，不怕! 让他进来吧!""是!"士兵才出去，帐篷一掀，只见一个浑身穿着白衣、头上绑着白色头巾的百夷人，大步进入帐篷，用清楚的汉语，朗声说:"百夷人游鹏劳拜见两位将军!"两手一拱，笑了，"两位别来无恙!"尔康和永琪大惊，目瞪口呆。什么百夷人，原来是箫剑! "哇! 百夷人? 好一个百夷人，你……"永琪脱口惊呼。

尔康急忙把永琪一撞，对帐篷中的士兵说:"你们全体到外面去守着，有任何人来，都要通报!""是!"士兵们退出帐篷。

尔康四面检查了一下，这才一掌拍在箫剑的肩膀上，说:"你好大的胆子，单枪匹马闯军营! 还好傅六叔不在，要不然，一定把你抓起来，当作奸细给杀了!"箫剑有恃无恐，从容不迫地说:"你们那个傅六叔从来没有见过我，不知道箫剑是谁。有百夷人来投效，自愿当向导和军师，为什么要杀呢? 不过……我从北京跟你们到这儿，今天才现身，已经够小心了!""你真是千变万化，你现在的名字叫什么? 游什么?"永琪惊喜不胜。"游鹏劳，倒过来念就明白了!"

永琪眼珠一转。明白了! 是小燕子的游戏嘛! "哦! 原来是'老朋友'呀!"

三人这才相视而笑，久别重逢，兴奋不已。尔康就追问:"你说什么向导和军师? 你要加入我们，去打缅甸人吗?""可不是! 你们两个，一个是我的生死之交，一个是我的妹夫! 我不为了你们的帮主，也要为你们，共同来打这一仗! 何况，我在云南长大，精通百夷话、云南话，对这儿的地形山势，也了如指掌，你们缺乏一个向导和军师，我正是那个可以当向导和军师的人！""那太好了！你来了！我们是如虎添翼！"永琪不禁大喜。"等到傅六叔回来，我们就把你引见给他，就说，你是毛遂自荐的百夷人，已经通过我们的安全检查了！"

"就这样！"萧剑豪气干云地说，"那些缅甸人，也欺人太甚！让我们三个联手，打一场漂亮的仗！"笑容忽然一收，低问："晴儿怎样？""还能怎样？"尔康瞪他一眼。"那天，被一个白胡子老公公弄得神魂颠倒，现在，和宫里其他几个女人一样，在那儿过着望穿秋水的生活！"萧剑一叹，看着永琪，又问："小燕子怎样？你那个知画，有没有喧宾夺主？"永琪脸色一暗，皱皱眉说："你一来就踩到了我的痛脚，夹在两个女人里生活，我真是苦不堪言！关于这个，我们慢慢再谈，还是先来谈谈军情吧！""谈军情以前，先喝一杯酒，庆祝我们三个的重逢！"

尔康倒了三杯酒，三人兴奋地碰杯。"为了重逢！"尔康说。"为了友谊！"永琪说。"为了胜利！"萧剑说。"为了在北京等我们的女人！"永琪再说。

三人"叮"的一声，清脆地碰杯，再仰头一饮而尽。

北京那等待中的女人，确实度日如年。这天，紫薇进了宫，完全不顾平日的悠闲镇定，一路穿花拂柳，飞奔进了景阳宫的院子，不住口地喊着："小燕子！小燕子！小燕子……"

小邓子、小卓子迎上前来。小邓子惊愕地问："格格！怎么跑得上气不接下气？什么时候进宫的？""小邓子，小卓子，"紫薇急忙说，"你们赶快去慈宁宫，把晴格格请到这儿来，就跟老佛爷说，我进宫了，好想跟晴格格聚一聚！""喳！我知道了，我想办法把她找来就是了！"小卓子说，飞奔而去。

小燕子听到声音，迎了出来。看到紫薇就兴奋地喊："哇！紫薇，想死我了！怎么没带东儿来？""谁说没带？东儿跟着奶娘和秀珠，慢吞吞地下马车，东张西望，摸摸这个，踢踢那个……我可等不及了，就一路跑了过来！"她兴奋地抓住小燕子的手，激动地说，"小燕子！尔康有信来了！"看看屋里，压低声音："还有永琪给你的信……还有一个奇事……我们进去谈！"

小燕子眼睛一亮，脱口喊："永琪的信？真的？跟尔康的信一起，送到学士府……"

小燕子话没说完，知画冲到院子里，带着一脸的期盼，急切地看着二人，问："永琪有信来？是不是？"紫薇赶紧捏了小燕子的手一下，示意她别说。她脸色一变，掩饰地说：

"没有没有！是尔康有信回来，提到永琪而已，他们很好，已经到达云南了，还没遭遇到缅甸兵，所以，还没打仗！可是……"她想了想，计算了一下，"快马传书，也传了十几天才到，现在，他们一定交兵了！"

"我们进去说话！赶快来我房间！"小燕子知道永琪有信给自己，哪儿还沉得住气，拉着紫薇，不由分说就往里面跑。两个格格就掠过知画，冲进房间去了。知画站在那儿，脸色顿时黯淡下去。她听到了几句，也猜到了几分，不禁自言自语、自怨自艾起来："写信到学士府，却不送进宫，明明就不想写给我，才会这样！他把我当成什么？他心里，真的完全没有我吗？我就不如这个小燕子吗？"她站在院子里发呆，也顾不得小院风寒，深秋露冷。桂嬷嬷急急地拿了一件披风出来，披在她的肩上，说："福晋！我的主子！这院子里风大，你是有身孕的人，怎么可以吹风呢？万一着凉怎么办？赶快进去吧！"

知画不动，沉思着。这时，晴儿飞奔而来，急忙忙地冲进院子。小邓子、小卓子跟在后面跑。晴儿看到知画，赶紧放慢脚步，不好意思地笑笑，说："知画！紫薇来了是不是？我去跟她们聊天去！"晴儿说完，一溜烟就掠过知画进房去了。桂嬷嬷纳闷地说："几位格格，怎么都是这样急匆匆的？"她看看知画说，"福晋不跟她们聊天去？"桂嬷嬷提醒了知画，她笑笑，若有所思地说：

"是啊！这晴格格和紫薇格格来到景阳宫，就都是我的客人，我也该尽一尽地主之谊嘛！"她立刻打起精神说，"桂嬷嬷，准备一点吃的！豌豆黄、芸豆卷、小窝头、千层糕、炸酥合、肉末烧饼……都拿一点来！"

"喳。"桂嬷嬷赶紧照办。晴儿冲进了小燕子的卧室，小燕子就奔了过来，一把拉住她，兴奋地嚷："晴儿，晴儿！永琪给我写了一封信……"小燕子把信笺压在胸前，"我真想他！现在，才明白他对我有多好……""先别说你那一封信！晴儿，你看这个！"紫薇喊，就拿出一张信笺，摊在桌子上，给晴儿看，"这个字迹，你当然认得，这张信笺，和尔康的信，封在一个信封里！你看！"晴儿急忙对那张信笺看去，一眼看到那熟悉的字迹，她的心已经怦怦怦地狂跳起来，拿起信笺，只见上面题着四句话："回首向来萧瑟处，也无风雨也无晴；遥望云深不知处，又是风雨又是晴。"晴儿悲喜交集，念着信笺，左念一遍，右念一遍：

"回首向来萧瑟处，也无风雨也无晴；遥望云深不知处，又是风雨又是晴。"她不能喘气了，"箫剑！难道他们在一起？这是他的笔迹，这四句话，嵌着"箫（萧）"字和"晴"字，他是写给我的呀！"

"是啊！"紫薇热烈地说，"这四句话里，有对你的思念，也有对你的担心！他们生怕家书落在别人手里，所以不敢明写，但是，你看……"她把尔康的家书拿给晴儿看："尔康在这儿写着，'幸有故人来，如虎添翼'，又写'犹记辛未状元，共度患难之日'，看到了吗？'辛未状元'就是当初箫剑带你私奔时，留给我们那个字谜的谜底！"

晴儿喜出望外，眼睛闪亮，激动地低喊："是他！就是他！一点疑问都没有，他们写得非常明白了！小燕子，太好了！他们又在一起，并肩作战了！哎呀，紫薇……"她眼中充泪，唇边带笑，简直无法隐藏自己的感情，"知道了他的下落，我夜里做梦都会笑！"小燕子更是乐不可支，抓住晴儿的手，又摇又喊："我就说嘛，他们去云南打仗，那根本就是我哥最熟悉的地方，他等于回家了！我想了好多年，要去那个有水有花的地方，就是去不成，现在，他们三个，都在那儿，我们三个，却都关在这个回忆城里，动也不能动！哎，我真想他们！"这时，门上传来敲门的声音，大家都紧张起来。只见彩霞伸头进来说："紫薇格格，东儿少爷来了！你们尽管聊天，我和明月、奶娘她们带着他玩！等他找额娘的时候，再带过来！""好好好！你们照顾着他，当心他摔跤！"紫薇说。彩霞还没关门，房门突然被冲开了，知画笑吟吟的，带着珍儿、翠儿、桂嬷嬷，手捧各色点心，送进房来。知画笑着说：

"紫薇格格和晴格格来，都是景阳宫的客人……来来来，一些小点心，一边吃一边聊……"把手里的点心放上桌，一眼看到桌上摊着的信，就伸手去拿，"信！是永琪写来的吧！姐姐，不要小气，我也可以看看吧……"

三个格格大急，全部扑过来抢那封信。小燕子速度最快，一个箭步，就直冲上前来，伸手抢走了信笺，大叫："那不是永琪的信，是尔康写给紫薇的信，你怎么看别人的信呢？"小燕子这一抢，冲得很急。知画一闪，不知怎的，撞到桌子上，把点心哐啷一声撞下地，只听到知画惨叫一声，摔倒在地，痛喊出声："哎哟……姐姐……你为什么要撞我的肚子……哎哟……哎哟……"桂嬷嬷吓得尖叫起来：

"福晋！小心肚子里有孩子呀！福晋你怎么不小心……"

珍儿、翠儿吓得把点心盘子一放，全部奔过来扶。"福晋！伤了哪儿，要不要紧啊？"珍儿急问。"格格手劲大，有功夫的……你怎么不避开啊？"翠儿急喊。

知画躺在地上，用手捂着肚子，仍在"哎哟哎哟"惨叫："哎哟，哎哟……好痛……好痛……哎哟……"

晴儿和紫薇，也吓得面无人色了。晴儿俯身下去察看，着急地问："知画，严不严重？""很痛……很痛……"知画的眼泪掉下来，眼神里盛满了恐惧。"我很害怕……"她用手压着肚子，"孩子……孩子……永琪不在，如果孩子……"晴儿知道严重性，万一知画失去这个孩子，小燕子大概也性命难保，她的脸色顿时惨白，疾呼："传太医！赶快传太医！小邓子！小卓子！赶快传太医……"桂嬷嬷、珍儿、翠儿和赶进来的明月、彩霞也一路喊了出去:"传太医!传太医!传太医……"整个房间里,立刻乱成一团。桂嬷嬷和珍儿翠儿,扶起知画,一步一停地往新房走去。知画一直捂着肚子,又是呻吟,又是哭泣。

小燕子呆呆地看着知画离去,一脸的惊愕和困惑,转头对紫薇说:"我根本没有碰到她……她怎么会摔了下去?"紫薇震惊地看着小燕子。

太后几乎和太医一起赶到,接着,新房里一阵忙乱。太医出出入入,太监们拿着药方去御药房抓药、熬药,丫头们川流不息地奉汤奉水,嫔妃们得到消息纷纷前来慰问……到了晚上,太医和嫔妃们才陆续出房去,孩子总算保住了。

知画躺在床上,看起来弱不禁风。桂嬷嬷端着药碗,伺候着她吃药。太后坐在床沿上,拉着知画的手,不胜怜惜地拍抚着说:

"还好还好,有惊无险!总算没有大碍,吓死我了!你也小心一点呀,自己的身子,自己要注意嘛!那个小燕子,以前曾经从屋顶上跳下来,手里拿着烟火棒乱舞,把我的衣服都烧起来……你呀,和她离开远一点,知道吗?"

知画委曲求全地说:"老佛爷,请你不要责备姐姐,她只是不小心,不是故意的,是我不好,看到紫薇格格来,晴格格又来了,就有点兴奋……"说着,落泪了,说不下去。太后看着知画发愣,桂嬷嬷就低声说:"老佛爷……福晋心肠好,有苦都往肚子里咽!据奴婢看,格格是有意撞伤福晋,她自己生不出孩子,

236

也不愿意福晋有孩子！您想，格格的身手和力气，如果她存心使坏，福晋实在不是对手！""胡说！"知画赶紧阻止，"桂嬷嬷，不可以这样说姐姐，她只是粗心大意而已！绝对不会有坏心！"太后看看知画，看看桂嬷嬷，严肃地说：

"知画！你最好小心一点，知人知面不知心，尤其女人妒忌起来，是一点理性都没有的！小燕子对你，一直妒忌得厉害，现在，永琪又不在这儿，没人保护你！如果这个景阳宫住不下去，还是先搬到慈宁宫去，等永琪回来再过来吧！"

"老佛爷，不好吧！"知画摇头，说，"我已经嫁进景阳宫了，就应该在景阳宫等永琪！和姐姐处不好，是我的失败……如果我搬去慈宁宫，大家一定说我有老佛爷撑腰，享有特权似的。老佛爷放心，我会继续努力，让姐姐喜欢我！好在，孩子保住了！"

"你还想让她喜欢你？"太后不可思议地看着知画，拍拍她的手，一副悲天悯人的样子，叹息地说，"但愿菩萨保佑你！"

太后离开知画的房间，走进大厅，紫薇、小燕子、晴儿都围了过来。"知画还好吧？"晴儿急忙问。"你想呢？"太后看了晴儿一眼，"虽然太医说，没有动到胎气，可是她吓都吓死了！永琪不在家，她有个什么事，你们大家对永琪怎么交代？"小燕子、紫薇、晴儿听太后语气严厉，都呆了呆。小燕子冲口而出："我又没有怎么样，她自己站不稳，就摔下去了！"太后大怒，手在桌子上重重一拍："你没有怎么样，知画的孩子都差点保不住，如果你有怎么样，大概知画小命都难保了！"小燕子听了，气得差点昏倒，晴儿和紫薇也双双变色。"老佛爷！"小燕子跳起身子，往前一冲，"知画说是我推她了？我撞她了？我找她对质去！"小燕子往里面就走，太后大声喊："回来！"紫薇和晴儿，赶紧拦在小燕子身前。紫薇就对她使眼色："不要沉不住气，今天，本来大家都很开心……想想好的一面，知画的事，是个意外，只要大事化小，小事化无就好！你不要再去打扰她，让她休息吧！""就是就是！"晴儿也跟小燕子使眼色，"看在'辛未状元'啦，'又是风雨又是晴'的分上，不要计较了！"小燕子呆呆地站着，胸口剧烈地起伏着，拼命按捺自己，气呼呼的。

太后走到小燕子面前，有力地说：

"你不要去冤枉知画了，刚刚在知画房里，她可是苦苦地求我，要我不要责备你，不要怪你，说都是她自己的错！"她叹了一口气，"小燕子！你应该庆幸，知画是这么有修养有教养的姑娘，才会息事宁人，你也宽厚一点，得饶人处且饶人吧！你那个力气，我早就领教过了！"她回头看着晴儿和紫薇说："晴儿，跟我回慈宁宫去！紫薇，你劝劝小燕子，心胸要宽大一点，知画肚里的孩子，好歹是永琪的！如果有任何差错，我不会原谅小燕子！"

小燕子听着太后一句一句的话，眼睛越睁越大，最后，连嘴巴都张开了，就差没有恹死。紫薇也听得一肚子的不平，却不敢再说什么。晴儿着急万分，生怕小燕子再顶撞太后，心想，还是早走早好，就急忙挽住太后，说：

"老佛爷，我扶您回去！紫薇，你照顾小燕子，我明天再过来！"

小燕子还想说话，紫薇拼命拉住她：

"别说了，别说了！"

晴儿就扶着太后往门口走去。

就在这时，知画在桂嬷嬷搀扶下，捧着肚子，颤巍巍地走进大厅，嚷着：

"老佛爷，您好好走！当心路上滑……"

太后站住，回头惊问：

"你怎么不在房里躺着，又跑出来干什么？"

"我出来送老佛爷……"知画虚弱地笑。小燕子看到知画这样，忽然忍无可忍地爆发了，大叫着对知画冲去："哇！我要疯了！我要憋死了！我要气死了！我要冤死了……你说清楚，到底你是怎么摔的……"小燕子这样一冲，知画吓得脸色惨白，双手保护着肚子，尖叫出声："救命……救命……老佛爷……救命……"

紫薇一看不对，想也没想，就冲上前去拦小燕子，这一拦，就和她迎面撞在一起。想那小燕子，力气有多大，紫薇站不住，就摔倒下去。正好摔到茶几上，茶几倒了，茶杯茶壶碎了一地，发出一阵碎裂的巨响。明月、彩霞惊叫着，赶紧奔上去搀扶她。小燕子急忙收住了步子，惊怔地看着摔得七荤八素的紫薇。

太后吓得浑身发抖，喊着：

"这我可亲眼看到了！我明白了！这个景阳宫，怎么还能住？桂嬷嬷，珍儿，翠儿，扶着你们主子，立刻跟我回慈宁宫去！东西也别收了，明天再拿！知画再待下去，迟早会被弄死！快走！"

"喳！奴婢遵命！"桂嬷嬷大声答应。

"老佛爷……"知画犹豫地、颤抖地喊。

"还犹豫什么？走！马上走！"太后就去拉知画。

桂嬷嬷、珍儿、翠儿赶紧扶着。知画就在众人簇拥下，跟着太后，满脸余悸犹存的样子，一起出门去了。晴儿无奈地看了紫薇和小燕子一眼，也跟着去了。转眼间，大家都走了，紫薇坐在一堆碎片里发怔。明月、彩霞也傻住了。小燕子看着地上的紫薇，一下子失去浑身的力量，往地上一坐，坐在紫薇身边。她双手托着下巴，沉重地吸着气，好像她已经快要窒息了。紫薇凝视她，轻声说："小不忍则乱大谋……你又忘了！""这个'小人'和'大猫'，我知道……可是……知画怎么变成这样？"她睁大眼睛看紫薇。

"她冤枉我，我发誓，我真的没有碰到她，是她自己摔的……"她想想，痛楚忽然淹没了她，"我弄砸了，我又弄砸了，永琪临走的时候，对我说了几千几万句，要我跟知画和平相处……紫薇，怎么会这样呢？那个'大猫'，实在太难养，我不会养，我养不起啊！"

小燕子脆弱地说着，眼泪终于掉了下来。紫薇一把抱住她，两人依偎在一起。半晌，紫薇震动地、深思地、低低地说：

"或者，知画没有变，她可能一直是这样一个人，我们说不定统统中计了！她步步为营，进宫，征服了老佛爷，说服了我们，当了五阿哥的福晋，怀了永琪的孩子……想想看，这是好难的一条路，她都做到了！她没想到的，是永琪会在这个节骨眼，上了战场……"说着说着，她忽然打了一个冷战。

小燕子抬头看她：

"你在说些什么？""我希望，是我想太多了！"紫薇摇摇头，不说了，但眼中露出担忧和恐惧。小燕子似懂非懂，以她那单纯的心，要了解紫薇的分析，还是不容易的。她看着紫薇，因为紫薇的担忧而惊怔起来。

第三十八章

在云南的永琪和尔康，开始了他们这一生的第一场战争。

他们是一清早从边境出发的，在出发前，早已研究好了策略。傅恒这次带着一位皇子、一位驸马出来打仗，压力实在很大。探子来报，敌军正在打猛笼，葫芦口只有少数缅甸军在驻守，他就做了第一仗的安排。

营地一早拔营，无数清军，身穿盔甲，整装待发。傅恒、永琪、尔康、箫剑和几位武将，都全副武装，站在营地正中，傅恒以统帅身份，分配了任务：

"就这么决定，我们兵分两路，我带着杨坤参将去攻猛笼！左右两将军，有总兵刘德成协助，去收复葫芦口！不管胜败，日落时分，一定收兵，两军都要在奇木岭营地集合，根据战绩，再研究下一步的战略和路线！"

"就这么办！"永琪一点头，看着傅恒，了解地说，"不过，傅六叔把简单的工作交给我们了！葫芦口听说已经没有缅军，说不定很轻松就收复了！倒是猛笼，都是山路，地势险恶，傅六叔要小心！""那也不一定！"尔康说，"猛白神出鬼没，谁都不知道他在哪儿！我们都听傅六叔吩咐，就没有错！大家都尽力而为吧！"傅恒看看这两位皇室贵胄，不放心地叮嘱：

"两位将军，安全第一，切忌轻举妄动！如果遭遇了猛白的正规军，最好先退回营地，不要交锋！刘德成有经验，让刘德成带路！"他看了萧剑一眼，"军师，听说你武功高强，又熟悉地形，务必保护两位将军！"

萧剑已经换上了白色军服，英姿飒爽，抬头挺胸说：

"傅将军放心！我誓死保护两位将军！"

"就这样！大军出发吧！"

永琪一跃上马，喊："祝两路人马，都马到成功！"军号大作，所有军人，各就各位。永琪、尔康、萧剑、刘德成纵马向前，带着西路军，大军浩浩荡荡地出发了。

军队走了大约两个时辰，距离葫芦口已经近了。永琪带着镶白旗，尔康带着镶红旗，红白相映，旗帜飞扬，军容浩大，声势非常惊人。走着走着，永琪忽然觉得有些不对劲，举起手来，喊着：

"停一下！听！这是什么声音？"大军暂停，隐隐间，有如闷雷的声音传来。尔康大喊："斥候兵！去前面看看，有什么动静？"

几个斥候兵骑马往前奔。奔了一段路，雷声更大，斥候兵跳下马，伏在地上，用耳朵贴着地倾听。只听到雷声逐渐加大，天摇地动。斥候兵惊愕抬头，只见前面烟尘大作。尘土飞扬中，一片黑压压的乌云从地上席卷而来。

永琪勒马站在那儿，引颈翘望，忽然感到恍如地震，步兵们的枪支都震得嘎嘎作响。他大惊地说："这是什么东西？""好像是地震！"尔康说。"地震？不可能！那一片黑云是什么东西？"萧剑说。

大家都注视着前面，那片黑云转眼间已到面前。萧剑明白了，疾呼："我知道了！是大象！大家注意，准备武器，象兵来了！"萧剑的喊声中，只见烟雾腾腾里，无数的象兵奔驰而来。身先士卒的一个，正是缅甸王猛白，骑着大象，举着战斧，十分威武。"冲啊……冲啊……"猛白声如洪钟，大喊。跟在猛白身边的，是个面貌清秀的青年军官，也骑着大象，舞着长剑。那青年军官风度翩翩，年少英俊，个子娇小，却行动迅速，扬着长剑大喊："冲啊……杀啊……"

随着这两个敌人的出现，巨大的象脚沉重地踩过泥土。象鼻左扫右扫，扫向空中。巨象抬头长嘶，声势惊人。大象来得迅速，象脚踩上斥候的身子。斥候们跳起身子，狼狈奔逃。只见象鼻一卷，卷起一个斥候，抛在空中。

永琪、尔康、萧剑三人，看得目瞪口呆。永琪挥舞长剑，回头大喊："我大清的部队，什么都不怕，还怕几只大象吗？冲啊！"永琪就身先士卒，对着象兵冲了过去。尔康大叫："五阿哥！千万不要冒险！傅六叔特别交代，万一碰到猛白，不可轻易交手，还是先撤退，研究了战略再打！"尔康的声音，淹没在一片震耳欲聋的象鸣声中。大象转眼已到眼前，萧剑大吼一声：

"尔康！杀吧！撤退已经来不及了！"说着，一剑刺了过去。

尔康仓促应战，和那个青年将军交手。青年高高地坐在象背上，尔康的战马，只有大象一半的高度，虽然尔康武功了得，但是青年居高临下，尔康备受威胁。连续几次交手，尔康都没占到便宜。那青年一面打，一面用汉语大喊：

"我是缅甸王子慕沙！你们赶快投降！"

原来他是猛白的儿子，怪不得武功这么好，还会汉语！看样子，细甸入侵，早有预谋了。尔康一面迎战，一面大声喊了回去："缅甸王子又怎样？我还是大清驸马呢！"说着，一剑刺去。

那缅甸王子慕沙，竟然口齿伶俐，边打边喊："驸马是什么马？马遇到大象就变成小白兔了！""你才是小白兔！"尔康大怒，"长得就像只小白兔，看你年纪那么小，武器拿得稳吗?"大叫，"我来了！"尔康眼看，大象和马，不能齐头作战，就施展武功，从马背上飞身而起，落在慕沙身后的象背上，持剑就一剑直刺慕沙。人到剑到声到："缅甸小白兔，碰到大清驸马，是你倒霉！"慕沙没想到这个驸马，居然会飞到自己的象背上，大惊失色，急忙反身，持剑一挡。两剑相碰，迸出火花。同时，慕沙手一扬，数十支金针已经对尔康飞去。尔康大叫：

"还会暗器！不得了！"尔康长剑舞成一个闪亮的大圆，把暗器全部打落在地。慕沙看得目瞪口呆，忍不住赞美：

"你这匹马，好厉害！"慕沙拍拍象头，象鼻忽然举起，扫向尔康。尔康只顾得和慕沙交手，完全没有防备大象也能作战，被象鼻扫了一个正着，站立不稳，幸好武功高强，翻身落地。他这一下怒不可遏，伸手一把抓住慕沙的脚踝，将他也拖下象背。慕沙大惊，一连串的缅甸话冲口而出："该死的死马，从哪儿跑来的？居然敢用手拉我，你不要活了，我不打死你，我就不是八王

子慕沙⋯⋯"尔康听不懂他的缅甸话，也不再拌嘴，两人就在地
上缠斗起来。尔康和慕沙打得难解难分的时候，永琪正和猛白交
手。猛白是个天生的武士，身材高大，相貌堂堂，手持战斧，居
高临下，锐不可当。永琪用剑，灵活无比，可惜马太矮小，打得
捉襟见肘。猛白边打边用汉语喊："我是缅甸王猛白，你打不过，
赶快投降！""我是大清王子永琪，专门打缅甸王猛白！你才赶快
投降！"永琪喊。"你这个王子，今天死期到了！"猛白一斧头砍
下来直击永琪面门。

永琪闪过武器，心想，这样打不行，就一剑砍向象鞍，象鞍
断裂。永琪跃下马背，飞扑过去，长剑直刺猛白。猛白大惊，缅
甸话冲口而出：

"哪里跑出这么厉害的一支队伍？"猛白从地上一跃而起，赶
紧应战。两人打得天昏地暗，日月无光。箫剑早已看出，用马队
无法对付象队，必须找到他们的弱点，才能打赢这一仗。他骑马
一阵冲刺，专门砍断象鞍，只见象兵纷纷摔下地。他一面冲刺，
一面大喊："弟兄们不要怕，砍断象鞍，先把他们从象背上打下
来，再交手不迟！来呀！马队冲啊！砍象鞍！砍象鞍！砍象鞍！
砍呀⋯⋯"许多清军，就跟着箫剑，一路砍去。象兵纷纷落地，
但是，也有许多清军，被象鼻卷起，摔成重伤，还有许多清军奔
跑不及，被象脚践踏身亡。两方人马，在漫天的尘土中，短兵相
接，杀声震天。尔康和慕沙这边，两人已经战出高下，尔康毕竟
是从小练武的高手，一番你来我往，短兵相接，慕沙就打得手忙
脚乱了。缠斗中，尔康一剑刺向他的前胸，慕沙一躲，尔康剑到
人到，剑剑进逼。慕沙眼见不敌，回头就跑，尔康飞身而起，落

在他面前，伸脚一绊，把他绊倒在地。尔康长剑直指他的咽喉，大叫：

"你投不投降？"慕沙躺在地上，只见那把长剑，映着日光，在眼前闪闪烁烁，他不禁大骇，举起双手，一迭连声喊："我投降！我投降……"尔康回头大喊："刘总兵！赶快把这个王子绑起来！"就有几个清军，冲上前去压住慕沙。尔康长剑一收。岂料，慕沙手一扬，一排暗器，清军纷纷倒地。一头大象快速奔来，象鼻子一卷，就把慕沙卷上了象背，慕沙发出一串大笑，喊着说："大清驸马，要我投降，哪有这么容易？这次不玩了，下次再打！"

慕沙喊着，骑象狂奔而去。尔康哪里肯放过他，跃上一匹马，急追："你跑哪里去？我不杀你，你居然诈降使坏！""你还追我？"慕沙回头喊，"你那个穿白衣服的兄弟，已经被我爹杀死了！你看！"

他伸手一指。尔康本就在牵挂永琪，一听之下，急忙看去。只见永琪和猛白打得天翻地覆，哪儿有被杀死？尔康这一分心，只觉眼前一暗，竟被慕沙那头大象的象鼻卷入空中。慕沙大笑，乐不可支地喊：

"你这个驸马，快变成死马啦！"

尔康急忙用手中长剑，一剑刺向象鼻。大象一痛，长嘶一声，把他抛落在地。尔康滚了两滚，才一跃而起。只见慕沙和大象，已经奔出重围。慕沙一面飞奔，一面用缅甸话，大喊着：

"爹！他们好厉害，我们不要再打，会吃亏的，快走……"

猛白和永琪，正打得难解难分，猛白从来没有遭遇过这么厉害的对手，怎么打都打不赢，心里正在烦躁，听到慕沙的喊声，无心恋战。一阵冲刺后，就退向大象身边，象鼻一卷，猛白上了象背。猛白用缅甸话大喊：

"缅甸部队撤退！大家跟我来！"永琪持剑就追，喊："不要逃！有种就打！"箫剑快马奔来，大喊："五阿哥，不要追！我们的弟兄伤亡很重，赶快整理军队，看看伤亡情形再说！"

永琪站住，看着象兵部队快速撤退，再看着满地狼藉。尔康也奔了过来。"永琪，箫剑，你们怎么样？有没有受伤？"尔康关心地问。"还好，我们都没事，你呢？"箫剑问。"抓住了那个缅甸王子，又给他逃掉了！"尔康愤愤地说。

永琪跺脚大叹："我也好可惜！没有把那个缅甸王给抓起来！如果抓到了缅甸王，这场战争就结束了！本来可以速战速决的，太可惜了！"三人站在硝烟弥漫的战场，向前遥望，看到遍地伤兵，呻吟不断，许多战马，倒在地上，不禁触目惊心。尔康咬牙切齿地说："那个缅甸王子，我跟他誓不两立！"

傅恒的情报错误，差点把永琪和尔康都送进虎口，真把他惊得一身冷汗。这晚在营地，大家谈起战役经过，依旧扼腕不已。营地上，都是受伤的士兵，军医在给众人包扎，担架还一个个抬来。营火上煮着大锅饭。傅恒、永琪、尔康、箫剑、刘德成及参将等，都在视察伤亡情形。永琪看得心惊胆战，沉痛地说："没想到象兵部队这么厉害，弟兄们不是断手就是断脚，都被大象踩伤摔伤！看到弟兄们受伤的情形，我真后悔当时没有下令撤退！""五阿哥不要自责了，"箫剑说，"当时那个状况，撤退也来不及，象兵转眼间就到眼前，除了应战，没有第二条路！""还好，我们几个主将都没受伤！"尔康说，"傅六叔，怎么没人警告我们，有个象兵部队？让我们措手不及！对于要和大象打仗，我们想都没有想到，一点防备都没有！""奇怪极了！刘总兵，你遭遇过象兵部队吗？刘藻是被象兵部队打败的吗？"傅恒问。"报告三位将军，这是第一次遭遇象兵部队，以前，我们只听说缅甸有象兵，从来没有见过！大家都以为，那大象笨笨的，怎么能打仗？谁知道这么厉害！"刘德成报告着。

"我们必须仔细研究一下，除了象兵部队，他们缅甸军队还有没有其他本领？那个缅甸王子，会一种细针一样的暗器，一定有毒，中了暗器的，几乎都死了！"尔康咬咬牙，"好狠毒的王子！"

永琪看着受伤的士兵，交代着："刘总兵，带一队人马，明天一早，就把这些受伤的弟兄送到车里去治疗，他们目前，不能上战场，带着他们会影响行军速度！""刘总兵，"尔康接口，"要派人督促军医，药品是不是充足，也了解一下！治好一个，归队一个，我们需要每一个战士！看样子，我们要准备长期作战！""是！"刘德成应着。这时，一个士兵走来，大声报告："报告！晚饭已经准备好了，请几位将军到帐篷里去用膳！"

尔康四面一看，问："这些受伤的弟兄，为什么还没有用膳？""报告将军，还没做好！"

永琪就大声说："去把准备给我们的晚饭，先拿过来给受伤的弟兄用！快去！多叫一些人，先让大家吃完，我们再吃！""是！"士兵赶紧跑走。傅恒不禁惊看永琪和尔康，眼中露出佩服的神色，忽然领悟到，他们不是皇子驸马，他们是两位将军了。看他们为了伤亡那么难过，就安慰地说：

"你们也不要难过，刘总兵告诉我，猛白和那个王子，是带着象兵部队逃跑了，可见，他们遇到你们，也是招架不住，等于输了！""只能这样自我安慰了！"永琪苦笑着说。

接下来，清军和缅军，有一段辛苦的战争岁月。在这段岁月中，永琪、尔康、箫剑都饱受风霜之苦。扎营，拔营，起营火，灭营火……大军行行复行行。风也好，雨也好，太阳也好，军旅生涯，没有任何诗情画意。几度短兵相接，都分不出胜负。每次面对战后的战场，硝烟处处，尸横遍野，都会带给永琪相当大的震撼。第一次了解到，人命，在战场上是多么渺小。他们三个，逐渐变成包扎伤口的好手，尤其是永琪，跟着军医，学了许多救人的技术，每次抢救伤患，他都身先士卒。尽管尔康、傅恒、箫剑苦劝，他都充耳不闻。数月以后，他和军医的技术，已经相差无几。

他们好几度和缅甸王猛白正面交锋，几乎有猛白，就有那个缅甸王子慕沙。慕沙精通暗器，身手不凡。只是说话尖声细气，尔康认为他不男不女，每次见面就打，一打就兼吵架。尔康一心想活捉他，来要挟猛白投降，却苦于没有机会。

这天，探子来报，说慕沙单独扎营在"黄土坡"的山谷里，尔康和永琪商量之后，就由尔康带着镶红旗人马进入山谷诱敌。永琪和箫剑带着人马在后，分别从山头、山谷两边夹击支援。

尔康的先头部队，才进入山谷，忽然间，喊声大作，山谷两壁，冲出大批的缅军。只见慕沙，身先士卒，杀了过来，嘴里大喊着："哈！驸马！你居然还没有死？我来讨命了！"尔康看到慕沙，真是仇人相见，分外眼红。他策马冲去，也大叫："小白兔！今天非把你活捉不可，今晚加菜，吃烤兔子！"

喊叫中，两人相遇。慕沙手一扬，一把金针，全部射向马的眼睛。尔康是防备着他的暗器的，但是，没想到他会射马，躲避不及。马儿受创，人立而起，长嘶着掉进山沟。尔康几乎摔落地，一个翻身站稳，慕沙已经持剑，一剑刺来。尔康就地一滚，滚到草丛中，动也不动了。慕沙狐疑地看着躺在草丛中的尔康，自言自语：

"死了？太简单了吧？这样容易就不好玩了！"说着，他就走过去察看。尔康手一扬，许多金针射向他。慕沙大惊，狼狈地闪避奔逃，用缅甸话喊："好厉害！他居然把我的金针接住了！还用来打我！"就在慕沙狼狈躲金针的时候，尔康已经飞身而起，一掌劈向他的胸前。这一下又快又准，慕沙闪避不及，就挨了一掌，顿时大怒，喊："我要杀了你！"在山谷上的草丛中，猛白带着弓箭手，埋伏在那儿。猛白正用望远镜看山谷里的情势，看到这一幕，气得咬牙切齿。

"这个驸马够厉害！我要他偿命！"山谷中，两军人马，早已打得天昏地暗。尔康向慕沙节节进逼，长剑舞得密不透风，外带中国功夫的拳打脚踢。他一面打，一面眼观六路，耳听八方，问："你的大象呢？这个山谷进不来是不是？没有大象帮忙，你还有什么本领？人家狗仗人势，你们缅甸人，是狗仗象势！"慕沙被打得手忙脚乱，不住看向山谷两壁，着急猛白怎么还不现身。再几招下来，他知道尔康技高一筹，看样子，自己打不过，就急嚷："驸马，驸马！不打了，我们讲和吧！这样打来打去，大家死的死，伤的伤……不如停战……""讲和？"尔康大为心动，"你们把霸占的土地交回，退出大清的边境，我可以做主，饶你们一命！"说着，攻势略缓。"那么我们就不要打！坐下来讲和！"慕沙一脸的诚恳，嚷着。"你能做主吗？你的父亲呢？"尔康仍然不敢放松。"你找我爹？好，我就请我爹跟你谈！"慕沙忽然转头对山上，用缅甸话狂叫："爹！你还不赶快来帮我！再不动手，我就要吃亏了！"尔康一怔，刹那间，只见无数的弓箭，射向山谷中的清军。尔康大惊，急喊："弟兄们！大家注意！箭有毒！盾牌！盾牌……"

尔康喊声中，一支利箭，直射向尔康面门。尔康长剑一挥，硬生生把利箭削成两段落地。慕沙满脸惊愕地看着尔康。这时，埋伏的缅军纷纷现身，在猛白指挥下，弓箭像雨点般射向清军。清军手持盾牌，挡箭的挡箭，中箭的中箭，倒地的倒地，冲锋的冲锋。猛白在山坡的树林里，指挥着弓箭手："准备！射击！大家看好目标，不要射到自己人！"猛白正在指挥若定，忽然山头传来一声大喝："猛白！你中计了！这叫'螳螂捕蝉，黄雀在后'！"永琪大喊着，带着镶白旗厮杀过来，声震四野地大吼，"弟兄们！冲啊……不要心软，为我们死去的弟兄报仇呀……"镶白旗像潮水般卷了过来，缅军放下弓箭，急忙反身应战。永琪连续杀了几个缅军，直扑猛白。猛白仓促应战，手忙脚乱。镶白旗和缅军在山上交战，镶红旗在山谷交战，两队人马，打得日月无光。山谷中的清军，看到永琪和镶白旗，大喜，喊声震天：

"五阿哥到了！皇上万岁！大清万岁！"山谷中的清军如有神助，杀得神勇无比。慕沙大惊，急忙用缅甸话喊："缅甸军队！立即退出山谷！快退！"

慕沙一边喊，一边拼死力战，往山谷外退去。尔康微笑地看着他，并不追赶。慕沙带着许多缅军，已经退到山谷出口，忽然之间，喊声大作，傅恒和箫剑，带着镶蓝旗人马，迎面杀了进来。箫剑大笑说："缅甸王子，你还要向哪里逃？百夷人来了！"缅军陷进包围里，拼死抵抗。箫剑迎向慕沙，大打出手。尔康喊着："箫剑！那个缅甸小白兔，是我的！让给我！"他冲过来，接手再打。箫剑也和缅军的一个将领缠斗起来。

慕沙眼看腹背受敌，眼中，露出祈谅的神色，一面打，一面说："大清的英雄，慕沙佩服之至！请手下留情！""我上过你的当，再不留情！"尔康喊。

尔康一连几剑，逼得慕沙只有招架之力，毫无还手的余地。然后，尔康的剑一挑，慕沙手中长剑飞去。尔康回剑一剑刺下，慕沙大骇，仓皇后退。慕沙一退，竟然退到箫剑身边，箫剑刺倒了敌人，回身伸手一抓，就像老鹰抓小鸡般，提起慕沙盔甲的衣领，把他整个给拎了起来，大喊："尔康！这个缅甸王子，是你的了！你要怎么发落？""我一剑杀了他！"

尔康长剑一指，已到慕沙咽喉，慕沙徒劳地挥舞着双手，抬眼直视尔康。他的眼里闪耀着视死如归的英雄豪气，正气凛然地大喊："英雄！请一剑毙命，慕沙向你致敬，死在你的手里，也是我的光荣！"尔康一愣，长剑停在他的喉咙口，不忍刺下。尔康这样一犹豫，慕沙乱动的袖口中，突然飞出无数金针，直射尔康。

尔康完全出乎意料，这一次，躲得不够快，许多金针刺向胸前，幸有盔甲挡住。但是，一根金针却插在尔康眉心，他只觉得眼前一黑，就砰然倒地。箫剑这一下，吓得魂飞魄散，双手举起慕沙，向山壁上一砸，疾呼：

"尔康！"他扑向尔康，一把抱起他，扛在背上，狂呼，"尔康！尔康！尔康……"

箫剑那一砸，力道十足，也是慕沙命不该绝，当他的身子飞向山壁时，正好有个缅甸军倒下，给慕沙做了垫背。但是，慕沙依然被摔得七荤八素，狼狈地爬起身。只见箫剑扛着尔康横冲直撞，发疯般地大喊：

"军医！军医……你在哪里？傅将军，不好了！额驸受伤了！"就在这时，忽然闷雷似的声音又响起，山谷外，又见烟尘滚滚。清军惊喊："象兵部队！象兵部队……不好，象兵部队又来了！"傅恒见尔康受伤，象兵又至，无心恋战，急忙喊："大家不要慌，从后面撤退！快！撤退……"山谷中，情势大逆转。清军奔逃，撤退。大象进了山谷，象脚践踏着武器、伤兵，嘶吼着横冲直撞。箫剑顾不得打仗了，扛着尔康没命地往山谷外奔去。一个黑影忽然掠到箫剑面前，几包药丢在尔康身上。慕沙喊着：

"一个时辰一包！用水灌下去！要紧！要紧！"箫剑一怔。慕沙已上了象背，不见了。

这场战役，双方都有死伤，打得都很狼狈。晚上，清军的营地上，营火熊熊。一个一个帐篷林立着，士兵全副武装地在守夜。在尔康的帐篷里，永琪、箫剑、傅恒、军医都围着床，着急地抢救尔康。尔康正陷在昏迷里，两个士兵抬起他的头，箫剑捏住他的下巴，把药粉倒进他嘴里。拿起一碗水，再灌进他嘴里。永琪和傅恒担心地站在旁边看。永琪拿起那包药粉的纸，凑在鼻子上闻了闻，怀疑地说：

"你怎么敢给他灌这个药？我觉得大有问题，那个缅甸王子为什么要给你解药？如果这是毒药，怎么办？中了毒针，再吃毒药，那还有救吗？军医，你认为如何？"

军医惶恐地说："禀告将军，臣对这种毒针完全没有研究，也不知道这个药可靠不可靠。""你相信我这个百夷人，好不好？"箫剑说，"云南和缅甸一带，盛产各种有毒的花花草草，可以淬炼成各种毒针毒药，我从小看到大……这药，如果不是解药，额驸一个时辰以前，就该没命了！""军师的话不错！"傅恒点头。"上次中了毒针的人，没有一个活着！我们已经没有办法了！不管有效没效，只好试一试！"说话中，箫剑已灌完一碗水。士兵放下尔康的头，起身走开。尔康仍然昏迷着，脸色苍白。永琪坐在床边，目不转睛地看着他，着急地说：

"尔康！你快点醒来！我们的仗还没打完，紫薇还在家里等你，如果你有个三长两短，我如何回去面对她们？"傅恒焦灼地走来走去，叹息着："今天，这场仗本来打得很顺利，以为那些大象，绝对进不了山谷，谁知道，象兵部队还是来了，功败垂成！还让额驸受了伤……我应该守在旁边的！"

"守在旁边也没用，我就守在旁边，眼睁睁地看着他受伤，就是救不了……"箫剑说，想到那个慕沙王子的奸诈，恨得牙痒痒。可他奸诈之外，又送了解药，实在稀奇！但是，如果这不是解药是毒药呢？

萧剑正在胡思乱想，尔康喉咙中，忽然咯咯作声，大家赶紧扑上去看。看到他眉头一皱，眼睛睁开了，呻吟着。"咯咯！咯咯咯……"他忽然作呕。

"赶快拿盆子，他要吐！"萧剑急喊。尔康一翻身，几乎滚下地，永琪急忙扶住，尔康哇的一声，吐出一口黑水，永琪闪避不及，都吐在永琪衣服上。尔康呻吟着，歉然地说："五阿哥……对不起，弄脏了你的衣服……"永琪看到尔康醒来，神志清醒，还知道为弄脏他的衣服来道歉，真是喜不自禁了。把尔康扶上床，他兴奋地喊：

"尔康！你想吓死我是不是？弄脏衣服有什么关系！重要的，是你醒了！你活了！谢天谢地！还是百夷人比我冷静，这个药居然有效！"说着，又一急，"可是，药都吐掉了，要不要再给他吃一包？"

"再吃一包？那会不会太猛了？"萧剑看着尔康喊，"尔康……"喊出口才发现傅恒在场，不能和尔康、永琪直呼其名，急忙改口："将军！额驸！福将军……你觉得怎样？"

尔康睁眼看众人，寻思着："我中了那个缅甸王子的毒针？""就是！"萧剑瞪着尔康，看他大概没事了，就开始生气起来，"你是怎么一回事？剑抵着那个小子的喉咙口，还让那小子有机可乘！你为什么不杀他？气死我了！在战场上，你还有恻隐之心吗？"傅恒赶紧打圆场：

"军师不要生气，额驸有惊无险，能够活过来，真是皇上的洪福！大家庆幸都来不及，不要责备他了！赶紧弄些吃的来！"

傅恒出去张罗。永琪还是很担心，看着尔康说："尔康！看看我的手指头……"他竖起两根指头在他眼前晃，"有几根？""你把我当成几岁？以为我是东儿吗？跟我玩这个？"尔康大声说，坐起身子，一阵头晕，身子摇摇晃晃。

永琪一把扶住了他："你躺下躺下！还有两包药，大概吃完毒才会完全解除！""你们哪儿弄来的解药？"尔康惊奇地问。"你相信吗？"萧剑说，"是那个缅甸王子给的！他用毒针伤了你以后，丢了几包药，还交代一个时辰一包！我们看你昏迷不醒，只好死马当作活马医，给你灌了三包，居然有效！"

尔康精神一振，急喊："军医！""臣在！"军医急忙答应。"赶快拿一包去研究一下，到底是什么成分，对于中毒箭的人，有没有作用。我想，这一定是一种花草的种子……找一找云南有没有这种花草？如果你一个人研究不出来，和其他军医联合起来研究！限你们明天给我答案，快去，紧急紧急！""这样不好吧！"永琪要阻止，"你身体里的毒素还没清干净，你把药拿去研究，你吃什么？""我没事了！那缅甸小子，受我不杀之恩，报以不杀之恩，这人也很有意思！他绝对没有想到，我会拿药去研究，说不定破解了毒箭的威胁！""说得很有道理！"萧剑就拿出一包药，交给军医。军医急急地去了。

尔康摇摇晃晃地站起身来。萧剑和永琪一左一右地护着他。"你怎样？"萧剑问。"好像晕船一样，但是，我一定死不了！"尔康说。

永琪这才笑了，拍了尔康的肩膀一下，说："你最好死不了，看到你中了毒针，昏迷不醒，我已经在打腹稿，如果你死了，我见到紫薇要怎么说……腹稿没打完，想到紫薇可能的反应，我就从头到脚冒冷汗！"

尔康赶紧警告："写家书的时候，不许提到我受伤的事！紫薇胆子小，受不了这个！""是！遵命！"永琪笑着嚷。

尔康逃过一劫，箫剑和永琪如释重负，三人相视，都笑了。

第三十九章

前线好久没有消息，紫薇带着东儿进宫，到景阳宫小住。这天，紫薇和小燕子在御花园里，和东儿玩捉迷藏。东儿笑得咯咯咯咯的，在御花园中到处奔跑。紫薇怕他摔跤，过来牵着他。小燕子用帕子蒙着眼睛，张着双手，在那儿大声数着："一、二、三、四、五、六、七、八、九、十……快点躲好哟！我要来捉你啰！我是大老鹰哟……我是大老虎哟……"就学老虎叫，"啊呜……啊呜……"紫薇拉着东儿，一会儿往石头后面躲，一会儿往树丛后面躲。明月、彩霞、小邓子、小卓子和奶娘都笑嘻嘻在看热闹。紫薇每钻进一个地方，就低声问东儿："躲在这儿好不好？"东儿摇头。"不好？那……躲在这儿好不好？"东儿又摇头。"也不好……好了！这儿这儿！"紫薇就躲在小邓子身后，把手指放在嘴唇上，示意东儿别说话。

"好了没有？好了没有？"小燕子大声问。"好了！好了……"东儿喊得好大声，紫薇赶紧蒙住东儿的嘴。小燕子听到东儿的声音，就循声摸索过来。

"啊呜……大老虎来啰！啊呜……"东儿咯咯咯地笑着，拉着小邓子的衣服，把脸孔往衣服里埋去。小燕子摸索到了小邓子面前，小邓子把身子蹲下来，小燕子矮下身子，伸长了手一摸，就摸索到小邓子的光头。小燕子的手在光头上摸了摸，大惊：

"东儿，你的脑袋怎么变得这么大？你一下子就长大了，我这个姨妈真该打，都不知道你长得这么快……这是什么……"她摸到小邓子的辫子，"哇！好长的辫子！你怎么有辫子了？"

明月、彩霞、小卓子、奶娘全部笑得东倒西歪。小燕子觉得有异，一把拉下帕子，才发现自己扯着小邓子的辫子。东儿这一下，笑得前俯后仰。紫薇看到东儿笑得那么高兴，也跟着笑。就在这一片笑声中，知画和晴儿走来。知画的肚子已经隆起，手里拿着一个风筝，带着珍儿翠儿，一路笑嘻嘻的。走到大家面前，她就温柔地喊："东儿！知画阿姨知道你来了，特地来找你呢！你看，我帮你扎了一个风筝！好不好看？让小邓子小卓子带你放风筝，可好玩呢！"

东儿眼睛一亮，惊喜地嚷："风筝！风筝……额娘，大风筝！"他接过风筝，笑着，拉着小邓子，"小邓子，放风筝！""好好好！我陪您去放风筝！"小邓子应着。东儿拉着小邓子就跑，小卓子、奶娘都赶紧跟着跑。紫薇伸长脖子嚷："奶娘，看好他啊！别让他摔了！"东儿跑走了，知画才赶紧对小燕子和紫薇请安，柔顺地说："两位姐姐吉祥！我在慈宁宫，听说紫薇姐姐进宫了，就赶过来了！"她看着两人，笑容一收，变得非常诚恳，看着小燕子，低声下气地说，"姐姐！你还在生我的气吗？"小燕子脸色一僵，咬了咬嘴唇，没说话。

"姐姐，你不要生我的气了！"知画带着一脸怯怯的笑，"那天，是我不好！你知道，那一阵子我害喜害得很严重，刚刚有身孕，就怕孩子出问题，每天都紧张兮兮，看到一片树叶掉到头上，我都怕被砸到，会影响孩子，所以……那晚我就紧张得失常了，害得你被老佛爷误会，这些日子，我每天都跟老佛爷解释，老佛爷也明白了！"

晴儿在一旁，就点头说："知画说的是真的，她确实每天都跟老佛爷解释，说是她自己摔倒的，不是小燕子撞的，当时没弄清楚状况而已。"

紫薇看着知画，看到她一脸的真诚，眼光澄澈，就有些怀疑自己的揣测了。"这样啊？"紫薇说，"知画也别太言重了，误会解释清楚就好了！小燕子早就不生气了，对不对？"小燕子瞄了紫薇一眼，又看了晴儿一眼，两人都跟她眨眼睛，示意她讲和。小燕子想起永琪临走前的千叮嘱、万叮嘱，再也强硬不起来，就笑了笑说："如果紫薇和晴儿，都联合起来帮你说话，我就是有气，也变得没气了！现在，操心永琪他们在战场的情形，都来不及了，哪儿还有心情来生气？"晴儿就急忙问紫薇："尔康有没有快马传书给你？"

紫薇脸色一暗："好久都没有他们的消息了，今天进宫，也想问问你们有消息没有。""我听老佛爷说，消息不是很好，他们收回了一些地方，可是打得很艰苦！战事陷进了胶着状态！看样子，他们今年，没办法赶回来过年了！"晴儿说。

紫薇、小燕子脸色都一暗。"过年都不回来啊？那……今年过年还有什么意思？"小燕子神色怅然。"这是七年以来，第一次过年的时候，没有尔康！"紫薇充满失落。

知画抬起眼睛，看着遥远的天边，带着满腹真诚的感情，虔诚地说：

"但愿他们个个平安，身体健康！只要平安回来，晚一点也没关系！"紫薇心里一抽。在这一刹那间，她体会出来，不论知画跟小燕子之间有多少矛盾冲突，现在，这深宫里的四个女子，却是心意相通、同病相怜的。这晚，晴儿来到景阳宫，和小燕子谈知画的问题。紫薇在旁边打边鼓，几句话一说，小燕子就不耐烦了，激动地对晴儿嚷着："你要我去慈宁宫，把知画接回来住？我为什么要这样做？我不要！""你听我说，老佛爷今天接到了消息，陈邦直夫妻，马上就要到了，他们特意来看知画，要在宫里和知画一起过年。"晴儿说。"哈！"小燕子眉毛一抬，"有爹有娘真好，看样子，爹娘也要来撑腰了！他们到了，一起住在慈宁宫就好了，难道还要住在景阳宫不成？"

紫薇深思，知道太后的难处了，说："陈邦直夫妻，住在什么地方，根本没有关系！关键是，知画住在哪儿！""就是这个意思！"晴儿点头。"是她自己搬去慈宁宫的！老佛爷生怕我会杀了她，把她急急地带走，现在回来，不怕我是老虎，半夜把她吃了吗？"小燕子气呼呼的。"你也听到知画在御花园的解释了，那天是个误会，她还特地跟你道歉，你就乘这个机会转圜吧！我想，老佛爷现在也有一点尴尬，陈家两老来了，看到知画不住在五阿哥的景阳宫，而是你一个人住。知画大着肚子，跟老佛爷住，明摆着就是你容不了知画……虽然说五阿哥去打仗了，这事也是不合规矩的！"晴儿婉转地说。小燕子站定了，看着晴儿说："我懂了，老佛爷觉得事情不妥，又要我收回知画，是不是？"

紫薇也看着晴儿，怀疑地问："知画怎么说呢？她也愿意回来住吗？""我想也是！知画说，她一直写信回家，说宫里人人对她都很好，现在爹娘要来了，她很怕引起不必要的误会！我觉得，她实在很懂事，不是那种会用心机的人！""难道是我们误会了她？那天的事情，说不定是我们太激动了！"紫薇沉吟着。"我仔细地分析过了，知画嫁给永琪，一路都是被动的，说她有预谋，恐怕是冤枉了她！"晴儿由衷地说。"说得也是！最近几次在老佛爷那儿碰到她，她都是谦和有礼，态度诚恳，对东儿也好得不得了，实在不像会耍手段的人！"紫薇不得不承认这点。

小燕子瞪大眼睛，轮流看两人："你们两个，又被她收服了？""不是被她收服！"晴儿诚挚地看小燕子，语重心长，"是希望你能收服大家！平常，你给人的印象，总是比较霸道，这次知画搬去慈宁宫，大家也说是因为你小心眼，嫉妒知画，假若现在，你去迎接知画回来住，老佛爷一定如释重负，大家也会觉得你贤惠，识大体！"小燕子看着二人，突然哀声地说：

"紫薇，晴儿，我跟你们坦白说，不是我不愿意她回来，而是……你们相信吗？我居然有些怕她！最近，她住在慈宁宫，我觉得好舒服，她在景阳宫的日子，不知道怎么回事，我看到她，心里就毛毛的！"

"那还是因为五阿哥的原因，你心里对她，多多少少是吃味的！你自己不知道，你心里藏不住事，常常都流露在脸上，你对她，基本上就有敌意。你说你怕她，我觉得是她怕你！你有时还真凶，难怪她看到你横冲直撞就吓死了……"

晴儿的话还没说完，小燕子就毛躁起来，对晴儿吼着："搞了半天，你还认为是我不对？你们怎么都向着她？"晴儿急忙把小燕子的双手一拉，认真地说："小燕子！我们是什么交情？我怎么会帮她？我都在为你设想，也为大局设想，你和五阿哥是天长地久的，那么，你这一生，都逃不掉知画了！"小燕子像是挨了一棒，屁股跌坐在椅子里，凄然地说："我知道了，因为她和永琪，也是'天长地久'的！"紫薇和晴儿不语，默认了。小燕子就用手托着下巴发愣。

就在这时，门外一阵骚动。外面传来太监大声的通报："老佛爷驾到！福晋到！"

三人赶紧跳起身子，面面相觑。只见太后带着知画进房来，后面跟着桂嬷嬷、珍儿、翠儿，三人手中，都抱着知画的衣服、书本、画册、画卷等物。明月、彩霞跟着进来，张罗茶水。

三人急忙行礼，说"老佛爷吉祥"等话。太后看着三人，一副息事宁人的样子，态度温和地说：

"小燕子，我把知画送回来了！那晚的事，知画都跟我说清楚了，大概是我误会了你。我想，事情过去就算了，大家都不要记在心上！知画说，她是景阳宫的人，没有道理长住慈宁宫，她要回来向你请罪，你怎么说呢？"

小燕子愣在那儿，还来不及开口，知画就一步上前，拉住她的手，含泪说："我错了！姐姐，请你原谅我！不要赶我走，允许我回来！"小燕子一向"吃软不吃硬"，知画这样一喊，她就算是铁打的人，也都融化了，反而觉得鼻子里酸酸的："你说的是什么话？景阳宫本来就是你的家，我有什么资格赶你走呢？""那么，你不气我了？"知画小声地问，又看紫薇和晴儿。"小燕子这人，就算有气，顶多一个晚上就过去了！"紫薇笑笑说。

"事实上，我们三个正在研究，是不是让小燕子去接你回来呢！"晴儿接口。"是吗？"知画有点受宠若惊，眼睛一亮。小燕子只得点点头，知画就含泪而笑，说："谢谢你们，你们待我真好！"太后看到事情搞定，就急忙嚷："桂嬷嬷，珍儿，翠儿！把五福晋的衣服和东西去放好，还有些在慈宁宫的，也去搬回来！"桂嬷嬷、珍儿、翠儿忙着答应，大家就穿花蝴蝶般忙忙碌碌地往里面跑。紫薇和晴儿对视一眼，晴儿如释重负，对紫薇颔首，表示这样做没错。紫薇虽然也微笑着，心里依旧存着疑惑，眼神是若有所思的。

知画就这样，又回到了景阳宫。第二天早上，小燕子、知画、紫薇三个，带着东儿一起吃早餐。桂嬷嬷、珍儿、翠儿、明月、彩霞都在伺候，不住把菜和烧饼油条搬上桌。紫薇端着一碗粥，在喂东儿吃。东儿爬上爬下，吃得极不安静，奶娘也在一边照顾着。紫薇满口央求：

"好东儿，求求你啦！不要把饭含在嘴里，要咽下去呀！吃多多，才会长胖胖！等到阿玛回来，看到你变成一个'小壮丁'，多好！"

东儿咽下了粥，张嘴给紫薇看，笑着说："吃多多了！"伸出拳头，一拳头打在紫薇鼻子上，嚷着，"壮壮！壮壮！""好壮好壮！"紫薇又闪又躲又笑，"真的咽下去了，东儿好伟大！"

东儿笑着，紫薇赶紧再喂一口，东儿含着饭一滚，滚进了紫薇怀里，满嘴的粥，都擦在她的衣服上。紫薇也不在意，抱着东儿直笑。奶娘赶紧去抱东儿，说：

"还是我抱下去喂吧！在额娘面前，他就是会撒娇！"奶娘抱着东儿下去了，明月、彩霞急忙拿了帕子，帮紫薇擦拭。知画看得目不转睛，饭也忘了吃，感动地说：

"看到你们母子这副样子，真是羡慕！东儿和尔康额驸，简直像一个模子印出来的！连动作都像！"紫薇因知画的感动而感动，笑着说："是啊！大家都说，东儿就是一个'小尔康'！现在，尔康不在，我每天看着东儿，都会想着尔康！东儿就像尔康的影子，给我好大的安慰。这一代一代的延续，实在太神奇了！"知画不由自主，低头看看自己隆起的肚子，充满期待地说：

"我还要等五个月，孩子才会出世，好久啊！我都等不及了，真想马上生下来，不知道孩子像我，还是像永琪？"她快乐地、幸福地笑，"希望他像永琪！不过，永琪说，是个女儿也不错，他希望生个女儿，长得像我！"

小燕子一直闷着头吃饭，若有所思，此时，不禁一震抬头："他希望生个女儿像你？你们常常讨论孩子的事吗？""你说永琪和我？"知画一怔说，"是呀！他走以前，我们常常讨论。他说，他已经老大不小了，才有这个孩子，所以特别高兴。我想，每个第一次当阿玛的人，都会这样吧！但是……"她甜甜地一笑，心无城府，自然而然地说，"我当然希望生个儿子啰！等到第二个，再生女儿也不迟！"

小燕子大震，看着知画，冲口而出地问："第二个？你们也

计划过第二个的事吗?"知画害羞起来,低下头去,怯怯地说:

"不是计划,是讨论而已。永琪说,他和我的孩子一定聪明,希望多生几个。他当然希望孩子多多益善,毕竟,他是皇子嘛!其实,结婚以后,前两个月都没消息,我还真怕自己不能生!"

知画这话一出口,小燕子神色大变,紫薇也一脸的诧异。小燕子又冲口而出:"前两个月?你前两个月怎么怀孕?永琪不是根本没有碰你吗?"知画似乎吓了一跳,睁大了一对黑白分明的眼睛,瞪着小燕子说:"谁说的?哪有这个事?这不是太荒唐吗?"她掉头看桂嬷嬷,再问,"桂嬷嬷,宫里有这样的谣言,你怎么没有告诉我?是哪儿传出来的?"

桂嬷嬷赶紧上前,低声说:

"福晋,宫里哪有这种传言,大喜第二天,老佛爷就验明正身,逃都逃不掉!新婚的时候,你和五阿哥如胶似漆,人人都知道!这话,大概是五阿哥和还珠格格闺房里的悄悄话吧!"

知画眼珠一转,一副恍然大悟的样子,就一笑说:"算了,咱们不要谈这个问题,在丫头们面前,讨论这个不大好意思耶!"看着小燕子,充满抱歉地再说,"永琪怎么说,就怎么算呗!你听他的就好了……是我一时失言了!"小燕子一面听,一面下意识地夹了一个鹌鹑蛋放进嘴里,听到这儿,心里一怔,整颗蛋都卡进喉咙里,不禁大咳起来。

"喀喀喀喀喀……我要噎死了……喀喀……"紫薇急忙帮她拍着,明月、彩霞也急忙上前,拍背的拍背,倒水的倒水。珍儿、翠儿、桂嬷嬷在一边旁观,交换着得意的笑。

"赶紧用力咳,吐出来,赶快吐出来!"紫薇喊,拼命拍打着小燕子的背脊。小燕子咕咚一声，把整颗蛋都咽进了肚子里，推开碗筷站起身，大声说："哪里吐得出来？我都吞进去了！这早餐，我也不吃了！"小燕子掉头就走，紫薇急忙追了过去。只见小燕子冲进卧室，开衣柜拿出包袱皮，铺在床上，再抱出一些衣服，丢在包袱皮上，开始急急忙忙地把衣物打包。紫薇冲上前去，把她手里的衣服抢下来。"你在做什么？""我去云南，我去找永琪问个清楚！""你疯了？"紫薇问，"为了这样一件事跑到战场去问个清楚？云南离这儿有多远，你知道吗？以前我们出门，都有他们几个保护着，现在，你要一个人去，谁保护你？""我去找柳青柳红……""不要傻了，金琐又怀了第三胎，会宾楼生意好得不得了，柳青根本走不开！柳红听说也快生了，怎么陪你去云南？"小燕子听到这样，挫败感排山倒海般涌了上来，瞪大眼睛问：

"怎么人人都要生小孩？那么容易就有孩子？不是太奇怪了吗？"她继续打包，语气坚决，"不行！紫薇，我怄得快要死了，如果我不马上找到永琪问清楚，我会憋死的！你也知道，当初永琪说，始终没有跟她圆房，还是我逼他去的……我受不了这个！我一定要去找永琪！我们一起出宫，侍卫以为我去学士府，就不会东问西问，你去带东儿，我们赶紧出宫去……"

"你太不理智了！永琪跟你那么多年的感情，你不去相信他，偏偏要相信知画……"紫薇拼命抢着小燕子的包袱，小燕子说："你们不是都说，知画不会用心机，不会耍手段吗？她讲得那么自然，一定是真的！"

小燕子气得脸色发青，跺脚大骂："该死的永琪，为什么要骗我？左拥右抱就左拥右抱嘛，见一个爱一个，还要在我面前装模作样！骗得我团团转，我气死了！气炸了！气疯了……"一面说，一面翻箱倒柜找东西。

"你安静一下，听我说好不好？"紫薇急坏了。"不好不好！我收拾东西马上走！"小燕子把自己的鞭子、箫、剑一样样找出来，放进包袱里。紫薇一急，拦住了她，抓住她忙碌的手，急促地喊："小燕子！你要中计吗？""中计？"小燕子一怔。

紫薇奔去，把房门窗子都关好，奔过来再拉住小燕子，开始分析：

"知画说的这些，明明就是要气你！你如果中计就走，说不定她就是要逼你走！我现在都明白了，她确实步步为营，当了五阿哥的福晋！但是，她没料到永琪这样爱你，你的地位太稳固了，使她备受威胁，就算皇阿玛、老佛爷都喜欢她，她争取不到永琪，她还是输！所以，最好的办法，是离间你和永琪的感情，这比杀了你还管用……"

小燕子不耐地打断她："我中计，我就是中计了！我没有办法和她生活在一个屋檐底下，每天听她说和永琪多么多么恩爱……我要去找永琪，我非找到他不可！"

小燕子说完，把紫薇用力一推，背着包袱，拿着鞭子，冲出房门去了。她一口气奔进院子，紫薇跌跌撞撞地在后面喊："小燕子！回来……回来！你答应过永琪的话，你都忘了吗？""我是傻瓜，才会答应他那些鬼话！"小燕子边跑边喊。

明月、彩霞也追了出来，小邓子、小卓子不知道发生了什么，一拦："格格要去哪里？""小邓子，小卓子，明月，彩霞……拦住她！别让她走……"紫薇喊。"是！"

几个宫女太监就去拦小燕子，明月拉住小燕子的衣袖，彩霞拉住小燕子的衣摆。"格格！听紫薇格格的话吧！"明月劝着。"你一个人跑出去不行呀……你忘了翰轩棋社的事了吗？五阿哥不在，谁去救你呀？"彩霞嚷着。

小邓子、小卓子张开双手，拦在小燕子前面。"格格心里有什么不痛快，在院子里练练剑就好了！不要往外跑！"小邓子说。"就是就是！挥鞭子也可以，要不然，奴才陪格格练功夫，打拳，叠罗汉！"小卓子说。

大家喊成一团，知画带着桂嬷嬷、珍儿、翠儿出来看热闹。小燕子被众人纠缠住，不能脱身，大急，一声大吼：

"谁再拦着我，我跟你们不客气了！"

小燕子喊着，鞭子一阵挥舞，小卓子、小邓子、明月、彩霞全部遭殃，哎哟哎哟地摔了一地，小燕子就冲出重围，往外飞蹿。谁知，门外，乾隆带着几个太监，正要进门。小燕子一冲，就直撞到乾隆身上。乾隆大喝一声：

"小燕子！你在做什么？"小燕子猛然收住脚步，抬头看着乾隆。院子里的一群人，全部手忙脚乱地站起，喊皇阿玛的喊皇阿玛，喊皇上的喊皇上。小燕子却扑通一声，对乾隆跪下了，哀求地喊："皇阿玛！请你派一队军队给我，我要去云南找永琪！""你要去云南找永琪？"乾隆大惊，"你疯了？失去理智了？还要朕派一队军队给你？你以为你是梁红玉，还是花木兰？"小燕子仰头看着乾隆，带着一脸的狂热，迫切地说："我会一点功夫，比许多清军都强，我不要当将军，只要有人保护我就行了！我一定很勇敢地打仗！他们打了几个月，都没打赢，说不定我一去就打赢了！"乾隆不可思议地摇头，抬头看紫薇和知画，嚷着："太荒唐了！紫薇，知画，你们就由着她这样胡闹？前线是女人可以去的地方吗？"紫薇还来不及说话，知画进一步上前，对乾隆屈了屈膝说：

"皇阿玛不要生气，姐姐只是思念五阿哥，情不自禁而已！"

"情不自禁？怎么动不动就'情不自禁'？"乾隆更气，严厉地说，"小燕子，这宫里生活的第一步，就是学会控制你的感情！你现在不是刚进宫那个不知天高地厚的小燕子，你是五阿哥的妻子，是一位福晋，你看看你有没有福晋的样子？"

小燕子一听这话，气得发抖，从地上站了起来，喊着："福晋？我哪儿是福晋？这个景阳宫，已经有位'福晋'了！我算什么？""搞了半天，你又在跟知画较劲，是不是？"乾隆恍然大悟。

紫薇急忙上前，对乾隆说："皇阿玛！不是您想象的那样，我们很久没有前线的消息，小燕子觉得，女人也是人，也可以贡献自己的力量，一心一意要去帮忙打仗！她并没有恶意！"知画就接口说：

"就是就是！皇阿玛，小燕子姐姐跟我，情同手足，您千万不要误会！看在知画的面子上，别生气啦！"说着，就嫣然一笑，转变话题，"皇阿玛！我最近在练您的字体，练得很有心得耶！我写了整部《唐诗别裁》，您要不要帮我指点一下？"

乾隆脸孔一亮，盯着知画，不相信地问："你用朕的字体，写了整部《唐诗别裁》？不可能！""真的呀！但是，皇阿玛的字好难练，我写得不好！"知画笑着。

"让朕看看去！"乾隆兴趣来了，回头对小燕子一凶，"你胡闹到这儿，就够了！别再闹下去，让大家看笑话！如果你的时间太多，别用在害相思病上！学学知画，练练字，念念书，画画画……心就静下去了，不是很好吗？"说完，带着知画，在桂嬷嬷、珍儿、翠儿的簇拥下，进房去了。明月、彩霞赶紧跟进去伺候。

剩下小燕子和紫薇，站在院子里。小燕子脸色惨白，眼睛发直，气得浑身发抖。紫薇的心，也沉进了地底，但是，她的理智毕竟比小燕子强，她低声地对小燕子说："永琪和尔康他们，在前线打仗，我们在这儿打仗！你只要一走，就算撤退，就是打输了，你好好考虑一下！"

小燕子重重地呼吸，胸口剧烈地起伏着，半晌，才茫然无助地说："紫薇，我要怎么办？""不怎么办！和她斗法！"紫薇坚定地说，"只要你不生气，以不变应万变，她就没辙了！""那……"小燕子可怜兮兮地看着紫薇，毫无把握地问："万一她说的都是真话，是永琪在骗我呢？""如果你认为这样，那么她已经赢了！"紫薇叹息着说，"赢得好轻松，不费吹灰之力，几句话就把你打倒了！真是……最容易的战争！"

小燕子睁大眼睛，眼里充满了挫败、怀疑和无助。她抬头看着天空，突然发疯一样地想永琪。永琪永琪，你在哪里呢？

第四十章

落日正在沉落，彩霞把半边的天空，都染成了红色，极目四望，在地平线上，天与地几乎都接在一起。绿色的草原和起伏的山峦，被彩霞渲染成紫色的剪影，落日就在两个山峦间缓缓下沉，景色美得让人不能喘息。谁能知道，这样的美景下，却隐藏着随时可以爆发的战争。永琪站在山头上，眺望着天空，深深地沉思，几个月的战场生涯，已经让他满面风霜。

尔康和箫剑走了过来。"永琪，在想什么？"尔康问。永琪回过神来，坦白地说："想小燕子，不知道她和知画，处得怎样？总是心神不定，觉得她会出事！家书里，很多事也不能提！""我最担心的，还不是知画！"箫剑说，"我怕小燕子无法摆脱那份'杀父之仇'，见到你们的皇阿玛，不知如何相处？她在那个皇宫里，比我们在战场上还难！我们清清楚楚地了解，敌人是缅甸人，她们却根本不了解，谁是敌人，谁是亲人。"

"还好有紫薇，她会帮她分析，会站在她的立场去思想！

唉！"尔康一叹，"我们必须赶快打完这场仗，回到她们身边去！什么叫作'英雄难过美人关'，现在了解了！原来天天生活在烽火里，生活在生死边缘，还是会想她！"

"这场战争，没想到这么难打！"永琪回到现实，担忧地说，"再过十天就过年了，军人个个都在想家了！"

"更麻烦的是，粮食已经不够了！"尔康更加担忧，"虽然一路征收粮食，大军的消耗实在太大，现在，云南的粮食都吃完了，贵州本来就穷，粮食还不够自己吃！广西、四川的粮食，已经第三次征收了！路远迢迢，运过来还要一段时间，也是远水不救近火！"

"我们必须想出一个办法，速战速决！"永琪着急起来，"再拖下去，军心涣散，粮食不够，真是隐忧重重！"他思索着问，"不知道大象怕什么？""听说大象怕老鼠，也不知道是不是真的，你总不至于要去找许多老鼠来打仗吧！"萧剑也开始沉思，"不过，大象一定有它的弱点，我们只要把大象的弱点找出来就行了！"

尔康突然有力地说："火！大象一定怕火！""这算什么主意？"永琪皱皱眉头。"大象怕火，战马也怕火！再说，我们总不能拿着火把打仗吧！"

"不忙……我们想想，那群大象，调动一次，也是一件大事，他们到底把大象养在哪儿？我们一直忙着收复失地，是不是应该改变策略，去主动出击？"萧剑不愧为军师，提出了一个主要的问题。

三人彼此互看，点头，开始苦思对付大象的策略。

这晚，天空里只有疏星数点，缅甸的军营扎在一个山坳里，四周十分荒凉。暗夜沉沉，象栏中的象群正在休息，或站或坐，一只一只，像一幢幢巨大的黑影。在一座缅军帐篷中，猛白和慕沙正在用缅甸话吵架。猛白嚷着："那个驸马，你离他远一点！不要忘记你自己是个公主，脚也给他拉过了，胸口也给他打到了……下次他落到我手里，我一定要他死！""不行不行！他是我的，我要亲手结束他！"慕沙激动地喊，"不然，这口气怎么出？爹，下次遇到他，你不能插手，把他交给我！""交给你？"猛白瞪大眼，"万一你放水怎么办？""放水？我怎么会放水？""如果你没有放水，他们怎么会拿到解药？"猛白恼怒地大吼，"探子回报，说是清军已经知道解药是什么，这些日子，地上龙须草的根，都被他们的部队挖走了！听说那个驸马中了你的毒针，为什么没有死？"他冲上前去，一把抓住慕沙的盔甲，"你跟我说清楚！他为什么没有死？"

就在猛白和慕沙吵架的时候，尔康带着萧剑，已经悄悄地溜到山头上，几个巡夜的缅军，正来来往往地走着。尔康、萧剑和几个武功高手，无声无息地掩至，从缅军身后窜出，勒住脖子，守卫缅军纷纷倒地。

尔康、萧剑就匍匐在草丛中，拿着望远镜向山谷中看去。果然，大象都在象栏里。尔康察看着大象群，也察看着缅甸军营。确定山坳中就是象群了，他就举起手来，低低说："开始行动！"

尔康一个手势，原来清军准备了炸药，包在无数的稻草球里。清军看到尔康的手势，便把稻草点燃，推向山谷。只见山坡上，无数的火球，滚进象栏中，然后，一阵阵轰然巨响，火球炸开，火花四射，群象大惊，悲鸣着，挤来挤去，天摇地动地四散奔逃。

缅军冲进猛白的帐篷，对猛白和慕沙大喊大叫：

"火球……火球……噼里啪啦，爆炸……大象跑了！全部跑了……"猛白和慕沙大惊，冲出帐篷，只见象群四散奔逃。慕沙拿起望远镜，对着山头看去。不料，在镜头里，居然看到尔康也拿着望远镜看过来，两人在镜头里，都一眼看到了彼此。尔康看到她，就得意地对她挥挥手，然后，放下望远镜，带着一队人马，迅速地撤退了。慕沙丢下望远镜，气得哇哇大叫：

"我要去抓他！我要去追他！我要他的命……我的战马呢！"慕沙冲进帐篷，抓了自己的头盔，急忙戴好，再冲出来，跳上帐篷外的一匹战马，策马疾驰，狂奔而去。猛白跳脚大喊："不要追那个驸马了，赶快把大象追回来，才是正事！"慕沙早已奔得不见踪影，猛白只得疾呼："赶快派一队人去保护她！"一队缅甸军，急忙上马，跟着飞驰而去。

尔康和箫剑带着一队精锐的清军，正在夜色里疾驰。忽然，身后喊声震天，慕沙和缅军追了过来。慕沙喊着："你这个'死马'！你敢放火烧我们的大象，我要你的命！你往哪儿跑！"

"哈！那个缅甸王子，居然追过来了！"箫剑惊愕地说，"他真是胆大包天！好像没几个人，就这样追来，不怕我们把他俘虏吗？"尔康回头一看，再看看前面的山势，对箫剑说："箫剑，我把这个慕沙引诱到那边树林里去，你负责断他后路，挡住缅军！我们今晚活捉这个缅甸王子！""就这么办！小心他的毒针！"箫剑举手示意，带着清军，隐身于山壁后。慕沙已经挥舞着长剑，追杀过来。

"死马，你有种就不要跑！"慕沙大喊。"哈哈！"尔康大笑，"我偏要跑！你有种就不要追！"尔康一面喊着，一面飞骑奔入丛林。慕沙疾追，也进入丛林。缅军随后要追入丛林，箫剑带着人马，大喊着冲了出来。

"来一个，杀一个！来一双，杀一双！兄弟们！杀呀！"箫剑就带着人马，和缅军大打起来。慕沙疾驰进了树林，四面张望，不见尔康身影。

"死马！你躲到哪儿去了？出来！"只见一棵树上，拴着尔康的战马，慕沙勒住马，狐疑地四看。"哼！要布陷阱是吗？以为我好欺负？"慕沙一股正气凛然、大而无畏的样子。"就算你埋伏了千军万马，我也不怕！"正说着，尔康大笑着从树梢飞扑而下，喊着："没有千军万马，只有我一个！今晚，我们大清的驸马，要单挑你这个缅甸王子！"说着，直扑马背上的慕沙。慕沙被尔康一扑，在马背上坐不稳，滚下地来。他身手灵活地站稳脚跟，拔剑在手，看着面前气定神闲的尔康，怒骂："只有你一个人？那你就不是'死马'，会变成'死人'了！"

"你这个缅甸王子，学了中文，还学了耍嘴皮子！"尔康一剑刺过去，"你不如乖乖投降，归顺我们大清！""做你的梦！我看，你长得不错，武功也有一点，不如归降我们缅甸！""哈哈！看看是谁投降！"

两人一面拌嘴，一面交锋，两人武功都不弱，互有惊险之处，每当惊险时，不禁惊怔互视，彼此都有服气的地方。但是，毕竟尔康武功了得，慕沙不是对手，越打越吃力，几次三番，都差点伤在尔康的长剑之下，打着打着，慕沙越战越心急，眼看不敌，又不见自己的人马前来支援，不禁着急，突然跳出战圈喊：

"不打了！不打了！下次再打！"说着，就飞身上马。尔康哪里放得过她，飞跃过去，抓住她的脚，把她拖下马背来。"想逃？门都没有！下来！"慕沙被拖下马背，又急又气，急忙横剑就砍。尔康欺身上前，发现慕沙始终没有用暗器，更加放胆打了过去。"你的暗器没带出来！那……你是死期到了！"

尔康施出擒拿手，闪电般抓住慕沙胸前的盔甲。这些缅甸贵族，盔甲上有许多像鳞片一样的装备，用来抵挡刀箭，也用来区别身份。尔康一抓，就抓住了那鳞片，用力一扯，居然把那盔甲给扯下了一大片。慕沙大惊，蓦然变色，疾呼：

"你放手！"奋力一挣，一个筋斗翻出去。尔康长剑跟着急刺而来，慕沙一闪，长剑正好挑起了她的头盔，头盔落地，慕沙一头乌黑的长发迎风飞舞。慕沙身子落地，尔康看去，月光下，只见她胸前肌肤似雪，里面穿着缅甸式半边肚兜，酥胸半露，长发飘飘，原来是个绝色女子！尔康大震，仓皇后退，震惊已极地说："原来你是个姑娘家！怪不得……"慕沙看到自己衣冠不整，又羞又窘又气，跳起身子，直扑尔康："我杀了你！我非杀了你不可！"

尔康仓促应战，伸脚一绊，慕沙跌倒，尔康一剑逼了过去，直刺她的前胸。她倒在地上，已经没有生路，大眼盈盈然地瞪着他，羞窘已极。尔康的剑尖，抵在她胸前，却不忍刺下去。慕沙羞愤地说：

"我杀不死你，只好让你杀了我！杀呀！刺呀！杀呀……"尔康怔着，凝视慕沙，忽然叹口气，把长剑一收，说："没想到，缅甸有这样的奇女子！好男不和女斗，我放了你！快走！"岂知，慕沙却十分刚烈，打输了，又弄得这么狼狈，羞愤填膺之下，拿起自己的剑，就横剑对自己脖子抹去，嘴里壮烈地说：

"我是猛白的女儿，身子被你看了，还怎么活下去？我怎能受这样的侮辱？不如死去……"尔康大惊，想也没想，就一剑直挑过去，用力甚大，把慕沙的剑挑飞了。他瞪着她，被她的气势震撼了，义正词严地喊：

"慕沙！你是英雄人物呀！你敢跟着你爹上战场，你敢冲锋陷阵，你大敌当前，面不改色，你哪儿像个姑娘？你是缅甸的勇士呀！现在，居然会在乎这些小节？生命怎么可以随便放弃？你起来！快走！我不俘虏你，也不杀你，今晚的事，我不会跟任何一个人说！我们清军，没有人看出你是女子，我会保密到底！快走！"

慕沙跳起身子，用手捂着胸前的衣服，呆呆地看着尔康。树林外，有马蹄声音传来。尔康疾喊："你还不走？等到清军来，你要走也走不掉了！是英雄，下次战场见！"

慕沙再看尔康一眼，心中佩服已极，勇气和信心立刻恢复。她大喊："你今天不杀我，你会后悔！下次在战场上相遇，我不会放过你！""彼此彼此！后会有期！"尔康笑着喊回去。

慕沙就飞身上马，疾驰而去，一面疾驰，还一面回头。尔康仍然持剑肃立，看着慕沙的背影消失。一阵马蹄声，箫剑带着马队奔来，对尔康喊：

"缅甸军已经被我们消灭了……怎么？你没有活捉那个缅甸王子？人呢？"尔康回过神来，抬头看箫剑，摇摇头："那个缅甸王子，身手实在太好，我们大战一场，还是给她逃掉了！"箫剑惋惜着，看到天色已亮，不想追赶了。

"逃掉也别追了，我们赶快回到营地去吧！五阿哥看我们一夜不回，会着急的！"尔康一跃上马，带队回程。关于这次和慕沙的遭遇，尔康非常守信，从来没有对永琪或箫剑提起。有时，也会觉得奇怪，怎么大家都没有怀疑过这个慕沙王子是公主！

接下来，清军如有神助，一连打了好几场胜仗，陆续收复了许多失地。永琪和尔康这左右两将军，逐渐成为清军的主力，连带兵多年的傅恒，也不能不佩服他们的作战能力，更对那个神秘的"百夷人"佩服不已。

这天，几个主将，决定兵分两路，傅恒带镶蓝旗去收复九龙江，永琪和尔康带领镶白镶红两旗去收复普腾。这是永琪、尔康、箫剑在缅甸的最后一役。这一战，战出了生离死别，战出了天人永隔，战出了人世最大的悲痛！

这天，雾色苍茫，层云飞卷，群山重叠。在普腾的郊外，缅甸的一支军队，正在山谷中扎营驻守。

山谷里，有几栋被军队征收的农庄草房，还有十几个帐篷。在帐篷四周，三三五五的缅军，军容不整地四散着。还有几个缅军在无精打采地打瞌睡。许多缅甸兵，正在搬运刚刚运到的粮食，不断从马车上，一袋一袋地抬到农庄仓库里去。战马四散吃草，有种懒散的气氛。显然经过久战，缅军也已人困马乏。

山脊上，无声无息地，出现永琪、尔康、萧剑的身影。三人都是一身军装，隐在树丛间，萧剑拿着一个望远镜，在视察敌营。永琪低声问："你看这情势怎么样？没有象兵部队，是我们最好的机会！要不要攻下去？""慢一点，我闻出一股'诱敌深入'的味道，你们闻到了吗？"萧剑四面看。"尽管有'诱敌深入'的味道，也有'粮食'的味道！看到了吗？他们一袋一袋地在运送！我们如果攻击成功，就可以抢他们的粮食，来补我们的不足！"尔康说。

萧剑在镜头中，忽然看见了慕沙，正策马徐行。他兴奋地放下望远镜说："不只'粮食'的味道，我还看到那个缅甸王子慕沙！""慕沙？"尔康一愣，"又是她！""慕沙在哪儿？"永琪精神一振，"我们只要抓住慕沙，不怕缅甸王不投降！"

尔康抢过望远镜一看，镜头下，慕沙风度翩翩，悠闲自在。"我看到了！她在东边！把她交给我吧！我带一队人马直冲慕沙！"萧剑四看，还有些顾虑：

"奇怪，怎么没看到他们的弓箭手，他们的毒箭，不能不防！"永琪看到慕沙挂单，又看到粮食运进粮仓，决心一战，豪气干云地说："不入虎穴，焉得虎子？我们赶快打一场漂漂亮亮的胜仗吧！有粮食，有缅甸王子，我们还犹豫什么？""就是这个才奇怪……让我再研究一下！"萧剑察看着地势。"不要研究了，机会难得！"永琪看二人，"怎样？战还是不战？""战！"尔康重重一点头，视死如归地说。"战！"萧剑也收起迟疑，重重地一点头。"好！战！"永琪点头，"我攻中路！萧剑，你攻西边！我们分两路进攻！""萧剑！你跟在五阿哥身边，保护五阿哥！"尔康急忙吩咐，"你们一路，我一路！"

他盯着永琪："不管有多么危急，你身为阿哥，绝对不能冒险！"

"大家都不能冒险，我们进攻吧！"永琪严肃地点头，也盯着尔康。三人严肃地互看，永琪伸出手掌，三人的手，在空中重重地一击。永琪举起手示意，顿时间，号角声划破寂静的长空。在山谷里的慕沙，听到号角声，猛然一抬头。只见山脊上，清军号兵吹着号角现身，紧接着，战鼓齐鸣。鼓兵打着鼓，跟着现身，接着，山脊上，无数的清军现身，一字排开，军容壮大。

永琪的手一挥，清军就从山脊上呼喊着，直冲而下。

"冲呀……杀呀……冲呀……"无数清军，冲下山谷，缅甸军营中，缅军奔出迎战。尔康骑着马，手拿盾牌和长剑，一路厮杀过去，后面带着一队精锐马队。慕沙抬头凝视，眼看清军奔驰而来，发出一声清啸。刹那间，缅军从草屋里，后面树林中，蜂拥而出。无数的利箭，不知从何处飞来，直射清军。永琪手里的剑和盾牌舞得密不透风，利箭纷纷坠地。永琪大喊："不好！敌人有埋伏！赶快告诉尔康，撤退！"箫剑紧跟在他身旁，左一剑，右一剑，杀得眼睛发红，喊着说："来不及了！杀呀……"

永琪顾不得这是不是陷阱了，只能奋不顾身，一路厮杀过去。箫剑亦步亦趋，一方面力战缅军，一方面保护永琪。他知道，永琪是大清的未来，也是小燕子的生命，他不能让永琪有任何闪失。

尔康直奔慕沙，长剑直刺，连连刺倒敌军，转眼间奔到慕沙面前，大喊："慕沙！又见面了！我军五万人，已经包围了你们！

你还不投降？"慕沙对尔康大笑："你们包围了我们，还是我们包围了你们？你回头看看！"

"想骗我回头？门都没有！你们的象兵部队，已经被我破解了！""象会认主人的，你这点常识都没有吗？"慕沙笑着喊，"象兵部队是这么容易破解的吗？难道我们不能再送大象过来吗？"两人和往常一样，一面斗嘴，一面交手。慕沙手中的长剑，虎虎生风地刺向尔康，招招凌厉，毫不留情。"我早说过，不杀我，你会后悔！"慕沙嚷着。尔康急忙迎战，两人就在马背上大战起来。战着战着，尔康听到身后，那种雷声又起，象鸣声惊天动地。"不好了！中计了！"清军纷纷惊喊着，"敌人从后面打来了……象兵部队又来了！大象……大象……"尔康大惊，猛一回头，只见象兵部队，从清军身后追杀出来，象兵居高临下，手舞各种有铁链的武器，清军中箭的中箭，中刀的中刀，中铁钟的中铁钟，纷纷倒地。尔康正在错愕中，慕沙身边的一个武士，举着战斧，对着尔康当头劈下，慕沙急喊："这个驸马是我的，我要活捉他！"

武士的战斧在尔康的盾牌上溅出火花，尔康力贯盾牌，战斧竟然飞了出去。尔康就用盾牌当武器，一横，把武士打落马背。此时，慕沙飞身而起，落在他的马背上，把他的身子一抱。慕沙在尔康耳边喊：

"你说过，好男不和女斗！你别占我便宜！"尔康大惊，喊："那你跑到我的马背上来干什么？"慕沙叫着："活捉你！"尔康伸手，抓住慕沙的胳膊，想甩掉她。她大叫："你敢碰我！"又用缅甸话大喊，"拐马腿！"

缅军挥舞一根铁链，绊住马腿。马儿长嘶倒地，尔康施展轻功，落地站稳，只见慕沙就地一滚，滚出战圈，一抬手，一排匕首打向他，他长剑飞舞，把暗器纷纷打落。才打掉暗器，觉得四周有异，猛一抬头，看到无数的缅甸箭手包围过来，无数的毒箭像雨点般从四面八方射来。

永琪在远处，打倒了两个缅军，一抬头看到尔康有难，大叫："尔康……小心毒箭……"永琪一面喊，一面不顾一切地策马飞奔向尔康。萧剑急喊：

"五阿哥！让我去……尔康小心……"萧剑也策马飞奔向尔康。这时，带领象兵部队的猛白，舞着战斧，连续杀了几个清军，追了过来。永琪首当其冲，就挥舞着长剑，力战猛白的战斧。

尔康眼看毒箭射到面前，只能拔地而起，落在一匹马背上，策马要杀出重围。但是，一根象鼻一扫，尔康被扫下马背。一支利箭，就这样直刺进他的胸口。虽然穿着盔甲，那利箭力道太强，仍然穿透了战袍。尔康大叫，双手握住箭柄，用力一拔，血花飞溅，他喘息着，大吼一声，就用拔出的箭当武器，对缅军横扫过去，一排缅军，被他这样勇猛地一扫，纷纷倒地。他伤口剧痛，眼前模糊，身子摇摇欲坠。又一阵箭雨，对他急射而至，这次，他再也躲不掉，许多利箭，都射在他的身上。在这一刹那间，他的眼前，掠过无数紫薇的影像……紫薇的笑、紫薇的泪、紫薇的温柔、紫薇的叮咛、紫薇的声音，在那儿喊着："尔康，我等你！记着记着，要平安回来……"他眼前是千千万万个紫薇，再也没有战场，没有向他当头打下的各种武器。他脚一软，跪下，再跌倒。

当时，永琪正和猛白缠斗，听到尔康的喊声，抬头一看，目睹这一幕，吓得魂飞魄散，撕肝裂肺地大喊："尔康……尔康……"永琪红了眼睛，抛下猛白，就向尔康的方向直扑过去。猛白哪里会放他走？骑着大象，追杀过来。永琪心急如焚，只想去救尔康，没有心情恋战，施展轻功，飞身上了象背，一剑直刺猛白，一脚踹掉了猛白的战斧。猛白没料到他如此神勇，象背上坐不稳，翻身落地。永琪也跃下地，再往尔康的方向跑。岂料，猛白大喝一声："大象，挺！"大象竟然用它那巨大的头，顶向永琪的背，他站立不住，跌倒在地，一翻身，只见大象举起巨蹄，像泰山压顶般对他的脸孔踏下，他急忙用力一滑，身子穿过了大象的腹下，从象尾处溜了出来。他一把抓住象尾，正想借力站起身子，不料大象力大无穷，拖着他向前奔。他急忙松手，却惊见后面的大象，也抬着"巨灵之掌"，对着他的面门直踩过来。他仓皇跃起，紧张之中，没有看到猛白，抽出腰间的短刀，对着他的脑袋劈下。永琪只觉得眼前一黑，什么都看不到了，他闷哼一声。

箫剑眼看尔康倒下，又见永琪倒下，他心魂俱碎，飞驰过来，舞着长剑，喊得力竭声嘶："五……阿……哥……尔……康……五……阿……哥……尔……康……"山谷中烟尘滚滚，箫剑的喊声，穿山透云而去。

同一时间，景阳宫正静悄悄地躺在午后的冬阳里。

紫薇搂着小燕子，倚在卧榻上睡着了。明月、彩霞和众宫女在悄无声息地伺候着。添炉火的添炉火，点香炉的点香炉，盖被子的盖被子。彩霞抱着东儿，拍着哄着，东儿也睡着了。

忽然，紫薇从睡梦中惊醒，惨叫：

"尔……康……尔康……"小燕子吓得整个人惊跳起来，跟着大叫："永琪……永琪……"明月彩霞急忙冲到床边，喊着："两位格格怎么了？午觉睡得好好的，被什么吓醒了？"

紫薇瞪着一对惊惶的大眼睛，看着小燕子，害怕地说："小燕子……我梦到尔康……""我也梦到他们了……"小燕子颤抖地说，"不是尔康，是永琪……永琪……"

孩子被吓醒了，伸手要紫薇抱："额娘……额娘……"

紫薇没有注意孩子，只是瞪大眼睛，看着小燕子，小燕子也瞪大眼睛看着她，两人互看，都在对方眼中，看到自己的恐惧，不禁吓得紧紧一抱。紫薇低低地、急促地说：

"不会的，不会的……他有吉祥制钱保护着，他有同心护身符……永琪更不会的，他有皇阿玛的洪福罩着……他是大清的命脉……"

小燕子拍拍胸口，拼命镇定自己：

"是的是的……他答应过我，他会保护好他的脑袋，他们都会好好的……"

紫薇和小燕子眼睛里的恐惧越来越深，他们到底是不是好好的？谁能告诉她们呢？

第四十一章

　　永琪和尔康，并没有"好好的"。战场上，一片悲惨景象。这一战实在惨烈，双方都损失惨重。猛白的大将，纷纷被杀，他无心恋战，带着军队急忙撤退，剩下的清军，还在战场上收拾残局。硝烟弥漫，两军的尸体，散布各处。受伤的士兵，在呻吟求救。残破的战车冒着烟，余火兀自燃烧。倒地的马匹、散落各处的兵器、半毁的旗帜……在显示曾经有过多么惨烈的战争。刘德成带着无数清军，在找寻尔康。他到处寻觅，喊着："额驸……你在哪里？福将军……你在哪里？"永琪躺在一件军毡上，萧剑和军医围绕着他，给他治伤。他的额头中了一刀，正在流血，人也昏迷着。军医帮他清理了伤口，再麻利地包扎起来，萧剑紧张地看着，着急地问：

　　"军医！五阿哥的伤势怎样？有没有生命危险？""五阿哥洪福齐天，应该不会有事，伤口不是很深，但是，流了太多血，又伤在头部，就怕昏迷不醒，也怕醒来之后，意识不清楚，我们喊喊他，最好把他喊醒！""五阿哥！醒一醒！快醒来！五阿哥……"萧剑急喊。军医和士兵，也围在旁边大喊："五阿哥！五阿哥！五阿哥醒一醒！五阿哥！"永琪在大家的呼唤声中，呻吟一声，眼睛蓦地睁开了。萧剑惊喜地喊："醒了醒了！"就盯着永琪，"五阿哥！看到我了吗？认识我吗？"永琪猛然坐起身子，"哎哟"一声，用手抱住头，"哎哟！好痛！"军医急忙把他的手拉下来："不要碰，那儿有伤口！"萧剑看到永琪醒了，又听到军医说没有大碍，就拍拍他，一跃起身，着急地说："五阿哥……你醒来就好了！我还要去找尔康……"永琪听到"尔康"两字，大大一震，整个人都醒了，一把抓住萧剑的衣服急问："尔康在哪里？"他挣扎着要站起来，大家赶紧扶住，"尔康呢？尔康怎样？我看到他中箭……他在哪里？""还没有找到尔康……好像不只中箭，我看到他倒地以后，刀、剑、战斧都对他砍去……可是，就是找不到他的人，我再去找！"萧剑说着，转身就跑。

"五阿哥！赶快躺到担架上去，我们送您回营地！"军医伸手去扶永琪。永琪一把推开了军医，激动地喊："我没事，不要管我！赶快去找额驸……"他跌跌撞撞地向四处找寻，疯狂地放声大叫："尔康……尔康……你在哪里？尔康……"

永琪一面喊着，一面脚步踉跄地四处去看，身子摇摇晃晃，萧剑回头喊："我去找，你先回营地休息！""我不要休息！我不要！"永琪大叫，"尔康……尔康……"对士兵们大喊，"兄弟们，快找！救人如救火，说不定他受了重伤，无法答应我们……"

萧剑赶紧吩咐："扩大搜寻的范围！往缅甸军撤退的方向去找！一路找过去！""我带一队快马去找！"刘德成急忙答应。

刘德成上马，马队迅速地奔去。

永琪着急地、脚步不稳地、凄然地到处寻找。军医亦步亦趋地扶持着。萧剑也在整个战场奔走，到处呼唤。士兵们翻开重叠的尸体，拉起倒翻的战车，捡起铺地的大旗……在各个角落搜寻尔康。发现有受伤未死的清兵，就发出喊声，担架上来，迅速抬走。这样寻寻觅觅，几乎把整个战场都找遍了，还是不见尔康的踪影。

黄昏来临了，落日挂在天边，暮色慢慢笼罩着大地。永琪已经筋疲力尽，伤口剧痛，心更痛，再也走不动了，坐在一块石头上休息。萧剑越找越心急，奔向永琪："五阿哥，找不到人！尔康的战袍那么明显，整个军队里，只有几件，远远地都看得到，我猜，他一定被猛白俘虏了！""如果他被猛白俘虏，就证明他还活着！"永琪跳起身子，心急如焚地说，"我要亲自带一队人马，一路追过去找！"回头大喊，"我的马！"

士兵牵来战马，永琪还没上马，身子一阵摇摇晃晃，几乎晕倒，萧剑赶紧扶住。

"你回营地，我去找！"萧剑说。

"我行，我没事，我要去……"永琪说着，勉力跃上马背。

就在这时，刘德成喊着叫着，带着骑兵，快马奔来："五阿哥……找到额驸了！找到额驸了！"永琪和萧剑震动着，急忙看过去。只见刘德成的马背上，横放着尔康的身体，转眼奔到眼前。刘德成哽咽地说："额驸……已经为国捐躯了！"

永琪和萧剑大震。两人都瞪大眼睛，看着刘德成滚鞍下马，几个士兵手忙脚乱，把尔康的尸体抬下地。永琪再也坐不稳，从马背上滚落地，军医和士兵赶紧扶住。萧剑早已扑到尔康身边，一看，就把头痛楚地转开，脸色苍白如死，哑声地疾呼：

"五阿哥！不要看！他已经面目全非，浑身是血……"

永琪看了一眼，看到那张血肉模糊的脸，心就崩裂了。他的脸色如死，抗拒地、不愿承认地说："不是他！不是尔康……"刘德成拿了尔康的剑，递给萧剑，哀痛地说："这把剑，他还握在手里！"萧剑拿起那把剑，这是福伦在尔康出发时，给他的剑，剑柄的"福"字清晰，是他一刻不离身的剑。萧剑持剑的手，不禁颤抖，哑声说："是他的剑，没错！"永琪涨红双眼，坚持地说："不是他！他身上有紫薇的同心护身符，有皇阿玛的吉祥制钱，盔甲领子里，有紫薇亲自绣的紫薇花，里面藏着平安符……这不是他……"

永琪一边说着，一边扑过去，从尸体的衣领里，拉出红绳绑着的吉祥制钱。一看那吉祥制钱，永琪崩溃了，再也没有怀疑了，顿感天旋地转。尔康自从出发以来，就连沐浴更衣，也从来没有让这制钱离身过！

"紫薇的同心护身符！不行！这不能是他，不可以是他！"永琪站起身子，跌跌撞撞奔开去，向空狂呼，"尔……康……我们一起来，要一起回去！你不能这样离开我们！尔康……你要回去见紫薇……"

紫薇在做什么呢？她坐在灯下，缝制着东儿的小棉袄。东儿在床上熟睡着。等待中的时光尽管漫长，回忆里依旧充满了甜蜜，她嘴里低低地吟唱着："山也迢迢，水也迢迢，山水迢迢路遥遥……盼过昨宵，又盼今宵，盼来盼去魂也销……"嗯，盼来盼去魂也销，现在才了解这句话的意思！门外，有人敲门。紫薇惊觉地抬头，只见尔康穿着便服，从门口的光影中走向她。他笑着，喊着：

"紫薇！我回来了！"紫薇大惊，跳起身子，身上的针线篮、小棉袄全部落地。她揉揉眼睛，喊："尔康！你回来了？怎么可能？我没有做梦吧？"她扑上前去，"你怎么不声不响地回来了？皇阿玛也没说，谁都没有通知我……我要去城外接你呀！"

尔康一把抱住了她，笑着说："我故意不让大家告诉你，我要给你一个惊喜！"他深深看她，"紫薇，你好吗？""我好吗？"紫薇又哭又笑地说，"我不好！整天想你想得快生病了，怎么会好呢？"

她抓着他的手，看来看去，眼光上上下下地巡视着他。"你呢？你没有受伤吧？我天天担心，每天都心惊胆战！昨天，还做了一个噩梦……"

尔康凝视她，眼光里是无尽的深情，打断她：

"嘘！再也不要担心了，我在你的身边，再也不会离开你了！我知道，这些日子，你是如何煎熬着过下去的！我不要你为我再受这种苦！紫薇……我答应过你，我会回来，所以，你要相信我，无论发生了什么事，我都在你身边，不会离开你！"

紫薇热烈地笑着，泪水满盈在眼眶里："是！是！是！我知道！我从来没有怀疑过！你是我永远的尔康，是东儿的阿玛！谢谢你平安回来……"尔康紧紧地拥着她，无限不舍地，在她耳边低语：

"你知道吗？我走了之后，最不放心的就是你！我知道，东儿会慢慢长大，额娘和阿玛会在东儿身上找到安慰，可是，你这样痴情，怎么办呢？我心里牵牵挂挂的，都是你！我舍不得你……"

"我也是呀！"紫薇热烈地喊，"你走了之后，我都分不清每天想你几次，因为思想是连续不断的，我都没有办法剖断，你填满我所有的思想！尔康，请你再也不要离开我，你笑我好了，我承认我的软弱和无助，我需要你，离不开你！"

"我知道，我知道，我知道……"尔康一迭连声地说，就俯头吻住了她。一个缠绵的长吻以后，尔康拥着她，在她耳边一连串地说：

"好好爱东儿，好好爱东儿，好好爱东儿……"他放开了她，退向门边。"是是是！我会的，我明白了，我确实给东儿太多……以后，我更要好好爱你！"紫薇追着尔康，惶恐地喊："尔康，你要去哪里？"尔康的身影，消失在门口的光影中。紫薇忽然找不到尔康了，大惊，四面张望，室内一灯如豆，哪儿有尔康的影子。她惊慌失措，大叫："尔康……尔康……尔康……你在哪里？尔康……尔康……尔康……"忽然，有人摇着她，喊着："醒来醒来！紫薇，你又做噩梦了！"紫薇一惊而醒，发现她和小燕子睡在一张床上。小燕子正在拼命摇着她，喊着她。她从床上陡然坐起，睁大眼睛，茫然四顾。"尔康……"她的声音低了下去，"没有尔康……我在哪儿？""你在景阳宫呀！你进宫陪我，已经快十天了！"

紫薇坐在床上，神思恍惚，困惑地、茫然地说："我看到尔康了……他回来了……""那是梦！我也做了好多这样的梦，梦到永琪回来了，醒来，才发现什么都没有！"小燕子拍着她说："吸口气，再慢慢吐出来……我就是这样让自己清醒。"

紫薇回忆着、寻思着，忽然打了一个冷战："是梦吗？梦里的尔康，为什么那么真实？我似乎还感觉得到他的手臂，他的温度。他说的每一句话，都在耳边回响……是梦吗？"紫薇眼前，突然闪过尔康临走前的脸孔，听到他临走前说的话："我不在你身边的日子，我的魂魄也会飘到你身边来！"紫薇颤抖着，抬眼看小燕子，低低地、小声地说："我很害怕……我真的很害怕……"小燕子抱住她，喊着："我们都不要怕！只是做梦而已！他们去了那么久，我们除了梦到他们，还能怎样呢？"

紫薇点头，眼神里，依旧盛满疑惧。她茫然四顾，室内的桌子、椅子、宫灯、摆设……一一在目，这是景阳宫，不是学士府，哪儿有尔康？是梦！只是一个梦而已。她的尔康，会活着回来和她相会！一定的！

同一时间，清军营地，营火熊熊。帐篷一座座竖立着，士兵在各个帐篷间巡逻。永琪披着一件军氅，头上包扎着，脸色惨白地坐在火边。萧剑递了一杯热茶给他，他就握住杯子，双手无法控制地颤抖着。萧剑在他身边坐下，凝视营火，神情悲苦。半晌，两人不言不语。然后，萧剑掏出一支新做的箫，开始吹起《你是风儿我是沙》，箫声凄凉地在营地萦绕。带着他们，回到了以前的时光。一曲未终，萧剑掷箫长叹："这样的牺牲，未免太惨重了！"永琪捧着杯子，涨红了眼圈，依旧一语不发。"五阿哥，你头上有伤，请早些休息，节哀顺变吧！"永琪动也不动。

这时，刘德成奔来，肃立着报告："报告五阿哥，所有牺牲的弟兄，都已经挖好了坟墓，明天一早就用军礼安葬！不知道额驸的遗体，是不是也葬在这儿，以后再来迁葬？"刘德成这样一问，永琪才感到彻骨彻心的剧痛，跳起身子，把手里的杯子往石头上一砸，他爆发般地喊着：

"怎么可以葬在这里？紫薇还在北京盼着他……谁也不许动他的遗体！不许下葬，不许火化，我要带着他走！我到哪儿，他到哪儿！我要一路带着他，带回北京去！现在，你们去把他搬到这儿来，我看着他，我陪着他！"

刘德成大惊，结舌地说："五阿哥这……这不大好吧！仗还没打完，一路带着，不知道要待多久？最近气候不好，天气潮湿，雨水又多，遗体不马上处理，只怕会……会……"永琪大声打断：

"不要再说下去！把他搬过来，搬过来！"箫剑给了刘德成一个眼色，刘德成这才嗫嚅着说：

"是！我知道了！"刘德成匆匆地走了。箫剑和永琪彼此凝视。永琪一下子跌坐在地上，用手蒙住了脸，低语：

"我怎么回去见紫薇？我怎么告诉她？来的时候，那样生龙活虎，回去的时候，会是一堆白骨吗？紫薇怎么忍受这个？"箫剑也痛楚着，没有力气安慰永琪了，拿起箫，再度吹奏着《你是风儿我是沙》。几个士兵捧着尔康的盔甲、长剑、吉祥制钱等过来。士兵肃立说："报告五阿哥，额驸的盔甲，已经洗干净了，血迹都清除了！额驸的遗体，换上了他的官服……这是额驸身上的遗物，刘总兵要我交给五阿哥！"永琪接过尔康的遗物，大痛。

"我看着他中箭，我怎么没有冲过去？怎么会让它发生呢？我算什么兄弟？我算什么朋友？我们离开北京的时候，紫薇和小燕子追到城外来送行，紫薇再三叮咛，要我和尔康彼此照应……"他拿起那个吉祥制钱，痛定思痛，"吉祥制钱，大吉大利，会逢凶化吉，遇难成祥……"他的声音哽住了，说不下去。

萧剑展开那件盔甲，翻开衣领，赫然看到染着血迹的紫薇花："染着血迹的紫薇花！这朵紫薇，总算伴着尔康，走到最后一程！"

这时，几个士兵抬着军旗盖着的担架过来。刘德成跟在旁边，说："报告五阿哥！额驸的遗体在这儿！""放在这儿，放在火边！"永琪哑声吩咐。

担架放在永琪和萧剑身边，整个遗体从头到脚都盖着军旗。永琪默默地看着，手里，紧握着那个吉祥制钱。"那个同心护身符是他从不离身的东西，我们最好再帮他戴上去！"萧剑说。永琪点点头，两人就把吉祥制钱，戴回遗体上。永琪看看担架，看看炉火，哽咽地说："壮志未酬身先死，长使英雄泪满襟！"萧剑无语，眼中充泪。两人就这样捧着尔康的盔甲长剑，伴着尔康的遗体，泪眼相对地坐在火边，一直坐到天明。

第二天一早，永琪安葬了上百位牺牲的弟兄。在号角声里，军旗冉冉升起。刘德成双手捧着酒器，递给他。他接过酒器，慢慢地把酒倾倒在地上，沉痛地念着他自创的奠文：

永琪路远迢迢，带着各位，来到前方，却不能把各位英雄，带回北京！只能让你们留在这儿，遥望故国河山。永琪愧对各位在天之灵！你们身经百战，英勇无比！马革裹尸，名留千古！永琪将带着你们的英魂回去，希望你们神游不远，魂兮归来！

永琪祭完，士兵们开始铲土，一铲一铲地铲进坑里。永琪和箫剑凄然而立。就在此时，烟尘大作，傅恒带着一队人马，举着旗帜，快速奔来。众人一惊抬头，刘德成大喊：

"傅将军到了！傅将军到了！"傅恒快马奔来，一面飞驰，一面大喊："五阿哥！我们胜利了！缅甸大军已经撤退！我们胜利了！"永琪惊愕着，箫剑震动着。傅恒已来到墓地前，一跃下马，兴奋地说："这次普腾之战，我方虽然损失惨重，缅甸也损失惨重，再加上我们收复了九龙江，猛白不打了！带着象兵部队，连夜退进虎踞关！所以，我们的战事结束，我们胜利了！"顿时间，士兵欢声雷动，大喊大叫："胜利！胜利！傅将军胜利！五阿哥胜利！皇上万岁万岁万万岁！我们胜利了！胜利了！我们要回家了！大清万岁万岁万万岁……"士兵们抛掉铲子，彼此拍打击掌，欢喜如狂。永琪看着狂喜的清军，再看向傅恒，这才有了一点反应。

"胜利了？我们打赢了？""是！打赢了！所有的失地都已经收复，我们可以回京见皇上了！"傅恒说。"打赢了……打赢了……"永琪喃喃地说着，忽然悲切地大笑，"哈哈哈哈！打赢了！为了'打赢'，我们付出多么惨重的代价，多少人从京城到这儿，行军几千里，离家别子，死在这个遥远的地方，变成这一堆堆的黄土！我们失去了尔康，这是无法挽回的悲剧！对所有牺牲的弟兄来说，都是无法挽回的悲剧！多少家庭破碎了，多少人要面对死别，多少妻子等不到丈夫……赢了！是的，我们赢了，可是……胜利对于我，已经没有意义了！"

萧剑走过去，拍了拍永琪的肩，安慰地说："你心里的痛，我们都明白，我也难过得不得了，痛不欲生！但是，胜利总比失败好，这样，尔康在天之灵，也会安慰许多！最起码，不是'壮志未酬身先死'了！"傅恒也上前，收起笑容，诚恳地说："额驸的殉职，我已经得到消息了！我想，额驸为国捐躯，死得光荣，死得其所！到了战场，生死就在一线之间！请五阿哥节哀顺变吧！"永琪点点头，知道自己还有责任在，不能深陷在这样的悲哀里，他勉强地振作了一下，说："傅六叔！找一口好棺木，我们把尔康的遗体带回北京去！让他能够葬在福家祖坟里！""是！"傅恒恭敬地回答。

紧接着，清军拔营回北京。永琪、傅恒、萧剑骑马在前，带着浩大的队伍，迤逦前进。骑兵队伍后面，几匹骏马，拉着一辆灵车，车上，是尔康的棺木。棺木上，盖着军旗。灵车四周，两列士兵全身缟素，戴着白帽，一路撒着纸钱，呼唤着"额驸"，扶棺前进。清军们虽然个个满面风霜，但是，毕竟打了胜仗，要回家了，个个也都是精神抖擞的。只有永琪、萧剑、傅恒等人，因为失去了尔康，面容悲切。

走着走着，傅恒勒马说："前面就是大理！我们绕过大理，不进城了，早些回北京比较好！""大理！"永琪震动地看萧剑，

"前面就是大理?""是！前面就是大理！"箫剑回答。

永琪思前想后，想到当初在南阳，大理就是大家的"梦"。如今，他带着尔康的灵柩到了城外……尔康这一生，终究没有走进大理，真是情何以堪！"我和尔康，终于到了大理，却是过门不入！""大理没有脚，它不会走！让它继续等吧！我有预感，有一天，我们会在大理相聚！"

箫剑忽然一拱手说："傅将军，五阿哥！百夷人在这儿和两位将军告辞，云南是我的家乡，恕我不再远送了！"永琪这才想起，箫剑不能回北京。傅恒看着箫剑，赞赏地说："军师！这次平缅甸，你身先士卒，勇不可当！是一个不可多得的人才！请和我们一起回北京，我会面奏皇上，论功行赏，一定让你封官晋爵！"

"傅将军！好意心领！我来的时候，就没有想过封官的事，只想帮助五阿哥打这一仗，现在功成身退！我来自苍山脚下，回到苍山脚下！你们大军不想进大理，我在大理还有未完之事！原谅我不陪了！"

傅恒深深地凝视箫剑，忽然问："傅恒明白了！军师和五阿哥，应该是旧识吧?"箫剑一惊，永琪一震，傅恒一笑，"每当危急时，常常听到你们直呼姓名！百夷人好功夫，傅某佩服之至！放心，军师不想以真面目示人，傅恒也绝不多嘴！就此别过，后会有期！"傅恒诚恳地说。傅恒对箫剑一拱手，两人眼中都有折服。箫剑转过目光，看着永琪："我们去那边谈谈！"永琪会意，一拉马缰，向前奔去，箫剑急忙跟去。两人两骑，就一直奔到山头上，才勒住马。永琪看着箫剑，问："你不去北京了吗? 决定了吗？""是！请你转告晴儿，我对她的心不变！已经到了大理，我无论如何，也要去看一看我的义父！你这次回去，大概要面对很多问题，尔康的事，我知道你至今无法接受，其实，我也无法接受！总以为我们早就把生死置之度外，原来并不是，我们可以看淡自己的生死，却无法接受好友的死，永琪，你要振作一点！"

"我明白！"永琪凝视他，"什么时候会再见到你？"

"说不定很快！晴儿在北京，我的心也留在北京！何况小燕子也在那儿……"箫剑说着，眼光变得深刻而恳切，"永琪，小燕子是很重感情的人，所有重感情的人，在感情面前，都会变得很脆弱！小燕子不是天不怕地不怕的，她爱你，更怕失去你，你千万不要负了她！"

"你放心！"永琪叹着气，"经过这次的离别，我对自己看得很清楚，自从离开了北京，我心里想的，都是小燕子，不是知画！再经过了尔康的事，我体会得更深，感触更多，人事无常，我会珍惜和小燕子在一起的时光，别的，都不重要了！"

两人深深互视。"那么！暂时告别，下次见面的时候，就是我带走晴儿的时候了！告诉晴儿，这是我不变的决心！请她和我一样坚定！"永琪点头，箫剑一勒马缰，转身疾驰而去。永琪也一勒马缰，追上大队。大队人马，继续向前移动。永琪回首，箫剑一人一骑，没入云深不知处。

当快马传书传到宫里那天，乾隆正在景阳宫，带着知画练字。自从发现知画可以写好几家的字，还精通乾隆的书法，乾隆对这个儿媳妇，就刮目相看了。闲暇的时候，常常来到景阳宫。

何况，这儿还有他的"开心果"，还有他心爱的紫薇和外孙东儿。虽然，小燕子变得脾气古怪，笑容也越来越少，乾隆都把它看成是思念永琪所致，也不曾和她计较，在他内心深处，依然十分宠爱着小燕子。

这天，乾隆在书桌上写字，小燕子、知画、紫薇、太后、晴儿都在围观。明月、彩霞、珍儿、翠儿在一边伺候，裁纸磨墨，奉茶奉水。乾隆写完一张纸，众人恭维不断。知画纳闷地、佩服地说：

"皇阿玛的字，下笔很轻松，但是笔笔有力，为什么我写起来，就软弱无力呢？""你也不是软弱无力，以姑娘家来说，你的字算是很有力了，怎么能跟皇阿玛比呢？朕是男人，提起笔来，就比你有分量！"乾隆心情良好地说。"是呀是呀！可是……我总想学个几分！"知画说。"你已经有几分了！我看你学得挺像的！"晴儿忍不住说，心想，这知画还真懂得如何讨好乾隆，这一点，小燕子是望尘莫及的。小燕子那一套，都是"歪打正着"的，绝对不像知画那样心有城府，而且，小燕子冲动起来，还常常"歪打""正不着"，弄出一堆状况。果然，小燕子不服气地接口了："比几分还多几分，写字功夫有五分，做人功夫就有五分！加起来是满分！"乾隆看了小燕子一眼，听出她话里的醋意，就微笑了一下，说："你懂得这个道理就好了！不管做人还是写字，你都应该跟知画学！"

"我其笨如牛，学不会的啦！"小燕子噘了噘嘴。"不错呀！'其笨如牛'都会用了！"乾隆忽然发现旁边一沓写好的字，面上一张，写得非常工整，拿起来看："好字！谁写的？"紫薇看了一眼，赶紧应道："是我！随便写的，写得不好！"乾隆念着字：

"故人入我梦，明我长相忆。……恐非平生魂，路远不可测……"不禁看紫薇，"字，写得真好！我们宫里有三个才女，紫薇、晴儿、知画！只是……这首杜甫的《梦李白》，应该改名，是紫薇的'梦尔康'吧？"

紫薇顿时面红耳赤，急忙说："皇阿玛！您不要取笑我了，不是不是啦……是在抄《唐诗三百首》!""哈哈哈哈！"乾隆大笑，"是，也没关系呀，想尔康，也是天经地义！小燕子前些日子，不是还闹着要去云南找永琪吗？年轻夫妻，就是忍受不了别离！"太后乘机说：

"皇帝，你说我们宫里，有三个才女！这紫薇和知画，都有了很好的归宿，只差晴儿，还没有婆家。我再不给她找个婆家，别人一定以为我自私，要留着她伺候我！最近，我看上了两个人，你帮我挑一个吧！"

太后这样一说，晴儿、紫薇、小燕子全部吓了一大跳。晴儿立刻情急起来，说："老佛爷！您说什么？什么婆家？我不要不要……请您让我留在您身边，伺候您！这就是您对我的恩惠！"乾隆看了晴儿一眼，摇摇头，不悦地说："晴儿！难道你还没有忘记箫剑？那种无情无义的人，你就把他忘掉吧！"小燕子听到乾隆这样骂箫剑，忍不住哼了一声，紫薇赶紧拉了拉她的衣服，示意她不要说话。乾隆也没在意，问太后："晴儿的事，朕也一直放在心上，老佛爷看中的是谁呢？""一个是傅恒的侄儿，新上任的御前侍卫傅云！还有一位，来头就大了，那就是八阿哥永璇！前两年，永璇还小，现在已经长大了！晴儿年长几岁，也没什么关系！皇帝认为如何？""咦！忘了永璇！确实不错……"乾隆沉吟着，就看晴儿，"晴儿，你愿意当朕的儿媳妇吗？永璇，总不会输给箫剑吧？"晴儿、小燕子、紫薇都变色了。晴儿急忙哀恳地说：

"皇上！老佛爷……晴儿真的不想嫁，请开恩让我跟着老佛爷，现在，老佛爷身边，也缺一个体己的人。晴儿自己愿意这样，不会有人说老佛爷自私，老佛爷就不要过虑了！八阿哥地位太高，晴儿不敢高攀！"

"不是'不敢高攀'，是看不中吧？"太后皱皱眉。"老佛爷！求求您了……"晴儿凄然地喊。小燕子实在忍不住，往前一站，抬头挺胸地说：

"老佛爷，皇阿玛！你们心里都明白，晴儿就是忘不掉我哥嘛，为什么一定要强迫她忘掉呢？我哥千不好、万不好，可能是晴儿心里的'最好'！她想着他过一生，也很美呀！皇阿玛，您还不是心里想着人，在过日子吗？我打赌皇阿玛没有忘记盈盈姑娘！"

乾隆一怔，还来不及说话，外面一阵喧闹，小邓子、小卓子冲进房来请安禀告："皇上吉祥！有前线的快马传书……""快马传书！"众人全部惊呼出声。不论大家各有各的心事，对于前线的消息，盼望的心情却是完全一致的。"是谁？快传他到景阳宫来！"乾隆喊。"已经来了！傅云大人把他带来了，在大厅里等着呢！"

乾隆一听，捞起长袍，就快步冲进大厅。众人身不由己，全部追了上去。到了大厅，傅云已经带着风尘仆仆的官兵在等候。

见到乾隆，急忙行礼："臣傅云叩见皇上！有前线的快马传书！"两个官兵跟着一跪，喊"皇上万岁万岁万万岁"。乾隆急急地一伸手，说："起来！赶快拿给朕看！"

傅云和官兵起身，傅云就从官兵手中，接过传书，双手呈上。乾隆拿着信，急急地拆开信封，拿出信笺来看。大厅门外，紫薇、小燕子、知画、晴儿、太后都挤在那儿，伸长了头听着，看着。乾隆一面看，一面惊呼："云南大捷！十三个地区全部收复！缅甸王猛白带着象兵部队，已经撤回了缅甸……"他再看下去，脸色大变，"但是……"乾隆愕然回头，看着站在门口的女眷。大家见乾隆脸色如此惨淡，全部心惊肉跳，一齐冲进门。太后颤声问："大捷？那是打了胜仗！是好消息呀……皇帝脸色怎么不对？难道……""是谁出了事？"小燕子冲口而出，"是不是永琪？他怎样了？"

知画用手一把蒙住嘴，呻吟般地说："不要……不要……"

乾隆一直不语，紫薇睁大眼睛，一眨也不眨地看着他，小小声地、害怕地问："皇……阿玛？到底是什么？""皇上，没有坏消息，是不是？他们马上就要回来了，是不是？"晴儿追问着。

乾隆终于抬眼，看着紫薇。紫薇接触到乾隆凄惨的眼光，就开始浑身簌簌发抖。她摇头，脸色越来越白："不会……不会……他答应过我，会平安回来……他说，他是最负责任的人，他会对我和东儿负责任……"紫薇的声音顿住了，哀恳地看着乾隆。众人全部瞪着乾隆，房内鸦雀无声。半晌，乾隆哑声地开口了：

"紫薇，尔康殉职了！他，英勇牺牲了！"紫薇睁大眼睛看着乾隆，咕咚一声倒下地。晴儿和小燕子扑上去抱住她，哭着急喊："紫薇！紫薇！紫薇……"

其实，尔康还没有断气。

缅甸大军，因为久战不胜，人困马乏，大象在清军的火攻下，也损失了好多。以前攻下的土地，又被清军一一收复。而普腾这一战，损兵折将，元气大伤。猛白知道再战下去，一定更占不到好处，识时务者为俊杰，当机立断，收拾残局，带着大军撤回缅甸。

旗队、马队、车队、象兵队、步兵队一行人走在烟尘滚滚中。

在一辆马车内，躺着遍体鳞伤的尔康。他穿着缅甸人的白色长袍，胸前敞开，里面缠满裹伤的白布巾，头上也密密层层地包扎着，左手臂和双腿都包扎着，白布上血迹殷殷，看起来像一个木乃伊一样。他在层层包裹下，露出昏迷着的脸庞，脸色苍白如纸，看来毫无生气。

慕沙带着一个缅甸大夫，守在尔康病床前。大夫拿着药碗，正用药水和药粉混在一起调药。猛白坐在一边看着，脸色十分不耐。

　　大夫把药拿到慕沙面前，说："八公主！药水可以喝了！这次一定有效！"慕沙就急忙端起药碗，一匙一匙地把药水喂进尔康嘴里，用汉语喊着："赶快喝下去！喝下去你这匹马才能活！快喝！"尔康的魂魄，正在缥缥缈缈，找寻着回家的路。躺在这儿的他，完全没有知觉，没有意识，昏迷不醒。药水灌进去，全部从嘴角溢出来。"喝呀！喝呀……当了死马，就没有意思了！"慕沙着急地喊。尔康动也不动。慕沙对大夫一凶：

　　"大夫，他喝不进去呀，你们治的什么病？"大夫和侍卫上前去，拉起尔康，灌药的灌药，掐人中的掐人中。猛白忍无可忍，跳起身子，命令地说：

　　"慕沙，把这个死人丢到马车外面去！你看，他这个样子还能活吗？就算他活了，浑身都是伤口，说不定脚也跛了，手也断了，绝对不是在战场上那个威风凛凛的驸马！你还救他干什么？"

　　慕沙回头，对着猛白一阵大喊："我要救他！我就是要救他！我一定要救他！除非他断了气，我不会丢掉他！"猛白大怒。

　　"这样吗？那还不简单！"猛白一面说，从腰间拔出匕首，拨开众人，飞扑到尔康面前，一匕首刺了下去。慕沙眼看情况不对，飞身一拦，匕首划过了慕沙的衣袖，衣袖唰的一声破了，血溅了出来。猛白大骇，瞪着慕沙喊："你疯了？""你让我救嘛！"慕沙任性地说，"如果大夫治不好，我们还有巫师呢！一个用巫术治，一个用医术治，总有一个能治好他！真的治不好，我再放弃也不迟呀！"猛白收起匕首，不可思议地摇摇头："这小子有什么本领，让你这样迷恋？"他瞪着慕沙，见她一脸坚决，投降了，

"你救！你救！救得活才怪！"尔康被一阵折腾后，气若游丝地躺下去了，嘴里，发出一阵喃喃的呓语："恐非平生魂，路远不可测……"慕沙惊喜地喊："瞧！还没死，还在说话！"大夫赶快去给慕沙包扎手臂上的伤口。慕沙才不在乎自己身上这点伤口，匆匆包扎完毕，又扑到尔康床前去。大夫说："八公主，要救这位驸马，除非赶快回到三江城，用'银朱粉'来治，银朱粉需要用罂粟花的种子，龙须草的根，火云石的粉，番红花的茎……一共九味药来调制，现在已经用完了，有了银朱粉，他就不会这么痛，说不定可以起死回生！"

"那就快马奔回去！告诉车夫，快！快！"马车蓦地加快，向前飞奔。尔康躺着，正一步步走向死亡。他什么意识都没有，唯一还占据着思想的，是紫薇！他的紫薇，他答应过她，他会活着回去，他会对她负责任！他要回去，要回去，要回去……要回去告诉紫薇，他不会离开她，不舍得离开她……如果他即将死去，他的魂魄也要飞回她的身边去！这唯一的思想，强烈地控制着他的灵魂，他觉得自己会飞，他可以摆脱那个遍体鳞伤的躯壳，他要飞回学士府，飞到紫薇身边去……

他确实飞了起来，他的魂魄，像一片羽毛，比羽毛还轻，随着风，飘过了缅甸的土地，飘过了云南的边境，飘过了遥远的山山水水，飘到了北京，飘到了从小长大的家，再飘进他熟悉无比的大厅。紫薇，东儿，我来了！阿玛，额娘，我来了！然后，他震慑住了，为什么家里一片愁云惨雾？

他看到了紫薇，她呆呆地坐在一张椅子里，眼睛大大地睁着，一动也不动，像是一座化石。他也看到了厅里其他的人，小燕子、晴儿、福晋、福伦都哭成一团。福晋哭得上气不接下气，完全无法置信地说：

"为什么发生这样的事？尔康……他是我的命根呀！他是这个家的重心呀，他走了，要东儿怎么办？我年纪大了，迟早也是一伸腿，跟着去了！但是，东儿还小，他需要阿玛，需要尔康陪着他长大，教他学问，教他骑马射箭呀……"

福伦老泪纵横地对福晋吼着：

"不要再说了！我的孙儿，再也不许练武！练好了武功，成了武将，生生死死，就再也不是自己能够控制的！"说着，就自责起来，"我应该自告奋勇，坚持由我去打仗，我死不足惜，尔康还这么年轻……"他捶胸顿足，"我为什么要让他去？"

小燕子哭着，在紫薇、福晋、福伦之间跑来跑去，试图安慰每一个人，但是，自己哭得比任何人都惨，几乎语不成声：

"紫薇，你怎么不说话，也不哭呢？你抱着我哭，大哭一场，你就会心里舒服一点……你哭，我陪你哭……呜呜……我们的尔康，他总是带头的一个，他最会出主意，他永远有信心、有活力……他怎么可以死？呜呜……"她扑到福晋身边去，安慰人的她，也需要人安慰，她痛哭着喊，"伯母，伯母……"

福晋就搂着小燕子，两人抱头痛哭。

尔康惊怔地看着，什么？难道他已经死了？为什么会这样？他不太明白发生了什么，不太明白自己怎会回家？看到这样凄惨的情况，他的"心"，如果魂魄也有"心"的话，这颗心跟着碎了。他知道自己这样"飘"回家，有些不寻常。隐隐约约地明白，大概自己死了，或者，即将死了。现在的他，只是"魂魄"而已！他怆然地走到房间正中，看看了无生气的紫薇，看看哭成一团的福晋、小燕子、晴儿和福伦，一急之下，顾不得自己是鬼是魂，只想安慰每一个人，他上前急促地说：

"你们不要这么伤心，好吗？我虽然走了，我的魂魄还在这儿，我和你们都紧密地生活在一起！阿玛，额娘，不要哭！"

没有任何人看到他，也没有人注意他，房里依旧愁云惨雾。

紫薇不动，不哭，也不说话，整个人好像进入一种全然麻木的状态。晴儿守在她身边，摇着她，喊着她，自己也是泪如雨下。

"紫薇！紫薇……你不要吓我，你说话呀！你已经一整天，一句话都没有说过……紫薇……没有了尔康，你还有我，有小燕子，有永琪，有你的阿玛额娘，还有你的皇阿玛……我们都会陪着你，跟你一起度过以后的日子，你有我们每一个啊！还有……还有你的东儿啊！"

紫薇依旧不动不哭，眼神空洞。尔康看着这一切，越听越凄惨，忍不住喊："紫薇！你没有失去我，我还在！你看你看，我还在，我会陪着你一起面对任何事情，你不要难过，不要伤心！我记得我的诺言，我会遵守承诺……"尔康说着，就情急地去扶紫薇的肩，谁知，竟扶了一个空，自己的身子，穿过紫薇，掉到后面去了。他大惊之下，这才真正了解，他只有魂魄，没有躯体。顿时，一阵茫然和无助把他打倒了，他不知道，一个"魂魄"还有什么用？他还没适应当魂魄的日子，只能呆呆地站在那儿，凄凄惶惶地看着紫薇。

这时，福晋注意到紫薇的失常了，哭着奔过来，把她一把抱住，痛哭着说：

"紫薇啊！在这人世间，只有你对尔康的感情，可以和我的爱相提并论，我知道你有多痛，因为我也一样地痛啊！上苍对我们婆媳二人，实在太残忍了！他怎么忍心剥夺我们的尔康？紫薇……和额娘一起哭吧！"

紫薇被众人摇得东倒西歪，却依然不动也不说话，脸色惨白如死，直到听到福晋的话，眼角才挂下一滴泪，身子仍然僵着。

小燕子和晴儿，一边一个，摇着她，小燕子哭着喊：

"紫薇！大声哭出来吧！我知道你想哭，我知道你想大叫，我知道你恨不得把老天给杀了……你要做什么就做什么，不要让自己这样憋着……求求你呀！"

晴儿抓着紫薇的手，哭着哀求：

"紫薇，我们大家虽然微不足道，但是，你还有东儿！他是尔康生命的延续，为了他，你一定要勇敢、要振作！"她回头喊，"奶娘！赶快把东儿抱过来！让他跟额娘说话！"现在，恐怕只有东儿，才能让紫薇稍减哀痛吧！

奶娘抱着东儿走了过来，落泪喊：

"东儿来了！东儿……赶快跟额娘说，额娘，东儿要你！东儿爱你！"

东儿看着哭成一团的众人，早就吓傻了，这时，伸出小手，去抹着紫薇的泪：

"额娘哭哭……"东儿又去抹福晋的泪，"奶奶也哭哭……"东儿再去抹小燕子的泪，"姨姨也哭哭……"小嘴一瘪，"东儿也哭哭……"说着，就哇的一声，痛哭起来。

尔康看得热泪盈眶。

晴儿把东儿塞进紫薇怀里，悲切地说：

"看看东儿！他长得跟尔康一模一样，他是你和尔康这场感情的见证，他是你未来的希望，抱着他，抱紧他！"

福晋更是泪落如雨了，啜泣着喊：

"紫薇，让我们祖孙三代，同声一哭吧！"

紫薇终于被东儿惊动了，她看着东儿，忽然从椅子里跳了起来，大喊：

"抱走他！抱走他！我不要见到他……没有尔康，什么都没有了！我不要在孩子身上，去找尔康的影子！我不要尔康生命的延续！我不要在东儿身上找希望，没有尔康，哪有希望？我没有希望！尔康答应过我，他会对我和东儿负责任，他怎么可以不守信用？他这样走了，我不会原谅他！我今生今世都不原谅他，我来生来世也不原谅他！我恨他恨他恨他恨他……"

尔康一直站在那儿，听到紫薇这样强烈的呼喊，越听越惨，越听越惊，这时，再也忍不住，痛喊出叫声：

"紫薇！不要恨我，我不能带着你的恨离开，你不能恨我，更不能赶走东儿！你爱东儿，他是我们两个的骨肉，你怎么可以赶走东儿！抱住他！抱住他……"

尔康一面喊，一面激动地把东儿往紫薇怀里推。但是，他哪里推得到东儿，他的身子，穿越了东儿，穿越了紫薇，又掠到后面去了。他傻傻地站在那儿，整个人都惊怔着。"我只有魂魄，我没有形体，他们都感觉不到我，我要怎么办？"他忽然明白，他的生命即将结束，或者，正在结束。但是，他的爱，不会结束，永远不会结束。可是，他如何让紫薇明白，他的爱不会结束呢？

只见奶娘赶紧把东儿抱走。福晋张着手，把紫薇一把抱住，拥在怀里，痛哭着说："紫薇啊！如果恨能够把他叫回来，我们就一起恨他吧！他丢下的，不只你和东儿，还有我们两老呀！"福伦看到这儿，老泪更是疯狂地掉下，拭泪长叹："人间，还有比这个更惨的事吗？尔康，这么多人爱你、需要你……你怎么可以走呢？"一屋子的人，这个也哭，那个也哭，真是惨绝人寰。紫薇伏在福晋肩上，依然无泪，一脸的凄绝。尔康看着这一切，心底在强烈地呐喊：

"我不走我不走……这么多人爱我，牵挂我，需要我……我没有资格走！我不走……紫薇，不要恨我……不要恨我……"尔康忽然觉得，自己的身子，在被一个很大的力量拉扯着，他身不由己地飞出了那间房间，看不到他的紫薇、他的额娘、他的阿玛、他的东儿……他大急，喊着："紫薇……不要恨我……我不走……我不能走……紫薇……"

尔康断断续续地喊着，感到自己像是从云端往下坠落，坠落，坠落，坠落……坠落到一间完全陌生的房间里，坠落到一堆绫罗锦缎的床上，坠落到一个残破的躯壳里去了。

这个躯壳，正躺在缅甸皇宫里。这是一间充满异国情调的卧室，房里金碧辉煌，到处都是灯火，香烟缭绕。他身上穿着缅甸人的服装，头上的包扎换成了缅甸的头巾，额上有一道伤痕，手脚仍然密密麻麻地包扎着……这个躯壳很痛，到处都痛，他忍不住痛楚地呻吟，他的魂魄和他的躯壳，分别在呼唤：

"紫薇……不……要恨……我……痛……痛……好痛……"慕沙带着宫女兰花、桂花正在捣药，巫师和大夫都围在旁边观察、配药。听到尔康的呻吟，慕沙着急地问："大夫，你们两个怎么治的？不是九味药都配全了吗？怎么还是一点起色都没有？他很痛，你们给他止痛呀！"

大夫把捣好的药拿了过来："这个银朱粉里有罂粟花的种子，对止痛很有效，不过，如果将来治好了，他一辈子都离不开这种药！"尔康在枕上挣扎着，好像被烈火烤着一样。他要回去，他要去跟紫薇说清楚。"紫……紫……薇……薇……薇……"他的躯壳，发出颤抖的声音。慕沙抢过药来：

"怎么吃？就这样吃吗？我不管他将来怎样，现在，先得把他的命救过来，才谈得到将来！只要能救命，你们把所有的药都拿来……反正已经这样了，试一样算一样，最坏就是死！"

"是是是！不能这样吃，我还得调配！"

大夫配药，慕沙就走到床边，坐在床沿上，对尔康坚决地说：

"驸马！我这样大费工夫，布置你的死亡，骗过清军，把你带到缅甸来！又这样拼了命救你，你争点气，不要死掉！只要你活过来，你的生命就重新开始，没有过去，没有大清，没有你口口声声喊的紫紫薇薇！你会活得很快乐，不过，你一定要先活过来！"

尔康昏迷着，挣扎在生死边缘。他的魂魄拼命想挣脱他的躯壳，飞回紫薇身边去。他嘴里喃喃不清地低喊："紫……紫……

薇……薇……不……不……要……要……恨……恨……恨……
我……我来了！我来找你……我来了！"

　　紫薇不在房里，她在幽幽谷。她坐在水边哭，身上堆着许多
花瓣，手里也握着许多花瓣。她一边哭，一边把花一瓣一瓣地撒
进水里，说：

　　"尔康，在家里我没办法哭，这儿，是我们两个的天地，只
有在这儿，我才能好好地哭一场！还记得以前，我在这里撒花瓣
的情形吗？我又在这儿撒花瓣了，我让这些花瓣，变成一条条的
小船，它们会漂到你的身边，告诉你，我有多么想你！"

　　水面的花瓣，一片一片，顺水而下，如诗如梦。紫薇看着那
些花瓣，继续说：

　　"尔康，大家要我节哀顺变，我怎能节哀顺变呢？失去了你，
那不是一个'哀'字，那是彻底的'绝望'呀！失去你，那也不
是一个'变'字，而是彻底的'空虚'呀！我不知道没有你的日
子，我这个人，还有什么意义？尔康，不管你在哪儿，我的小船会
漂向你，看到了小船，请你记得回家的路……我在等你！我还要
等多久呢？"她抬眼看着四周，"这是我们的幽幽谷，你记得吗？"

　　紫薇这样的呼唤，这样的低语，这样的泪……尔康怎么能
够抗拒这样的呼唤？他终于挣脱了那个讨厌的躯壳，向着紫薇飞
去！"紫薇，我向你飞，尽管旅途中，有着痛和泪，我向你飞！"
他飞到了幽幽谷，他拼命地喊着：

　　"紫薇……紫薇……紫薇……"紫薇一凛，隐隐约约中，尔
康的喊声随风而至，她不禁凝神细听。忽然，她听到马蹄嗒嗒，

好像看到尔康骑着马，正向幽幽谷疾驰，好像听到他的声音在喊："紫薇……紫薇……紫薇……我来了！我回来了！"紫薇惊愕着，不相信地循声看去。蓦然间，她看到尔康了，他骑着马出现。"紫薇！我是尔康啊！我回来了！"紫薇目瞪口呆，看着尔康骑马奔来的身影。尔康也看到她了，大喊："紫薇！"他滚鞍下马，拼命地喊，"紫薇……"

紫薇狂喜地跳起身子，手里的花瓣一撒，随风四散，她就向着他飞奔。他张开双臂，也向着她飞奔。两人终于奔到了一起，紧紧地拥抱。这次，尔康没有抱一个空，他的手臂里，确确实实抱着紫薇！紫薇又哭又笑地喊：

"我不相信，我真的不相信，这样的情形，以前曾经发生过，在我最绝望的时候，你出现了！现在，你又出现了……这是真实的你，还是我幻想中的你呢？这是真的幽幽谷，还是我梦里的幽幽谷呢？"

是真？是幻？是梦？尔康也不知道。他紧拥着她，生怕转眼间，又会抱一个空，生怕转眼间，自己又会坠落到别的地方去。魂兮梦兮？真兮幻兮？唯一可以确定的，是他爱她，他要她，不论生或死！他急切地含泪说：

"我答应过你，我会守着你！紫薇，不管天上人间，我都会守着你！你哭，我跟你一起哭；你笑，我跟你一起笑！我是你永远的尔康！穿越了时间空间，穿越了生和死，我永远在你身边！"

紫薇害怕地、颤声地说："你说得好奇怪啊！什么穿越时间空间，什么穿越生和死，我不要你穿越，我要你真真实实地在我身边，我要你牢牢地抱着我！""是！现在，我不是牢牢地抱住你了吗？"他加重了手臂的力量，心里在哀号，让我抱着她！让我抱紧她！让我不要消失！

紫薇又急忙推开他一些，去看他的脸孔："你有没有受伤？你好好的吗？你的手、你的脚，都好好的吗？让我看看你！""是！你看你看，都好好的！"

紫薇就含泪打量他，他也含泪看着她。她就慢慢地伸手，仔细地抚摸着他的额头、面颊、鼻子和嘴唇。他抓住她的手吻着，泪水落在她的手背上。紫薇喜极而泣了："你真的回来了！我就知道你不会辜负我！你的承诺一直在我耳边响着，尽管所有的人，都说你走了，我仍然相信你会回来！""相信你所相信的！相信你所看见的！我不管身在何方，我的心和魂魄，一定守在你的身边！紫薇……还记得我们面对东儿的生死关头吗？那个孩子，是我们两个的生命，凝聚着我们两个的爱！为了我，好好地爱东儿，好好地爱自己！要不然，我会心神不安，魂无所归！生不能生，死不能死！"

紫薇大吃一惊，她的心抽痛起来："尔康……你为什么这样说？"尔康觉得，那个"大力量"又在拉扯着自己，要把他从她身边拉开。他惶急地、凄楚地叮咛："记住我的话，我……要走了！"他抱不住她，身子往后退去。"你要去哪里？你不是说，你回来了吗？"紫薇感到他松了手，看到他的身子向后退，惨切地呼号，"你不可以走……尔康……尔康……"尔康一跃上马，马儿疾驰而去。紫薇跌跌撞撞，开始追马，狂喊着："尔康……尔康……尔康……尔康……"紫薇喊着喊着，觉得自己砰然一声，摔落在地上。这一震，就把她震醒了，哪儿有尔康？她正从椅子上跌到地上。

小燕子和晴儿，扑奔过去，赶快把她扶了起来。晴儿说："紫薇！你怎么摔到地上去了？不要一直坐在这张椅子里，去床上躺着，好不好？""我和晴儿，都在这儿陪你！我们挤一张床，我们两个陪你睡！"小燕子说。

紫薇茫然四顾，只见卧室里一灯荧然。她颤抖着，神思恍惚地说："我不是在幽幽谷吗？我怎么会在房间里？为什么点着灯？现在是晚上？尔康呢？尔康在哪里？他不是回来了吗？"尔康的确在房里，怎么进房的，他也不知道。他满脸忧惧地看着紫薇，走到了她的身边，不管她听得见还是听不见，沉痛地说："紫薇，你这么强烈的呼唤，我走不了！你的魂魄在幽幽谷，我跟着你去幽幽谷；你回了家，我也跟着你回家……你看到我了吗？"他伸手去摸她的头发，摸了一个空。没有人看到尔康。小燕子和晴儿，忧惧地互视了一眼。小燕子就再也忍受不了，抓着紫薇的双肩，一阵猛烈地摇撼，喊着说："不要这个样子……接受事实吧！尔康已经离开我们了，他死了，不会回来了！但是，紫薇，你还活着呀！"死了？是的，死了！尔康凄然地伫立。晴儿哀求地喊着紫薇：

"紫薇，如果尔康死而有知，一定会为你这个样子，心痛得不得了……你让他没有牵挂地安息吧！把你对尔康的思念，全部转移给东儿吧！"紫薇听到小燕子和晴儿这样的呼喊，眼前，浮起梦里尔康的脸孔，耳边，响起他的声音："为了我，好好地爱东儿，好好地爱自己！要不然，我心神不安，魂无所归！生不能生，死不能死！"紫薇乍然剧痛，放声狂叫：

"不！不！不！不要！尔康……不能这样，我不接受，我绝对不能接受！你心神不安也好，你魂无所归也好……什么生不能生，死不能死……那不是你，那是我！你把我陷进这样绝望的深渊里，然后你就逃走了吗？我不要！我恨你恨你恨你恨你恨你……你这样待我，我怎么能够不恨你？我恨你恨你恨你恨你……"

尔康痛楚无比地听着，悲切地说："我不逃走……我不逃走，但是，我只剩下魂魄了，转眼间，魂魄也会消失……我怎么办？你这个样子，我怎能安心地走？我不能代你痛，不能代你伤心，你要我怎么办？"没有人听到他的呐喊，也没有人看到他。小燕子和晴儿，赶紧搂着紫薇，两人都泪落如雨。晴儿着急地说：

"你在说些什么？什么魂无所归？你是不是生病了？让太医进来诊治一下，开个方子吃点药，你需要睡觉，你已经几天没睡了！如果你再倒下，你要伯父和伯母，怎么承担呢？"紫薇看着四周，神思缥缈，做梦似的说："他听得到我，他看得到我……"

"是！是！是！"尔康急忙站在紫薇身前，"我听得到，我看得到！"他双手去抓紫薇的手，又抓了一个空。

小燕子看到紫薇这个样子，害怕极了，喊着："紫薇，你不要这样子，你醒醒呀！""他说，不管他在哪儿，天上人间，他都守着我！"她伸手对虚空中抓去，什么都抓不到，大痛，喊着，"他骗我骗我骗我！他不在，他哪儿都不在！我抓不到他……什么天上人间，都是骗人的鬼话！"她一手握住小燕子，一手握住晴儿，痛定思痛，惨切地说："小燕子，晴儿……没有幽幽谷，没有尔康，没有花瓣和小船……原来，那都是我的幻想，是梦里的尔康，梦里的幽幽谷……"

尔康凄然地看着她，听着她，无助已极。他心里在呐喊着，紫薇，梦也是真，真也是梦，我与你共有一个梦啊！晴儿和小燕子，睁大眼睛看着紫薇，除了跟着心碎，简直不知道要说什么才好。这时，房门开了，福晋和奶娘，抱着东儿进房来。福晋含着泪，哽咽地说：

"紫薇，东儿一直哭着要娘，我和奶娘都没办法让他安静……这几天，他也吓坏了，在这种时候，只有额娘的怀抱，才能安慰他……"福晋一边说，一边牵着东儿，把东儿的小手放进紫薇手中。东儿哭着喊："额娘……额娘……东儿要跟额娘一起睡……"

紫薇一动也不动，瞅着东儿。当东儿的手，拉住了她的手，她忽然像触电般跳了起来，激动地喊：

"带走他！带走他！他不能替代尔康，他不能挤走尔康的位置……现在，我懂了，我把太多时间花在他身上，我疏忽了尔康！现在，没有尔康，我不能面对这个孩子……带走他！带走他！我不要看到他，我不要让尔康觉得，有了东儿，我就有了一切……东儿不是一切！尔康加东儿，才是一切……只有东儿，那叫'破碎'，我不要'破碎'，我要尔康……"

紫薇一面叫，一面推开东儿，东儿吓得大哭起来。尔康大震，扑上前来，把东儿拼命向紫薇推去，痛喊："不可以！不可以！你不可以不要东儿，这太惨了！太惨太惨了！"东儿穿过了尔康，跌落在地，放声大哭。福晋又惊又痛，赶紧抱起东儿，和奶娘逃出门去。福晋边跑边喊："我怎么办？尔康死了，紫薇疯了！哪有母亲不要亲生的儿子呢?"眼看福晋、奶娘带着东儿夺门而去，晴儿和小燕子面面相觑，惊痛得无以复加。在一旁看着的尔康，也惊痛得无以复加，忍不住彷徨地呐喊：

"我的形体在哪儿呢？我不要死，我不能死！这样的我，还能做什么？紫薇，我在、在、在！"

是的，他的形体依旧存在。一番痛楚的挣扎后，他再度从高高的天上，突然下坠，掉回他的躯壳里。他从床上一惊坐起，哑声地嚷着："紫薇，我在、我在！"慕沙看到尔康坐起身子，又惊又喜，大喊："大夫！他坐起来了！他醒了！"岂料，尔康砰的一声，又跌回床上，躺着不动了。慕沙急喊：

"大夫！快救他，他又厥过去了！"大夫冲到床前，招呼着两个宫女："兰花！桂花！赶快来帮忙！把'银朱粉'拿来！"

兰花桂花奔来，一个压住尔康，一个强迫地捏住他的下巴，让他张嘴。大夫就把一包药粉倒进他嘴里，再用药汁灌进他嘴里。躺在床上的尔康，身子颤抖着，药汁进去一半，流掉一半，脸色惨白如死。大夫摇摇头，说：

"八公主，这个'银朱粉'可能用得太多了，他的发抖和这味药有关，这药本身就有毒，用多了，他也活不成！再说，这一小包'银朱粉'，要几百棵罂粟才能做出来，很名贵的！他已经吃了好多，还是半死不活，要不放弃算了？"

"不放弃！我绝不放弃！要用多少'银朱粉'我不管！你尽管配来！"慕沙坚决地喊，眼前，浮起的不是这个不死不活的尔康，而是在战场捉住她又放了她的尔康！那个英姿飒爽、风度翩翩、不许她自尽的尔康！那个驸马，像天际云端的一匹骏马，驰骋在云里，驰骋在风里，也驰骋在她情窦初开的梦里！

床上的尔康，颤抖过去了，额上冷汗涔涔，神志不清地呓语着：

"生不能生，死不能死……心神不安，魂无所归……"慕沙扑在床前，闪亮的眸子，一眨也不眨地看着他。"你在说什么？我听不懂！"她笑着，充满信心地说，"但是，你可以说话了！只要你能说话，大概就有希望了！"这时，房门一开，猛白大步进房来。看了尔康一眼，就气冲冲地喊："慕沙！你还要浪费多少时间在这个驸马身上？你看看他，瘦得像个猴子，半死不活……我们缅甸英雄多得很，你为什么认定一匹'死马'呢？""爹，我救了这么久，你就让我救嘛！好不容易，他已经会说话了，有希望了！"慕沙振奋地看着猛白。"会说话了？"猛白一怔，"我从来没有看过伤得那么重，还能救活的人！他说什么话？"

尔康确实在说话，他直着眼睛，低语着："紫薇，等我，我会找到路……我来了！"说完，他的眼睛一闭，头一歪，动也不动了。"什么会说话了？"猛白惊喊，"那是回光返照！死啦！""死了？"慕沙急扑到床前，大叫，"大夫！大夫……""我没办法了，让巫师接手吧！"大夫投降了。"巫师！巫师！"慕沙又大叫，"快想办法！"

一直在旁边观望的巫师一步上前，说："是！我来！"巫师手里拿着一根长管的烟管，点燃了烟，吸了一口，对着尔康喷去，然后，他就跑到窗前去，那儿有一个供桌，上面供着各色鲜果，他就用缅甸话，为尔康喊魂："驸马的魂魄啊！你不要在外面飘飘荡荡了，外面太阳会晒你，大风会吹你，野狼会咬你……天黑的时候，夜猫子会吵你……你赶快回来吧……"尔康就这样一动也不动地，躺在烟雾腾腾中。

第
四
十
三
章

乾隆三十一年二月十一日。

乾隆一早就带着福伦和小燕子，还有文武百官，亲自策马到北京城外的郊道上，迎接胜利归来的永琪。早在三天前，快马传书就带来永琪回京的确切时间，所以，大家已经期待很久了。乾隆在华盖遮阳下，群臣簇拥下，伫立远眺。小燕子骑着马，站在一旁，伸长脖子看。即将看到永琪，她满心期盼，但是失去了尔康，她满怀悲惨。在这等待的一刻，心里已经像滚烫的沸油，煎煎熬熬，热血沸腾。福伦跟在乾隆身边，也在伫立远眺，眼里，一直强忍着泪。

只见前面，烟尘滚滚，旗帜飘飘，大队人马，正浩浩荡荡而来。小燕子一指，惊喜交集地喊："皇阿玛！他们来了！"是，永琪归来了！他风尘仆仆地骑着马，近乡情怯，心里悲苦而凄凉。傅恒也骑着马，神情肃穆地走在他旁边。后面，许多全身缟素的士兵，簇拥着尔康的灵车，一路撒着纸钱，哀凄地跟着大军出现了。

"回来了，"乾隆悲喜交集地喊，"总算回来了，这一去，足足大半年！"福伦含着泪一语不发。小燕子远远地看到永琪，再也忍不住了，喊：

"皇阿玛！我可不可以'飞奔'上去，迎接他们？"乾隆看了小燕子一眼，点点头说："既然都把你带来了，也不在乎规矩了！去吧！'飞奔'过去吧！"小燕子就一拉马缰，向前飞奔，并且，放声大叫："永琪……永琪……永琪……"永琪听到小燕子的喊声，看到那疾驰而来的身影，心脏狂跳，悲喜交集，大喊："小燕子！"

永琪一拉马缰，也向小燕子飞奔。两匹快马，就在众目睽睽下，飞奔向彼此。两人都情不自禁地喊着对方的名字。此情此景，早在梦中重复过几千几万次！两匹马越奔越近，越奔越近，越奔越近，终于相遇。两人勒住马，喘息着，含泪彼此注视，恍如隔世。永琪终于开口了：

"小燕子，又见到你了！好不容易！"

小燕子心头一热，泪水立刻蒙住了视线，激动地喊：

"我完了！我准备了一肚子的话，都不见了！你知道吗？三天前，我们就算准你今天要回来，我去求皇阿玛，要他带我来接你，皇阿玛居然答应了。我一连三个晚上都没睡，一直想一直想，见到了你，我要说一点特别的话，像是'山无陵，天地合'那种，让你惊喜一下！我真的准备了，谁知道，现在全部忘了！"

重新听到小燕子的叽叽喳喳，重新看到这张充满活力的脸庞，再加上她眼中那闪亮的泪光……他忍不住喉中哽塞，眼中，也被泪雾所模糊了。"这就是我听到的，最有意义、最难忘的一番话！"他伸手握住她的手，握得好紧好紧，"小燕子，我好想你！""我也是，我也是！"她用袖子拭了拭泪，"我天天想你，有一次闹着要上前线找你，还被皇阿玛大骂过一场！"他更紧地握着她，深深地凝视她。"我猜你有很多话要告诉我，我也有好多话要告诉你！我们慢慢谈！"他咽了口气，"能够再度握住你的手……我……"他的声音颤抖着，"人生，还有什么可求的？尤其经过尔康的死……"他四面看看，颤声问："紫薇呢？来了没有？""她不能来，她病了……她好惨，自从收到尔康去世的消息，她就像个死人一样……我和晴儿想尽办法，也叫不醒她。最惨的是，她居然不要东儿了，她完全失去理智了，我们不敢让她来接，但是，福伯父来了！"她看了看尔康的棺木，指了指，问："那是……""是尔康，我把他从几千里以外，带回来了！"两人相对凝视，泪珠都在眼眶里打转。"我该去见皇阿玛了！"永琪说。这时，大队人马已经走近，两人就骑马奔向乾隆。永琪一见乾隆和福伦，就滚鞍下马，一跪落地："皇阿玛！儿臣该死！"乾隆身不由己，伸手扶起永琪，充满感情地说：

"起来！永琪，我知道你已经尽力了！打了胜仗，收复失地，把缅甸人赶出了我们的国土，你建立了大大的功勋，朕决定封你为王！在朕现在的儿子中，你是第一个封王的！至于尔康，他英勇捐躯，朕要封他为贝子！"

乾隆说话间，大队人马，已到眼前，全部停止。傅恒带着众武将，下马行礼："臣傅恒叩见皇上，皇上万岁万岁万万岁！"

所有文武百官和士兵们，就同声高呼，声震四野："征南将军，胜利归来，五阿哥胜利！傅将军胜利！皇上万岁万岁万万岁！""起来起来！傅恒免礼！"乾隆说。

众人起身，福伦已经忍不住了，奔到尔康的灵柩前，抚棺痛哭，忘形地喊：

"尔康！尔康……尔康！你的魂也跟着回来了吧？没想到今天，要让我白发人送你黑发人！"是，尔康的魂魄，也跟着回来了，只是没有任何人看得见这个"魂魄"。乾隆眼中，蓦然充泪，走上前去，伸手摸着灵柩，对灵柩说："尔康，你好好地安息吧！你的阿玛额娘，你的紫薇东儿，朕都会帮你照顾！他们是朕和永琪的事了！"永琪和小燕子，站在一边掉泪，文武百官和士兵，个个拭泪了。福伦勉强压制了悲痛，一边拭泪，一边颤巍巍地起立，对乾隆说："皇上，请允许臣把尔康的灵柩，带回学士府！"乾隆含泪点头。永琪就往前一迈步，说："皇阿玛！请允许我送尔康回家！""还有我，我也要送尔康回家！"小燕子跟着说。"好！"乾隆颔首拭泪，"你们两个，就代替朕，送他回家吧！"于是，福伦、小燕子、永琪上马，带着灵车往前走。乾隆带着文武百官，肃立目送着。学士府中，早已一片悲凄。浑身素服的家丁、丫头都跪在院落里，等待着尔康的灵柩。

永琪、福伦、小燕子走进院子，福晋带着披麻戴孝的东儿，站在那儿等候，福晋早就哭成了泪人。小东儿还不知道发生了什么，见到人人都哭，也跟着掉泪。两个浑身素服的士兵，一个手捧尔康的盔甲，一个手捧尔康的宝剑，走在前面，后面紧跟着由士兵抬着的灵柩，在纸钱飞撒中，进了院子。众家丁、丫头看到灵柩，立刻放声痛哭，喊着：

"大少爷！大少爷！大少爷……"福晋一见灵柩，就扑奔过来，痛哭失声。"尔康！尔康！"福晋伏在灵柩上，捶着棺木，"你怎么可以这样一走了之？老的老，小的小，还有你最爱的紫薇，你都不要了吗？尔康……狠心的尔康，不孝的尔康啊！"这么惨痛的呼唤，超越了时空，超越了生死，直达尔康的心魂。他飘飘荡荡地进门，默然伫立，凄凄惶惶地看着众人。福伦老泪纵横，走过去扶起福晋。小燕子哭得稀里哗啦。永琪含泪上前，对着福伦、福晋一跪，哑声说："伯父伯母！永琪向你们请罪！请原谅我，来不及救尔康！"福晋泪眼看永琪，赶紧把他拉起来，泣不成声："五阿哥……五阿哥……这不能怪你……我们都知道，你跟我们一样痛心啊！"奶娘牵着东儿，在旁边掉泪。东儿很害怕，把小脸躲进奶娘怀里。小燕子看到东儿，更加伤心，走过去拉东儿的手，蹲下身子说："东儿，来跟你阿玛说两句话！"东儿拼命往奶娘怀里钻，抗拒地喊：

"没有阿玛！哪里有阿玛？"尔康哀伤地看着。东儿，我在！你虽然看不到我，但是，我在呀！福晋、福伦听到东儿这么说，更是泣不成声。这时，紫薇浑身缟素，冲了出来，见到灵柩，她就整个呆住了。众人全部鸦雀无声地看着她。只见她一眨也不眨地瞪着灵柩，半晌，动也不动。尔康看到紫薇，就跟着她一起"心碎"了。紫薇，你不要害怕，那里面躺的不是我！他焦灼地、急切地想把自己的思想和意识，传达到她心里去。

永琪一见紫薇，整颗心都揪在一起，说不出来有多痛。他走到她面前，含泪看着她，半晌，才鼓起勇气，颤声地说：

"紫薇，从前线到这里，我们在路上走了一个多月，我每天都在想，我要怎么跟你说？现在，终于面对了你，我什么话都说不出来，只有一句……"他发自肺腑地、沉重地说了三个字，"对不起！"

紫薇抬起眼睛，直勾勾地看着永琪，再看看那具灵柩，问："那是什么？"

永琪惊愕地说："是尔康啊！我不能把他留在云南，我把他带回来了！""打开它！"紫薇定定地说。

众人全部一惊。"什么？"永琪问。紫薇冲到灵柩前，推着棺盖，大喊："打开它！我不相信尔康在里面！这不是尔康！"永琪追过来，着急地喊：

"紫薇，不要开棺，千万不要！我们在路上就走了一个多月，里面可能已经只有一堆白骨，你要证明什么呢？紫薇，对不起，对不起……我亲眼看到尔康中箭，当他倒下的时候，缅甸军队的刀、剑、战斧都对他砍过去……我们找到他的时候，他已经面目全非了，唯一安慰的，大概他走得很快，没有痛苦太久……"

永琪这番话，更让所有的人，听得心惊胆战，泪落如雨。紫薇扑在灵柩上，开始疯狂般地捶棺大喊：

"我要打开它！我不相信尔康在里面！他一定不在里面！我要亲眼看到才能相信……尔康不会这样对我，他不能这样对我……打开打开它，如果是尔康的白骨，有什么可怕？他化为白骨、化为灰尘、化为烟雾……都是我的尔康呀！打开打开打开……打开它！"

"好！"福伦含泪喊，"大家帮忙，我们打开它！紫薇说得对，尔康的白骨，我们怕什么？开棺！"众士兵就上前，敲的敲，打的打，弄松了闩头。奶娘赶紧蒙住东儿的眼睛。福晋、福伦、紫薇、小燕子、永琪都站在棺木旁边。家丁、丫头、士兵等人围绕。棺木赫然打开，棺盖移开了。大家都围了过去，只见一堆白骨，穿着尔康的官服。在白骨胸前，醒目地放着紫薇做的"同心护身符"。那护身符的红色同心结，颜色依旧鲜艳。永琪看着呆若木鸡的紫薇，悲切地解释："这个护身符，是我亲自从他脖子上取下来，再放到他身上去的！还有他的盔甲，他的剑，都是我亲手收拾的！"

紫薇并没有看到尔康的脸，那张脸，盖着尔康的官帽，根本看不到什么。她一眼看到的，是这个"同心护身符"，以她对尔康的知心和了解，她深深明白，尔康和这个同心护身符，是"生死不离"的！她的祝福，她的爱，她的心……全在这同心结里！尔康至死，也不会抛下她的同心结！所以，一看到这个"同心护身符"，紫薇就再也没有怀疑，而且彻底崩溃了！她发出一声撕心裂肺般的狂叫：

"尔康……"

她扑上前去，一把抓起那个"同心护身符"。她看着上面的同心结，身子往后退去，一面退，一面对棺木一字一字地痛喊："你虽然言而无信，我依旧生死相随！"说完，她就握住护身符，一头向棺木上撞去。众人大惊，全部惊呼出声："紫薇！格格……"大家喊得心魂俱裂。

站在一边的尔康，情急地往前一扑，没有形体的他，哪儿阻止得了紫薇。幸好永琪和小燕子，早就胆战心惊地防备着，这时，永琪身子一挡，紫薇就撞在永琪身上。小燕子更像箭一般地冲上前去，一把抱住她。但是，紫薇居然力大无比，挣脱了小燕子，再度对棺木撞去，小燕子哭着、喊着，扑在紫薇身上，两人双双滚落在地。

"紫薇……"小燕子哭着喊，"我们大家守着你！不要这样，请你，求你，求求你……求求你……"福晋哭倒在地，拉着紫薇的手，哭喊着：

"紫薇啊……可怜可怜我们两老，可怜可怜东儿吧！"东儿吓得泪流满面，躲在奶娘的怀里。永琪落泪，福伦落泪，丫头家丁哭成一团。尔康凄然地看着这一切。我，不走！我，要留在这儿！我，要照顾我的阿玛额娘，我的东儿，我可怜的、可怜的、可怜的紫薇！但是，我，在哪儿呢？

眼看着众人，架着紫薇，把她拖进房里去了，尔康凄凄惨惨地跟在后面，也进了房。我，不走！我跟着你！无论天上，还是人间！

大家把紫薇拉进了卧室，她筋疲力尽地坐在床沿，神情有如槁木死灰。手里，紧紧地握着那个同心护身符。小燕子、永琪、福晋都围绕着她。尔康知道没有人能够看到他，就站在她身前，悲哀地凝视她。小燕子扑在她身前，痛楚地、急切地说：

"紫薇，这个寻死的念头，你一定要打消！你看看伯母，头发都白了，难道，你要把东儿这个重担，交给伯父伯母来承担吗？你恨尔康不负责任，丢下你们一走了之！那么，同样的事，你为什么要做呢？你教过我的格言，我都记住了！'己所不欲，勿施于人'！你，也不要再把这么大的悲痛，留给伯父伯母吧！"

小燕子一番话，说得如此有情有理，众人都感动得稀里哗啦。福晋一面哭，一面坐在紫薇身边，伸手抓住了她的手，说：

"紫薇，你听听，小燕子这番话，说进我的心坎里了！我已经失去了尔康，再也没有力量来承受失去你……紫薇，自从七年前，你进了学士府，我待你就像自己的女儿一样，等到你嫁进我们家，再生下东儿，你就支撑着三代的幸福，是家里最重要的人！别人家有的婆媳问题，咱们家都没有！是不是我们家太幸福了，上苍才要给我们这么巨大的不幸？夺走了我们的尔康！紫薇，我老了……我真的承受不了这么多，你如果再寻死，我看，不如我先死吧……"福晋越说越痛，说到这儿，不禁掩面痛哭着，站起身就往门外奔去。尔康一看，大急，冲过去就从后面抱住福晋。忘了自己是魂魄，他痛喊着："额娘！尔康该死，给了你们这么大的悲痛！我对不起你们两老，我太不孝了！请额娘千万不要激动……"尔康一抱，抱了个空，福晋依然对门口奔去。永琪赶紧一拦，惊喊：

"伯母，你要干什么？"福晋痛哭着喊："我也想撞棺啊！我也想死啊！我要到地下去，问问尔康，他怎么忍心离开我们？让我们全家这么惨……"边说边想绕过永琪，要冲出门。尔康无助地、惨切地看着这一幕。我，要怎么办？我怎样才能让你们知道，我在这儿呢？我怎样才能帮助你们，让你们不要这么悲痛呢？小燕子跳起身子，赶紧扑上前来，抱住福晋喊："伯母，不要这样啊！一个还没劝好，一个又这样！"急切中，对门外大叫："伯父，快来啊！"福伦跌跌撞撞地跑了进来，含泪喊：

"干什么？我总要把尔康的灵堂布置起来，赶紧挑个日子，让他入土为安！你们看他那个样子，怎么能再耽搁呢？你们不要再大呼小叫了，好不好？"他扶着福晋，沉痛至极地说，"别哭了，无论你怎么哭，也哭不回尔康了！"

福伦这话一出口，福晋更是泪不可止。永琪见这种惨状，眼泪也忍不住落下来，走上前去，他含泪说：

"伯父伯母，以后，我是你们的儿子，尔康能做的，我都尽量去做！"他再走到紫薇面前，惨切地说，"紫薇……对不起，我没有办法取代尔康，我想，全天下，没有任何人能够取代你心里的尔康。我这个哥哥，实在该死！辜负了你的托付，眼看尔康的死，却无法救他！我也难过得快要死掉，自责得快要疯掉！但是，紫薇，你是皇阿玛的骨肉，爱新觉罗家的人，都是勇敢的！请你为了尔康，为了伯父伯母和东儿，勇敢一点吧！"

紫薇充耳不闻，一直像是泥塑木雕一样。小燕子又扑了过来，摇着她说：

"紫薇，你说说话！让我们大家放心，好不好？"

紫薇终于抬眼看了看小燕子，看了看纷乱的众人，拿起那个护身符，说：

"同心护身符！他走以前，我用丝线，左缠一道，右缠一道。我一根根缠上去，每缠一圈，说一句'平安'，每缠一根，说一句'保重'！缠好了，我对它说，你帮我保护他，陪着他，跟着他远走天涯！我想，等到下次这个护身符回到我手里，就是我和尔康团圆的日子！你们知道吗？我一直等待重新握住这个护身符的一刻，现在，它回到我手里了，我握住它了，却再也没有团圆的日子……"她说到这儿，声音小了下去，痴痴地看着护身符，不再说话了。

大家看着如此惨切的紫薇，人人都痛楚着，谁都没有力气再去安慰她了。

尔康也痴痴地站在那儿，他凝视紫薇，轻声地说：

"紫薇，你的'平安'，你的'保重'，我都收着！你千丝万缕的深情，左缠一道，右缠一道，早已把我牢牢系住，我没办法现身，没办法让你了解我的存在，可是，我看着你，感觉着你，陪着你。死亡也没有办法，把我从你身边带走！你握住了护身符，你也握住了我！"

尔康说得刻骨铭心，但是，没有人听得到他、感觉得到他。

大家依旧陷在巨大的悲伤里。

（未完待续）

（京权）图字：01-2025-0195

图书在版编目（CIP）数据

还珠格格 . 第三部 . 天上人间 . 2 / 琼瑶著 . -- 北京：
作家出版社，2025.1. --（琼瑶作品大全集）. -- ISBN 978 -
7 - 5212 - 3236 - 3

Ⅰ. I247.5

中国国家版本馆 CIP 数据核字第 2025NJ1189 号

还珠格格 第三部 天上人间2（琼瑶作品大全集）

作　　者：琼　瑶
责任编辑：张　平
装帧设计：棱角视觉　纸方程·于文妍
责任印制：李大庆　金志宏
出版发行：作家出版社有限公司
社　　址：北京农展馆南里 10 号　　　邮　　编：100125
电话传真：86 - 10 - 65067186（发行中心）
　　　　　86 - 10 - 65004079（总编室）
E - mail: zuojia@zuojia. net. cn
http: // www. zuojiachubanshe. com
印　　刷：北京盛通印刷股份有限公司
成品尺寸：142 × 210
字　　数：235 千
印　　张：10.5
版　　次：2025 年 1 月第 1 版
印　　次：2025 年 1 月第 1 次印刷
ISBN　978 - 7 - 5212 - 3236 - 3
定　　价：2754.00 元（全 71 册）

品　琼　瑶　经　典

忆　匆　匆　那　年

琼瑶作品大全集